HaffmansTaschenBuch 29

HUGO DITTBERNER

Das Internat

PAPIERE
VOM KAFFEETISCH

HAFFMANS VERLAG

Die Erstausgabe erschien 1974
im Luchterhand Verlag, Darmstadt;
die vorliegende Neuausgabe hat der Autor
durchgesehen und korrigiert.

Veröffentlicht als
HaffmansTaschenBuch 29, Frühjahr 1989
Konzeption und Gestaltung von
Urs Jakob
Umschlagzeichnung von
Volker Kriegel

Satz: LibroSatz, Kriftel
Herstellung: Ebner Ulm
ISBN 3 251 01029 8

1 2 3 4 5 6 – 94 93 92 91 90 89

Inhalt

I

Die beiden Gesuchten

Kaffeetrinken. Ich sitze vor dem Kaffeetisch auf dem Sofa. Rechts der Teller mit dem Kuchen und die Kaffeetasse, links die Schreibmaschine mit einem eingespannten Blatt. Stachelbeerkuchen und Pfirsichkuchen. Auf dem Sofa neben mir liegen noch ein paar Bücher, in die ich reinblättern will: *Tynset* von Wolfgang Hildesheimer und *Schwarzer Frühling* von Henry Miller. Es steht alles zur Verfügung. Wenn ich in *Tynset* reinblättere, denke ich an Reisen und Eisenbahnen, Dampfloks und Intercityzüge, an Witz, bei Henry Miller ruhe ich mich in den Sätzen aus, so behaglich sind sie, so real einmalig, daß sie mich gar nicht mehr beunruhigen können. Vielleicht kann ich dann auch noch ein kleines ruhiges Stück Prosa schreiben, über die Erfahrung beim Kaffeetrinken. Ich denke immer an Pastoren oder noch mehr an katholische Geistliche und Mönche, für die diese Erlebnisse die größten persönlichen Ereignisse sind oder waren oder sein sollten, weil sie nicht an die geschlechtliche Liebe denken sollen und nicht unter ihren Verwirrungen leiden müssen. Vor ihrem Fenster geht eine Frau in einem Leinenkleid vorbei, mitten im Sonnenschein, mit festen braunen Armen und Beinen, und sie denken: meine liebe Schwester. Auch die Roheiten des Kampfes, das Sich-Bewähren in ihm ist keine Sorge für sie. Wie sehr habe ich sie immer beneidet, wenn ich mich wehren mußte, damals im Tischtenniskeller zum Beispiel, als Henner mir die Nase blutig schlug und ich dachte, er kann boxen, ich nicht. Am liebsten hätte ich mich verprügeln lassen, ohne mich zu wehren, einfach mich darauf zu konzentrieren, die Schläge zu verkraften, sich auf sie einzustellen und ihnen die Wucht der Überraschung zu nehmen. Statt dessen mußte ich überlegen, wie ich Henner die Fresse polieren könnte, obwohl mir klar war, daß ich so erst recht eine Tracht Prügel bekam und viel fürchterlicher, weil unvorhergesehener. Getroffen zu werden, wenn man selbst meint zu treffen. Und ich habe die Regel des Christentums, wie es uns jeden Tag erklärt wurde, dem Feinde die andere Backe zu reichen, immer als ein besonders raffiniertes Verteidigungsmittel verstanden: so wußte man, wo der Schlag zu erwarten war, und konnte das Ende des Kampfes mitbestimmen, wenn man noch den Überblick hatte, und war nicht angewiesen auf einen gnädigen Reflex des körperlichen Abwehrsystems. Die moralische Festigung errang man dazu, und wie oft war der Gegner beeindruckt. Was gibt es Unangenehmeres als die Bewährung in einer unübersichtlichen Situation? Wenn man gemein geworden ist mit dem anderen. Allerdings gebe ich zu: daß nicht alle Menschen gleich aggressiv sind und damit gleich mächtig im Angriff. Ich wollte, solange ich mich erinnere, eigentlich nie gern angreifen, nur Sanktionen vornehmen, wenn ich betroffen war. Vielleicht kann ich mich aber nicht frei erinnern. Aber ich hatte die Neigung und entwickelte die Technik, Situationen zu vermeiden, die wirklich gefährlich werden konnten: also wohl Ermahnungen und Strafarbeiten, aber keine Klassenbucheintragung; wohl mal ein blaues Auge, wenn es sich nicht umgehen ließ, aber kein gebrochenes Nasenbein oder ähnliches; wohl viele Freundinnen, aber nicht auf Teufel komm raus bumsen. Wohl ein paar Bier, aber nicht sinnlos besaufen. Andererseits sprach ich gern über die gefährlichen Situationen und war ein beliebter Gesprächspartner und Erzähler, so daß ich manchmal dachte: Ich wäre ein idealer Pfarrer: standhaft im Rahmen des Möglichen, mitfühlend und vorsichtig, den kleinen Genüssen zugeneigt, den Ausschweifungen abhold, vieles denkend und fühlend, ohne es zu tun, aufrichtig in geschickten Schuldbekenntnissen und immer mit dem Satz im Hinterkopf: Schlimmer als den Kopf abreißen kann es nicht kommen.

Und die Abendandachten waren besonders schön. Die Schüler setzten sich an den längs aufgestellten Tischen im Saal so herum, daß sie auf den am Saalende hinter einer Schiebetür eingebauten Altar sahen (vorn war eine Bühne eingebaut). Dort las ein Erzieher, der Heimleiter oder ein Gastpastor den zugrundegelegten Text aus der Bibel vor und legte ihn dann aus. An den Seitenfronten des Saals waren die hohen Fenster, hinter denen sich Wiesen befanden. Im Sommer standen sie offen, und es kamen allerlei Geräusche herein wie Vogelstimmen oder entfernt vorbeifahrende Autos, Zuggeräusche, denn die Bahn führt an dem Gelände jenseits einer Straße vorbei, und damals gab es noch Dampfloks, vereinzelte Stimmen des Küchenpersonals oder zufälliger Besucher, die nicht hereinkommen wollten, um die Andacht nicht zu stören, und die nicht daran dachten, daß man sie hören konnte. Zeitweilig wurden die Lieder mit Klavierbegleitung gesungen, meistens aber in einem schütteren Chor, da die meisten Schüler nicht von den Noten im Gesangbuch absingen konnten und wir nicht oft die gängigen 30–40 Lieder singen mußten, die man damals als geübter Christ kannte. Neben den Fenstern hingen lange blaue Vorhänge von der Decke bis zum Boden (damit man bei Veranstaltungen den Raum ganz abdunkeln konnte), und die Decke bestand aus gelben Aufwürfen, die zur Bühne hin immer langgestreckter und flacher wurden. In diese Würfe waren die Lampen eingelassen, auch die Lüftungskanäle: Es war eine interessante Decke mit Schatten, ebenso wie die im Wind gebauschten blauen Vorhänge. Wenn das Licht eingeschaltet war, spiegelte es sich auf den glasierten Tischplatten. Es gab genügend Gelegenheit, abzuschweifen, während die Andacht gehalten wurde. Aber warum allein abschweifen, wenn man dies zusammen mit dem Redner konnte: denn in den Andachtspredigten ging es immer darum, daß man sich bessern könne und solle. Wichtig war den Erziehern natürlich das Sollen, aber das Können reizte mich immer viel mehr: was für ein beruhigendes Gefühl, wenn man morgen ein besserer Mensch sein konnte als heute, wenn man morgen bereuen konnte und wiedergutmachen. Zu den Beispielen fielen mir immer noch viele andere Fälle ein, und ich versuchte, schlau daraus zu werden, warum welcher Erzieher welche Beispiele erzählte. Oft sagten andere nach der Andacht, wie schlecht der und jener doch Andachten abhalte, und man konnte nur beipflichten.

Ich weiß nicht, ob ich heute so gern und ausgiebig Kaffee trinke, weil das die einzige Mahlzeit war im Heim, vor und nach der nicht gebetet wurde, man mußte nur innerhalb von zehn Minuten, zwischen 10 vor Vier und Vier seinen Kringel abholen, wenn man Kaffee trinken wollte. Viele kamen nicht, und so konnte man im Durchschnitt immer zwei Stück essen zu dem Milchkaffee. Wer fertig war, konnte aufstehen und fortgehen.

Wie angenehm ist das im Vergleich zu solch lebenswichtigen Situationen, wenn man im Schnee unten liegt im Schwitzkasten und bekommt keine Luft mehr, weil man überall Schnee reingestopft bekommt, oder wenn der Erzieher so lange prügelt, bis man das Stück Papier unter dem Bett hervorholt, das man gar nicht dorthin geworfen hat, oder wenn eine eitrige Flüssigkeit aus dem Schwanz kommt und man denkt, man hat Syphilis oder auch nur Tripper, die Freundin verläßt das Heim, man bleibt sitzen und meint: hier kommst du niemals raus, und wenn du rauskommst, dann als Versager. Oder wenn man einmal in der Woche zu viert unter der Dusche stand, der Erzieher sah zu, und jeder dachte an die Freundinnen der anderen, Witze kamen heraus dabei: Worauf kommt es an: auf die Größe des Schwanzes, auf die Größe der Eier, und wenn beides nicht so besonders groß war, gab es Schrumpfschwänze. Der Aufklärer, der einmal jährlich kam und jede Altersstufe, allerdings Mädchen und Jungen zusammen, man war für Koedukation, aufklärte, egalisierte immer: nicht nur Frauen nach der Geburt bekommen leicht Krampfadern, auch Männer: nach der Geburt? fragt ein Witzbold, und alles ist wieder gut. Wichtig ist nicht die Größe, sondern was man damit macht, sagt er noch. Aber wie viele Witze sagen das

Gegenteil! Und was stimmt nun? Die wichtigste Erkenntnis: Es gibt eine Wahrheit fürs Ernstsein und eine fürs Normalsein und manchmal noch eine fürs Albernsein. Es gibt ein ganzes Sortiment, und vieles davon fällt weg, wenn man Mönch ist oder Pfarrer, stelle ich mir vor. Wie käme es sonst zu diesen liebenswürdigen Bildern von Geistlichen, die ihre Imkerei über alles pflegen oder ihren Weinkeller, die Steine sammeln oder Briefmarken und nicht viel mehr (außer die Sorgen anderer Leute tragen helfen). Sie sind das Bild des Friedens, sie müssen nicht kämpfen und rechtbehalten. Und das Kaffeetrinken hat ein bißchen davon.

Das Positive am Kaffeetrinken im Heim war auch, daß die feste Tischordnung nicht galt. Man konnte sich irgendwohin setzen, neben Mädchen, anbändeln, konnte zwischendurch aufstehen, Kaffee nachholen, auch wenn man nicht Tischdienst hatte, Kuchenstücke tauschen. Es war alles sehr locker, die Sonne schien meistens herein, und ein paar Vorhänge waren zugezogen. Um Viertel nach Vier begann die Arbeitszeit, und man hatte einen Vorwand zu Gesprächen, mit wem man wollte.

Und das Wichtigste: Man konnte einfach fortbleiben. Wenn Ausgang war, konnte man während dieser Zeit noch im Park spazierengehen mit einem Mädchen, man konnte Fußball spielen oder in einer Arbeitsgemeinschaft arbeiten, man konnte auf dem Zimmer sitzen und lesen (allerdings nicht auf dem Bett liegen tagsüber, das war verboten; wollte man schlafen, so mußte man sich richtig ausziehen und ins Bett gehen!). Später, als es eine Eisbar im Ort gab (und bevor es zu jenen Exzessen kam), konnte man dort sitzen und sein Taschengeld verpulvern: damals 1,50 pro Woche für die Unterstufe, 2,50 für die Mittelstufe, drei Mark für die Zehnte Klasse, 3,50 und bald darauf fünf Mark für die Oberstufe. Kinder reicher Eltern hatten von zuhause Extras. Um Viertel nach Vier gongte es in den Häusern: es war Arbeitszeit bis Viertel nach Sechs. Für die Kleinen in den Arbeitsräumen, für die Großen auf dem Zimmer. Es herrschte Stille, und wer zu spät kam, bemerkte, wie groß die Häuser eigentlich waren. –

Ich bin gut vorbereitet worden auf das Leben.

Als ich nach meinem Examen vor einigen Tagen meine Bücher und Aufzeichnungen durchsah, um zu überlegen, was ich mitnehmen sollte an meinen nächsten Wohnort, fand ich unter dem Kram einer seit Jahren nicht mehr angerührten Kiste in einem schwarzen Schulheft einen Zettel, auf dem zwei Bilder und einige Haare aufgeklebt waren – und unter ihnen mehrere verwischte Fingerabdrücke. Oben, unübersichtlich dicht am Rand, stand mit krakeliger Schrift: »Das sind die Gesuchten«, wobei »Gesuchten« zunächst mit einem kleinen »g« geschrieben worden war. Die Bilder stellten zwei ehemalige Klassenkameraden aus der 8. Klasse dar, an die ich mich nur schwach erinnerte und von ihnen nur soviel sofort wußte, daß sie damals mindestens einmal sitzengeblieben sein mußten und unverhältnismäßig alt waren für die Klasse. Die Farben der aufgeklebten Haare waren dunkelblond und dunkelbraun-rot. Unter den Fingerabdrücken standen die Maße: 1,78 m und 65 kg und 1,82 m und 66,5 kg. Nach einem dicken Pfeil folgte: »Die Gesuchten heißen Gunter Karnap und Rainer Hempelt.« Die Namen waren doppelt unterstrichen und standen über einer knappen Beschreibung des Äußeren der beiden Gesuchten (ihre Altersangaben fehlten). Danach hatte Gunter eine große gebogene Nase, einen platten Hinterkopf, kleine Ohren, einen wurstigen Mund, blaue Augen und feingliedrige Hände sowie eine kleine schräge Narbe an seinem vorgerückten Kinn; während Rainer braune Augen hatte, eine große Stupsnase, einen schmalen Mund und ebenfalls feingliedrige Hände sowie eine Narbe an der Stirn, die allerdings meistens von seiner Haarlocke, die er wie Elvis trug, verdeckt wurde. Unter diesen sorgfältig mit Tinte geschriebenen Angaben stand in flüchtiger Kugelschreiberschrift der lapidare Satz: »Warum bin ich eine Sau?«

Zu wem hatte ich das gesagt? – Ich war damals Amateurdetektiv, um mich auf meinen späteren Beruf als Privatdetektiv vorzubereiten. Und ich hatte an eine mir jetzt nicht mehr bekannte Vereinigung der Amateurdetektive Deutschlands geschrieben und um Aufnahme gebeten. Daraufhin hatte ich den Bescheid bekommen, ich könne nur aufgenommen werden, wenn ich Proben meiner Detektivkunst ablegen würde. Und das war der Anlaß dafür, daß ich sämtlichen Leuten meiner Umgebung hinterherschnüffelte. Und das waren sehr viele, denn ich lebte im Internat, dem evangelisch-lutherischen Schülerwohnheim in Bad Nenndorf.

Ich legte für jede Person in einem Schulheft ein besonderes Blatt an, kaufte mir ein Stempelkissen und machte mich an den Aufbau einer Kartei. Zunächst bat ich jeweils meinen mutmaßlichen Verbrecher ganz unschuldig um ein Foto, ein Paßfoto. Ich sagte ihm, welch großen Gefallen er mir damit tun würde, und er war geschmeichelt und gab mir eines; manche, die kein Paßfoto von sich besaßen, ließen sich daraufhin sogar fotografieren. Dann beobachtete ich die Personen, um sie möglichst genau beschreiben zu können; ich fragte sie, wie groß bist du eigentlich, wieviel wiegst du denn usw. Schließlich gab ich vor, ich wollte ein Bild machen, ein Kunstwerk, aus lauter verschiedenen Fingerabdrücken, ob sie mir dabei helfen wollten, und damit meine Absicht nicht deutlich wurde, ließ ich sie auch ganze Handabdrücke machen. Niemand schöpfte Verdacht.

Ich begann auch, gesondert Buch zu führen über einige mir verdächtig erscheinende Insassen, wann sie das Haus verließen, wann sie zurückkamen, von wem sie Post erhielten. Es wäre am leichtesten gewesen, meine Zimmerkameraden zu bespitzeln, aber das wäre auch am auffälligsten gewesen. Deshalb interessierte ich mich verhältnismäßig spät für sie.

Ich schlief mit Gunter, Rainer und Henner zusammen auf einem Zimmer. Bis auf Henner, den ich fast vollständig aus meinem Gedächtnis gelöscht habe, weil er mich ein paar Mal verprügelt hat, hatten wir alle keinen Vater mehr. Bei Rainer bin ich nicht sicher, ob sein Vater noch in der DDR, die damals Zone hieß, lebte oder ob er gefallen war wie Gunters Vater. Mein Vater war vermißt. Ich war bei weitem der jüngste von uns vieren, obwohl wir alle zusammen in die 8a gingen. Auf einem Foto der Klasse, das ich noch besitze, bilden wir vier Heimschüler eine Gruppe und sehen viel weniger artig, viel erfahrener und gefährlicher aus als der Rest der Klasse.

Gunter war mein Freund, ich schlief unten und er oben; schräg gegenüber, es lag etwa drei Meter von dem braunkarierten Kunststoffboden dazwischen, den wir sonntags immer selbst fegen mußten, war Henners und Rainers Bett. Henner schlief oben.

Gunter verdanke ich viel, denn ich war oft ziemlich vorlaut und brauchte dann jemand, der mir half, zum Beispiel gegen Henner, den ich im Ringen mit einigen Tricks umlegen konnte, der aber schon Boxunterricht gehabt hatte und mich leicht verprügeln konnte, zumal er anderthalb Jahre älter war.

Einmal gab es zwischen Henner und Gunter meinetwegen eine Prügelei auf Henners Bett. Das war gefährlich, weil andauernd einer der beiden von dort oben herunterfallen konnte (1,50 Meter), und Rainer und ich, um den es eigentlich ging, wir versuchten sie wenigstens dazu zu bringen, sich unten zu prügeln. Außerdem machten sie großen Lärm, weil das Bett immer hin- und herschrammte, so daß jeden Augenblick der Erzieher zu kommen drohte. Das war damals Herr Schneider, der mit Frau und Kind dort wohnte. Henner versuchte immer zu boxen, und Gunter wollte ihn umklammern und unter sich kriegen, damit er ihm welche reinhauen konnte, denn beim Boxen Fuß an Fuß war Henner aufgrund seiner Boxkenntnisse überlegen.

Gunter war stärker, aber nicht so geschickt, sonst wäre der Kampf längst entschieden gewesen. Sie schwankten hin und her: Henners Bettdeck lag längst auf der Erde, und sein Bettlaken war nur noch ein Knäuel am Fußende des Bettes; selbst die drei Matratzen begannen sich zu verschieben. Es war kurz vor dem Zubettgehen, und Henner und Gunter kämpften in Turnhose (die wir zum Waschen immer anziehen mußten) und mit freiem Oberkörper. Wir hörten schon, wie Herr Schneider über den Flur kam, nicht laufend, aber doch mit schnellen Schritten; da versuchte Gunter, mit einer Art Überwurf Henner hinzuschmeißen. Dabei rückte das Bett ganz von der Wand ab und beide fielen an der Wand entlang hinunter. Es sah böse aus, als Herr Schneider hereinkam. Henners Nase blutete, und Gunter war mit dem Rücken an der rauhen Wand entlanggerutscht, so daß er blutig geschrammt war. Außerdem waren beide mit dem Kopf aufgeschlagen und benommen. Sie bekamen drei Tage Stubenarrest. Ich hatte ein schlechtes Gewissen, weil Gunter das für mich getan hatte.

Ich mochte Gunter besonders gern. Mit ihm konnte man sich erzählen. Ich erzählte die Geschichten von meinem grantigen Großvater, wie er mir im Garten hinterherrief: Was soll denn das blödsinnige Gerenne, du Schafskopf? Oder wie er beim Essen knurrte: Iß langsam, du Taps! Und wenn ich was fallen ließ: Nächstes Mal ißt du in der Waschküche, du Schussel. Oder wie er mir achtzig Pfennig für ein Gartenkoloniesommerfest gab und sagte: Gib nicht alles auf einmal aus usw. Gunter erzählte dafür von seinem Onkel, einem ganz merkwürdigen Kauz, der am liebsten beim Essen saß, vor einem riesigen Holzbrett, auf dem er immer den Käse schnitt, der schon ganz vermodert sein mußte: wenn dann die Würmer über das Brett liefen, piekste er sie mit der Gabel auf und sagte: Hiergeblieben, wenn gegessen wird! und aß sie mit dem Käse auf. Diese Geschichte konnte ich gar nicht oft genug hören: jedes Mal lief mir ein Schauer über den Rücken, und ich stellte mir vor, wie der Onkel dasaß mit seinen großen Ohren und seiner großen roten Nase, mit großen Poren, so ähnlich wie der Wolf mit Haube im Rotkäppchenmärchen. Nachts lief er in einem riesigen Nachthemd durch das Haus, weil er Hunger hatte (und ich stellte mir dazu gleich wieder vor, wie er auf dem Brett Käse schnitt).

Aber Gunter und ich sprachen auch von Mädchen und von Reisen (wir liebten beide *Robinson Crusoe*), und eines Tages haben wir zusammen auf meinem Bett Küssen geübt, um gewappnet zu sein: einmal ich oben, einmal Gunter oben, mit Arm umlegen, ohne Arm umlegen, für alle Fälle. Es war sehr merkwürdig: Gunter hatte an der Oberlippe einen kleinen Leberfleck auf einem Huckel, den ich immer ganz besonders spürte. Auch sonst hatten wir einige Schwierigkeiten, denn Gunter hatte einen ziemlichen Zinken, der immer im Weg war. Doch bald konnten wir es ganz gut. Danach kamen wir uns etwas komisch vor und haben deshalb ein paar besondere Mutstücke mit dem Messer trainiert: das Messer auf die Beinmuskeln fallen zu lassen oder auf die Armmuskeln. Natürlich haben wir die Muskeln dabei angespannt; so konnte nicht viel passieren, denn wir hatten keine mürben Muskeln. Gunter wäre beinahe das Messer auf die Eier bzw. in die Eier gefallen, weil er es zu unkontrolliert fallen ließ. Es fiel innen neben den Muskel, ritzte die Haut, und Gunter blutete etwas. Gunter war immer der Pechvogel. Wenn jemand beim Schummeln in der Schule erwischt wurde, so war er das. Er konnte auch nicht lügen, ohne rot zu werden.

Leider war er in den Spielen nicht so gut wie ich, zum Tischtennisspielen war er zu unbeholfen, auch zum Fußball, und im Schachspielen hatte er noch nicht so viel Routine. Dafür war jedoch Rainer in unserem Zimmer der größte Fußballspieler des Heims mit einer umfangreichen Ausrüstung: Ball, Fußballstiefel, Trikot, Trainingsanzug und Turnschuhe. Von ihm lernte ich alle Feinheiten wie Effetschüsse, Hackentricks, Fallrückzieher, Stoppen mit der Brust und mit dem Spann. Dazu brachte er mir noch taktische Feinheiten im Spiel bei, denn er war der Regisseur unserer Heimmannschaft und dann auch der Schulmannschaft (er war schon 16 Jahre, als er in der achten Klasse war), zum Beispiel das Zurücklaufen mit dem eng geführten Ball mit folgender plötzlicher Wende und weiter Flanke, die die gegnerische Abwehr aufreißen sollte, das geschickte Balldecken beim Laufen durch beidfüßiges Ballführen und das rechtzeitige Schießen auf das Tor, das er wie kein anderer beherrschte: nämlich nicht zu versuchen, alle gegnerischen Verteidiger zu umspielen, sondern in dem Moment zu schießen, wenn die gegnerische Verteidigung noch einen Trick, ein kurzes Dribbling erwartete. Plaziert dann schießen, wenn der Torwart den Abschuß nicht sehen konnte.

Rainer war ein idealer Fußballer, und ich muß sagen: zu den für mich überraschendsten Dingen gehört, daß er niemals in einem großen Bundesligaklub aufgetaucht ist oder in der Nationalmannschaft (zumal er in seiner Spielweise Ähnlichkeit mit Fritz Walter hatte). Er konnte den ganzen Tag träge herumsitzen, in der Schule, beim Essen, in der Arbeitszeit und auf dem Zimmer zwischendurch: in dem Moment, in dem es auf den Sportplatz ging, war er hellwach: er mußte sich bremsen, nicht schon auf der Pergola, die Mädchenhaus mit Jungenhaus und Eßsaal verband, mit dem Ball zu dribbeln, denn das war verboten und bedeutete Stubenarrest, wenn man erwischt wurde (ich nehme an, wegen der gläsernen Dachplatten). Der Sportplatz gehörte dem Heim und lag gegenüber dem Mädchenhaus auf der anderen Seite der Bornstraße, neben dem Bahndamm und hinter einem drei Meter hohen Zaun (der später auf fünf Meter erhöht wurde, nachdem einige Fensterscheiben im Mädchenhaus kaputtgegangen waren). Rainer schoß den Ball mitten aufs Feld, spurtete hinterher und lief dann mit dem Ball einige hundert Meter, auch wenn ihm jemand den Ball abnehmen wollte, er war nicht von ihm zu trennen. Es war sein Ball, ein ganz besonderer, wunderbar weicher und glatter Ball, den man ganz auf dem Fuß abrollen spürte beim Flanken und Schießen, so daß ich verwöhnt war und später mit normalen Bällen nie so genau schießen konnte wie mit Rainers Ball. Erst wenn er einen plazierten Schuß ins Netz gesetzt hatte, wurde Fußball bei ihm zum Mannschaftsspiel. Meistens übten wir dann zunächst eine halbe Stunde Kopfballstaffetten und Doppelpaßspiel oder Umspielen, und dann wurden zwei Mannschaften gewählt und es ging los, bis zum Kaffeetrinken bzw. bis zur Arbeitszeit oder nach dem Kaffeetrinken (wenn die Arbeitszeit gleich nach dem Essen gewesen war, das war mittwochs und sonnabends, wenn Stadtausgang war) bis zum Abendbrot. Rainer lief sehr wenig während des Spiels, sein Vorbild in dieser Hinsicht war Puškas. Er sagte immer: Keinen überflüssigen Schritt tun, es sei denn, es sieht wirklich schön aus. Und so spielte er. Alle Zuschauer waren begeistert, wenn er am Ball war. Er lag regelrecht schräg über dem Boden, so sehr führte er den Ball am langen Bein, geschickt den Ball mit dem Körper deckend. Seine Elvis-Locke flatterte im Wind, und seine Pässe kamen zentimetergenau. Selten stürzte er oder mußte wirklich im Zweikampf hart einstecken, weil er mit Köpfchen spielte und grundsätzlich dann abgab oder schoß oder zu einem Haken mit anschließendem Spurt ansetzte, wenn der Gegenspieler schon ein Mann-gegen-Mann-Fummeln erwartete, und ging es gar nicht anders, so schob er den Ball dem Gegenspieler durch die Beine. Rainer nannte das Timing, er war ein Meister darin. Am allergrößten waren aber seine Pässe, und das obwohl er in Mathematik eine ziemliche Null war. Er zirkelte, schlug, schob, hob und flankte den Ball immer genau schußgerecht vor die Füße seines Mitspielers. Nie spielte er einen Mitspieler direkt an, so daß dieser stehenbleiben mußte, oder flankte gar in seinen Rücken. Oberstes Gebot für ihn war die Weiterbewegung aller, und dazu zwang er uns durch seine klugen Pässe, die regelrecht liegen zu bleiben schienen genau auf dem Punkt, an dem man sie erreichen sollte.

Rainer war ein ausgemachter Stratege, deshalb war er auch ein guter Schachspieler. Allerdings saß er nicht so gern lange still, denn da er sehr raffiniert und variantenreich spielte mit vielen Überraschungen, brauchten seine Gegner immer lange Zeit, bis sie seine Züge durchschauten und Maßnahmen zur Gegenwehr ergreifen konnten. Man sah ihn nur selten am Schachbrett, und er nahm auch nicht an der Heimmeisterschaft teil. Tischtennis spielte er nicht schlecht, aber ebenfalls nicht gern, weil es ihm nicht weiträumig genug war. Er brauchte immer ein großes Feld, das er überblicken und einteilen konnte für seine Pläne: am liebsten 40 mal 95, so lang und breit etwa war unser Fußballfeld.

Während dieses Jahres in der achten Klasse war ich fast immer mit Gunter und Rainer zusammen, mit Gunter morgens in der Schule, in den Pausen, beim Mittagessen und beim Abendbrot und vor dem Schlafen, manchmal während des Ausgangs im Ort, mit Rainer während der übrigen Zeit, wenn gespielt wurde. (Natürlich war dann auch Gunter oft dabei, aber ich war mehr auf Rainer ausgerichtet.) Wir verstanden uns ziemlich gut und hatten alle nur eine Sorge: wir könnten sitzenbleiben. Rainer hatte durch seine Flucht aus der Zone ein Jahr verloren und war in der siebten Klasse außerdem sitzengeblieben; Gunter war in der siebten ebenfalls sitzengeblieben (Henner übrigens in der sechsten). Das war der Grund, warum sie im Internat waren, und deshalb durften beide nicht noch einmal in der achten Klasse sitzenbleiben, weil das damals zur Entlassung vom Gymnasium führte (Sitzenbleiben in zwei aufeinanderfolgenden Klassen). Ich war nicht sitzengeblieben bis dahin (das passierte erst in der elften Klasse), aber ich hatte wie immer im Herbst in irgendeinem Hauptfach: Englisch oder Französisch, eine Fünf gehabt, einen blauen Brief bekommen und mußte nun zum Endspurt ansetzen.

Wir Heimschüler hatten einen schlechten Ruf, und die meisten Lehrer hatten Vorurteile uns gegenüber, weil sie meinten, hier würden sich einige der dümmsten Schüler Niedersachsens versammeln, die noch dazu ziemlich verwahrlost waren und Straßenkinder, um mit viel Schieben die höhere Schule zu absolvieren. Und da Bad Nenndorf nur eine Oberschule im Aufbau hatte (die erst später staatlich anerkannt wurde), befürchtete man, durch uns würde das Niveau gedrückt, obwohl man andererseits die etwa 120–150 Schüler, die das Heim in dieser Zeit faßte, sehr gut für den Ausbau des Gymnasiums gebrauchen konnte. Es gab Ressentiments und Reibereien, auch zwischen Heimschülern und Schülern aus Bad Nenndorf oder den umliegenden Dörfern, und gerade in den ersten Jahren des Heimbestehens (es wurde im Oktober 1956 eröffnet) waren einige Rabauken unter den Insassen, vor denen die Nenndorfer Angst bekommen konnten.

Nach Weihnachten war ich mit Gunter und Rainer nicht mehr so häufig zusammen, entweder weil die beiden sich mehr zusammenschlossen und oft in den Ort gingen, ohne mich vorher zu fragen, ob ich mitkommen wollte, oder weil ich ziemlich viel Zeit in mein Amateurdetektivhobby investieren mußte, von dem ich zunächst niemand etwas erzählte.

Ich war etwas eifersüchtig auf ihre enge Freundschaft. Doch Gunter machte wie immer seine Späße, wenn er abends im Bett furzte, und sagte: So jetzt wird es erst schön warm und gemütlich bei mir. Und Henner hätte sich darauf am liebsten sofort geschlagen. Rainer und ich lachten darüber. Henner riß das Fenster sperrangelweit auf, und nun war Gunter wieder sauer, weil er fror, sprang hoch und schloß das Fenster. Eines war immer geöffnet, es ging um das zweite, und da unser Bett in der Ecke zwischen den Fenstern stand und Gunter oben schlief, lag er genau im Luftzug. Und so ging es weiter, so lange, bis sich die beiden tatsächlich prügelten oder bis Herr Schneider oder ein anderer Erzieher in der Tür erschien und uns Stubenarrest androhte, falls wir nicht endlich still sein würden.

Bei uns in der gesamten Mittelstufe wurde das Licht um Viertel nach neun ausgemacht, Wecken war um Zwanzig nach sechs, und da war es klar, daß wir, vor allem die älteren wie Rainer, Gunter und Henner, noch hellwach waren, wenn der Erzieher Gute Nacht sagte. Trotzdem durfte nicht gelesen oder sonst etwas getan werden, wozu man Licht brauchte. Daran hielt sich jedoch kein Mensch. Ich hatte ein Detektorradio, an dem ich Gunter auch mithören ließ, und eine kleine Leselampe, die man an den Bettpfosten klemmen konnte. Die knipste ich ein, schlug die Bettdecke darüber und las; und oft hatte ich noch gleichzeitig den Kopfhörer vom Detektor auf dem Kopf. Das war nicht ungefährlich, weil ich so nicht verfolgen konnte, wie laut es wirklich im Zimmer war und wann deshalb der Erzieher hereinkam. Zweimal ist mir auch die Leselampe weggenommen worden, einmal der Detektor. Doch ich habe beides zurückbekommen, ich nehme an, weil die Erzieher es im Grunde dulden wollten, daß wir uns nach der frühen Zubettzeit noch beschäftigten. Und da war es ihnen lieber, wir beschäftigten uns allein, als daß wir zueinander in die Betten krochen und uns einen runterholten oder gar echten homosexuellen Kontakt hatten, wie das ein Jahr vorher in ziemlich großem Umfang passiert war: vier Schüler wurden des Heimes verwiesen, wie es hieß, etwa zwanzig erhielten eine Androhung der Verweisung.

Ich hatte eigentlich nie Langeweile im Heim (jedenfalls damals, später, als es um Mädchen ging, wurde das etwas anders), und deshalb bemerkte ich zuerst an Rainer eine Veränderung seines Verhaltens, denn er war mir immer als Musterbeispiel eines sich langweilenden Menschen vorgekommen, wenn er nicht Fußball spielte. Ein paar Wochen nach Weihnachten aber erschien er mir auffallend geschäftig. Er zeichnete und rechnete, ging interessiert im Heim und in dessen Umgebung umher und hatte mit Gunter aufgeregte Unterhaltungen, die abbrachen, wenn ich dazukam. Das machte mich neugierig und lenkte meinen detektivischen Scharfsinn auf die beiden. Und um sie möglichst leicht in meine Kartei zu bekommen, das war als erster Schritt, bevor ich nähere Nachforschungen anstellen konnte, unerläßlich, schon um der Übersichtlichkeit der Kartei willen, um sie also in meine Kartei zu bekommen, weihte ich sie einfach in meine Detektivambitionen ein und bat sie, mir ihre Fingerabdrücke zur Verfügung zu stellen, vielleicht noch eine Haarprobe. Nachdem sie meine Kartei gesehen hatten, gaben sie mir auch alles, was ich von ihnen haben wollte, so daß ich mich schon meines Verdachts zu schämen begann.

Doch ein paar Tage später entdeckte ich zufällig auf Rainers Tisch einen ziemlich exakten Lageplan des Heims. Es war sehr genau die große Rasenfläche eingetragen, in deren linker Mitte sich das Jungenhaus befand, das Mädchenhaus stand weiter vorn, an der Bornstraße, der Eßsaal mit Küche weiter hinten auf der rechten Seite des Grundstücks an der Bornstraße (die inzwischen einen Bogen um das Grundstück geschlagen hatte und zum Bahnhof führte); dahinter war das im Bau befindliche Personal- und Dienstwohnungsgebäude. Die Pergola, die vom Mädchenhaus, vorbei an dem Jungenhaus zum Eßsaal in einem entgegengesetzten Bogen zur Bornstraße führte, war exakt eingezeichnet. Dann auf einer weiteren Zeichnung waren unsere Fensterfronten eingetragen und die Höhe der Fenster vom Erdboden aus: 3,40 Meter. Es lagen noch mehrere Zettel, auch mit Berechnungen, herum, aber als ich sie ansehen wollte, kam Rainer herein, errötete und nahm die Zettel schnell zusammen, um sie in seinen Schrank zu verstauen. Den Schrank verschloß er.

Ich tat möglichst unbefangen und fragte ihn, da er mich nun mal über seinen Notizen überrascht hatte, wozu er die Zeichnungen brauchte. Darauf sagte er, er wolle seiner Mutter, die noch nie hier gewesen sei, eine genaue Lagezeichnung zum Geburtstag schenken, darüber würde sie sich freuen, und er könnte gleichzeitig ein bißchen Arithmetik und Geometrie üben, damit er nicht sitzenbleibe. Ich glaubte ihm kein Wort und beschloß insgeheim, ihn von nun an genau zu beobachten.

In der Schule sah es allerdings wirklich düster aus für Rainer und auch für Gunter. Ich hatte einige bessere Arbeiten geschrieben, darunter eine Zwei in einer Mathematikarbeit bald darauf, als ich bereits über 38 Grad hatte. Einige andere hatten auch Fieber, denn an dem Tag brach eine Grippeepidemie bei uns im Heim aus, Quarantänestationen wurden in den Obergeschossen der Häuser errichtet, und meine Pläne zerschlugen sich zunächst, denn ich war einer der ersten, die im Jungenhaus ins Krankenzimmer kamen. Diese Zwei aber hat mich neben einer Vier in Englisch gerettet. Ich erinnere mich nicht, welche Zensuren Rainer und Gunter in den Arbeiten hatten, aber sie waren weder so, daß ihre wacklige Situation hoffnungslos wurde, noch so, daß sie schon aufatmen konnten, sondern sie blieb wackelig. Vor allem in beiden Fremdsprachen waren sie schwach, Gunter wohl besonders deshalb, weil er unserer Englischlehrerin nicht gewachsen war, die seine zögernde, etwas ungeschickte Verhaltensweise als Böswilligkeit oder Dickfelligkeit auslegte und ihn immer so verwirrte, daß er im Mündlichen versagen mußte, Vokabeln nicht wußte, beim Lesen stotterte, beim Übersetzen lange Pausen und ÄHS machte und die Grammatikparagraphen verwechselte, um nach der Korrektur ganz unbeholfen mit der Hand zu winken und Ach ja zu sagen, als wisse er das eigentlich alles, was ihm die Englischlehrerin, Frau Dr. Schäfer, besonders übel nahm, obwohl ich sicher war, daß Gunter das alles tatsächlich wußte und nur zu zurückhaltend und gehemmt war, das auch überzeugend vorzubringen.

Bei Rainer war das ganz anders. Aufgrund seiner enormen Fußballbegabung hatte er großes Selbstbewußtsein und behandelte die Lehrer mit leichter Überheblichkeit, als wisse er nur zu genau, daß sie auf dem Fußballplatz völlig versagen würden, auch bei größter Anstrengung, während er ja nur besorgt war, nicht mehr als das Allernötigste zu tun. Ich weiß, das klingt ironisch und unwahrscheinlich, aber so war es. Schon wenn er sich aus seiner Bank hochwand, um seine Antwort zu geben (wir mußten damals noch aufstehen und hausten in einer alten Schule mit Bänken), waren die Lehrer und da besonders die Englischlehrerin gereizt und hatten das Bedürfnis, ihm eins auszuwischen. Dummheit und Stolz wachsen aus einem Holz, schrie unser Physiklehrer heiser. Das war ein Teufelskreis. Denn Rainer mit seiner Intelligenz hatte durchaus recht, wenn er meinte, daß eigentlich seine Leistungen in allen Fächern knapp ausreichend sein müßten, aber er bedachte nicht sein fortgeschrittenes Alter und seine Beurteilung im Zusammenhang mit einer wesentlich jüngeren und lieberen Klasse.

Beide, Gunter und Rainer, empfanden die ernsten Hinweise der Lehrer, wenn sie sich nicht erheblich anstrengen würden, um sich zu verbessern, müßten sie sitzenbleiben, als eine ganz gemeine Betrügerei. Und ich fühlte auch, daß beide ungerecht behandelt wurden, während ich wohlwollend in meinen Endspurtversuchen mit der Lehrermeinung faul, aber intelligent, unterstützt wurde. Doch ich lag für knapp zwei Wochen (es kann auch etwas weniger gewesen sein) in der entscheidenden Phase dieses Schuljahres in Quarantäne und spielte von morgens bis abends mit meinem Bettnachbarn Schach, wenn ich nicht gerade einmal las, was mich aber mehr anstrengte.

Gunter besuchte mich einmal heimlich (denn Besuche der kranken Schüler waren natürlich verboten) und erzählte mir von meiner Zwei in Mathematik und wie mich der Lehrer in meiner Abwesenheit gelobt hätte. Er sprach gar nicht von sich, während er auf meinem Bettrand saß, und weil seine Nase so traurig herunterhing und seine hellblauen Augen so trübe guckten, als sei er der Kranke und nicht ich, hatte ich auch nicht den Mut zu fragen, wie es um ihn stand. Er fragte mich nur noch, bevor er ging, ob ich von Rainer ein paar Platten kaufen wolle. Rainer brauchte Geld, und natürlich würde er mir am liebsten diese Platten verkaufen. Ich war ganz entsetzt, daß Rainer seine Platten verkaufen wollte, und konnte mir das nicht vorstellen, denn wenn er untätig im Zimmer herumsaß, hatte er fast immer heimlich unter dem Tisch seinen Plattenspieler laufen (heimlich, denn das war damals noch verboten). Es war eines von diesen Steckgeräten, wie sie damals modern waren: Man steckte eine 45er Platte hinein, und die Dinger fingen automatisch an zu laufen. Natürlich war es kein besonderes Gerät, und die Platten sahen entsprechend aus. Doch für Rainers Zweck war es ideal, weil es nicht auffiel und mit einem Handgriff auszuschalten war, wenn ein Erzieher ins Zimmer kam.

Sofort als Gunter mich verlassen hatte, war ich darauf versessen, wieder gesund zu werden, um herauszufinden, warum Rainer seine Platten verkaufen wollte, was er und wahrscheinlich auch Gunter vorhatten. Es kam sehr viel in Frage. Im Heim war in den fast zweieinhalb Jahren seines Bestehens (die ich ganz miterlebt habe, denn ich bin der erste Schüler gewesen) allerhand vorgefallen, was als Vorbild dienen konnte: Automaten waren geknackt worden, Schüler hatten versucht zu fliehen und Fremdenlegionäre zu werden. Diebstähle und Bandenbildung. In meiner Phantasie sah ich schon Gunter und Rainer als Robin Hoods. Und das wollte ich unbedingt aufdecken. Deshalb gab ich das Schachspielen und das Lesen auf, versuchte zu schlafen und mich auszuruhen, damit die Medikamente möglichst schnell wirken konnten.

Aber das Gutsein ist nicht einfach. Als ich zwei Tage später wieder gesund war und in mein altes Zimmer zurückkam, war alles anders und ungewohnt. Denn erst einmal mußte der Schüler, der bis dahin an meiner Stelle in dem Zimmer gelegen hatte (in der oberen Etage, die als Krankenstation eingerichtet worden war, lagen ja normalerweise Schüler), ausquartiert werden. Ich war noch etwas schlapp und sah zu, wie Gunter ihm half, seine Sachen und sein Bettzeug zusammenzupacken und hinauszubringen. Eigentlich hatte ich in einem anderen Zimmer bleiben sollen, so lange, bis die Quarantänestation ganz aufgelöst worden wäre, aber Gunter und Rainer hatten darauf gedrängt, daß ich wieder in mein altes Zimmer kam und der Schüler, der solange meinen Platz eingenommen hatte, das Übergangsquartier beziehen sollte.

Dann deckte Gunter mein Bett, während ich bei Rainer am Tisch saß und mir Platten anhörte. Rainer wollte mich dazu bringen, möglichst viele Platten zu kaufen. Und da ich zwei Wochen lang mein Taschengeld nicht ausgeben konnte, hatte ich fünf Mark. (Damals hatte ich noch kein Postsparkassenbuch mit Konto, was ich sehr bedauerte, denn dadurch entgingen mir ein paar hervorragende Platten.) Ich kam mir, je länger ich dasaß und Gunter zusah, wie er mein Bett bezog, und dann zu Rainer sah, der groß am Bett lehnte mit seiner Elvis-Locke und vor sich hinzuträumen schien (Henner war nicht da), immer kleiner vor ihnen gegenüber, so erwachsen und reif wirkten sie auf mich. Und wie sie mich behandelten – da hatte ich plötzlich Zutrauen zu ihnen und schämte mich wieder, daß ich ihnen hinterherspionieren wollte.

Ich verdanke ihnen viel. Als ich ein Jahr im Heim war, bekam ich ein Zeugnis ausgestellt, ich sei ein verschlossener Junge, der Gemeinschaft abgewandt, dickköpfig und schüchtern. Daß sich das änderte, ist ein Verdienst der beiden, weil sie gute Freunde waren, mit denen man sprechen konnte, ohne stark tun zu müssen wie bei den meisten anderen. Wenn ich nachts laut phantasierte, haben sie es mir nicht übelgenommen, während mir später deswegen andere bitterböse waren, was ich auch verstehen kann, denn es ist nicht angenehm, mindestens zweimal die Woche aufgeweckt zu werden von einem, der herumbrüllt oder durchs Zimmer tappt und das Licht einschaltet. Und das tat ich ziemlich häufig, weil ich einen Überschuß an Phantasie hatte und laufend die tollsten Sachen träumte. Rainer und Gunter haben mir das nie verübelt, und wenn Henner nicht mit auf dem Zimmer gelegen hätte, so wäre ich dort im Heim für ein Jahr richtig froh gewesen.

Rainer verkaufte mir noch am selben Tag (ich nehme an, damit ich nicht in Versuchung kommen sollte, mein Taschengeld anderweitig auszugeben) fünf Platten zu je einer Mark, was sehr billig war, denn sonst nahm er für die meisten 1,50 bis 2 Mark. Er hatte etliche, und bald besaß jedes Zimmer auf unserem Flur, und das waren immerhin neun, mindestens eine Platte von ihm.

Es waren sehr beklemmende Tage damals, wie ich sie mir heute nicht mehr vorstellen kann, wenn ich jetzt frisch gewaschen und in frischer Wäsche an der Maschine sitze, draußen ist ein mäßig gutes Wetter mit einem hellblauen Himmel und durch leichten Dunst gefilterten Sonnenstrahlen, ein mildes Wetter und eine milde, entspannte Stimmung, in der man nur schwer begreifen kann, daß eine Situation lebenswichtig erscheinen konnte: Was ist das schon? denkt man, Kinderprobleme, jugendlicher Leichtsinn und Schwärmerei; bis sie verheiratet sind, ist alles vergessen. Aber gerade so war es nicht. Gunter und Rainer saßen ernst und höflich in der Schule, Gunter antwortete zuvorkommend und flüssig der Englischlehrerin, leider habe er sich nicht genau konzentrieren können, um seine Vokabeln zu lernen, weil er immer daran denken müsse, daß sie ihm sowieso eine Fünf geben wollte – worauf er fast vor den Direktor geschleppt worden wäre, um diese ungeheuerliche Beleidigung zurückzunehmen. Auch Rainer benahm sich höflich, er war sorgfältig mit Wasser gekämmt, so daß ihm seine Elvis-Locke nicht ins Gesicht hing, stand ohne lässiges Gehabe auf und setzte sich nach einem bedeutungsvollen Schweigen bescheiden wieder hin. Wir alle in der Klasse fühlten uns sehr bedrückt, und daran konnte auch das erheiternde Verhalten von Lorke, unserem Französischlehrer, nichts ändern, der sich mit dem hohlrückigen Stolz eines gallischen Hahns benahm und mit seiner sonoren Stimme und in dritter Person Ermahnungen und Schelte formulierte: Nimm er sich zusammen! Gleich kommt er auf die Ofenbank! Das klingt sehr unwahrscheinlich als Bericht über die Gebräuche in der Schule in der Mitte unseres Jahrhunderts und an der Schwelle der sechziger Jahre, aber es war so, und ich muß sagen, Herr Lorke war trotz einigem autoritärem Gebaren und trotz eines grantigen Berner Sennenhundes, den er sich später zum steten Unbehagen aller Bekannten anschaffte, eine der liebenswürdigsten Figuren des Lehrerzimmers. Doch nun, kurz vor den Osterferien und kurz vor der Versetzung, wirkten seine jovialen Späße nicht und selbst nicht seine Lieblingserzählung über seine Kriegsgefangenschaft, die mit den Worten begann: Damals, als ich in Louisiana weilte ... Auch er nämlich war ein

Opfer seines Vorurteils und stufte Gunter und Rainer als mangelhafte Schüler ein. Wir alle spürten, daß sich Gunter und Rainer nicht den Regeln der Schule beugen würden, um mit gesenktem Kopf und entschuldigendem Gesicht ihre Nichtversetzung entgegenzunehmen – obwohl, wie die Lehrer immer wieder betonten, die Entscheidung noch nicht gefallen war. Aber damit wollten sie uns nur anstacheln, aufmerksam am Unterricht teilzunehmen und mitzuarbeiten.

Im Heim waren Gunter und Rainer noch mehr zusammen, zumal sie auch aufgrund der geänderten Tischordnung während der Grippeepidemie an einem Tisch saßen. Mir gegenüber waren sie sehr freundlich, aber verschlossen, so daß ich mich ausgeschlossen fühlte und um so eifriger hinter ihnen herspionierte, um ihr Geheimnis zu erfahren – und sie hatten ein Geheimnis. Warum sonst hielt Rainer seinen Schrank verschlossen und trug den Schlüssel bei sich, was offiziell gar nicht erlaubt war (auch wenn die Erzieher ein Auge zudrückten, sobald sie es bemerkten). Früher hatte er es nicht gemacht. Und auch Gunter versteckte etwas in seiner Kassette und nahm den Schlüssel dazu sogar mit ins Bett (er steckte ihn in seine Schlafanzugjacke).

Am allerauffälligsten waren aber die Verkäufe, die sie beide tätigten, ausgerechnet sie, die nie zu den Schacherern gehört hatten. Rainer verkaufte nicht nur seine Platten, sondern auch seinen Plattenspieler, seine Turnschuhe, ein Ersatztrikot, Bücher, sein Schachspiel und sogar einen Pullover und zwei Hemden. Er hätte auch zwei Paar Hosen verkauft, wenn sie jemandem gepaßt hätten. Gunter stand ihm nicht nach, er verkaufte Bücher, seinen Tischtennisschläger, ein Kartenspiel, Wäsche usw., eben alles, was er loswerden konnte, nur sein Messer nicht, es war ein Sprungmesser, das erste, das ich gesehen habe. Bald waren die Schränke der beiden nur noch halb voll, wie ich gut verfolgen konnte, denn laufend erschienen Käufer in unserem Zimmer, so daß Henner schon anfing zu motzen: was das solle, er möchte seine Ruhe haben. Und ich muß sagen, daß es mir heute geradezu unglaublich vorkommt, wie selbstverständlich Gunter und Rainer ihre Sachen an den Mann brachten, ohne daß ein Erzieher sich meldete und fragte, warum sie Ausverkauf hätten. Denn es mußte doch auffallen, wenn überall plötzlich Sachen von ihnen auftauchten. Aber ich glaube, die meisten dachten daran, daß Gunter und Rainer sitzenbleiben würden und daß sie sowieso bald das Heim verlassen müßten. Man billigte ihnen Narrenfreiheit zu und ließ sie machen, was sie wollten, solange sie keinen Unfrieden stifteten.

Eines Tages, als wir nachmittags Fußball spielen wollten, sagte Rainer, er habe keine Lust, und auch Gunter wollte nicht mitspielen. Da sie sich von mir nicht überreden ließen, ging ich etwas beleidigt hinüber zum Fußballplatz, wo die anderen schon warteten. Aber es war kein Ball da, und ich wurde zu Rainer geschickt, um mir seinen zu holen. Ich platzte in das Zimmer, es schepperte, und ich war sprachlos vor Überraschung. Gunter und Rainer hatten den Hocker vor die Tür gestellt mit einer Flasche darauf, die Gott sei Dank nicht zu Bruch ging. Im ganzen Zimmer waren Fressalien ausgebreitet, Obst, Brot, Margarine, Wurst, Schinken, Kekse, Schokolade, Rum und Zigaretten, dazu zwei Schlafsäcke und zwei Decken, Rainers Fußballausrüstung und ein paar Bücher von Gunter, ein Kartenspiel, Unterwäsche, Hemden, Taschentücher und Strümpfe, Gunters Messer und noch ein paar Sachen, an die ich mich nicht erinnere. Und Gunter lehnte an seinem Bett, auf dem zwei Rucksäcke aufgestellt waren. Rainer wollte ihm gerade etwas zureichen. Ich fragte erstaunt: Was macht ihr denn hier? und sie fragten wie aus einem Mund: Was willst du denn? Ich sagte, ich wollte den Ball holen, und Rainer biß sich auf die Lippe. Daran hatte er offensichtlich nicht gedacht. Er hatte nämlich aus dem Ball schon die Luft gelassen und wußte nun nicht, was er machen sollte. Ich sagte: Nehmt mich doch mit. Denn mir war nun klar, daß sie abhauen wollten. Aber das kam nicht in Frage. Sie schickten mich zurück, ich sollte einen

Heimball holen und mitspielen, damit kein Verdacht geschöpft würde. Später würden sie mir alles erzählen. Ich hatte Angst, sie wollten jetzt gleich abhauen, obwohl sie mir beteuerten, das sei Unsinn, das würden sie nie tun.

Trotzdem lief ich gehorsam zum Hauserzieher und ließ mir einen Ball geben; und auf dem Fußballplatz sagte ich, Rainers Ball sei kaputt. Das Spiel war entsetzlich zerfahren, weil alle von meinen Fehlern angesteckt wurden. So schlecht habe ich in meinem ganzen Leben nicht gespielt. Alle waren sauer und fluchten, ich sagte: Es liegt am Ball, mit dieser Nille kann ja auch kein Mensch vernünftig Fußball spielen, worauf alle fragten: Was ist denn nun mit Rainers Ball und wann ist er wieder heil? Das Spiel endete, ich weiß es noch, 8 : 3 gegen meine Mannschaft, und wir gingen ziemlich mißgelaunt in die Waschräume.

Rainer und Gunter waren noch da. Beim Kaffeetrinken sah ich sie wieder. Sie saßen ganz ruhig da und tranken ihren Milchkaffee und aßen ihr Stück Streuselkuchen. Ich setzte mich zu ihnen (beim Kaffeetrinken war freie Tischordnung) und blickte sie gespannt an, aber sie winkten ab und sagten: Nach dem Abendbrot erzählen wir es dir; jetzt könnte uns jemand hören. Sie hatten schon lange vor mir dagesessen und Kuchen gefuttert, aber ich war schon fertig, und sie kauten immer noch, wie Opas, dachte ich, wahrscheinlich haben sie Angst. Sie wollten aber den restlichen Kuchen einheimsen und mit rübernehmen (zum Kaffeetrinken kamen immer nur ein Drittel bis höchstens die Hälfte). Dazu hatten sie Rainers Turnbeutel dabei. Nachher paßte ich auf, während sie in dem Vorraum zur Küche, wo das Essen und das Geschirr ausgegeben wurden, schnell die restlichen Streuselkuchen einsackten. Und wir kamen unbemerkt davon. Darüber waren wir froh und gerieten in so gute Laune, daß wir uns vornahmen, heute während der Arbeitszeit alle einen Krimi zu lesen.

Die Arbeitszeit fand damals für uns im Eßsaal statt, und an jenem Tag war Bully (Herr Hundertmark), der eigentlich die

Unterstufe hatte, unsere Aufsicht. Es war von Anfang an sehr unruhig, und jeden Moment rief jemand Aua, weil er von einem Papierbolzen getroffen worden war, die anderen kicherten, dann fiel jemand mit dem Stuhl um, Hefte flogen durch die Luft, alle paar Augenblicke meldete sich jemand zum Klo ab, einige spielten unter dem Tisch Karten. Bully war ziemlich sauer. Und in dem Moment erwischte er natürlich den armen Gunter beim Krimilesen. Er lief rot an und kullerte wütend mit den Augen hinter seiner Brille: Dich berührt wohl gar nichts, du bleibst vielleicht sitzen, deine arme Mutter hat all das viele Geld umsonst ausgegeben, aber nein, der Herr Sohn kümmert sich nicht darum, sondern liest Edgar Wallace. Nein, Herr Hundertmark, Agatha Christie: *Das Alibi.* Der Saal tobte vor Lachen, Gunter konnte so schlagfertig sein, und es stimmte wirklich. Bully hatte nur das rote Goldmannbuch gesehen und an Edgar Wallace gedacht, hätte er Rainer oder mich erwischt, so hätte er recht gehabt. Aber Bully fackelte nicht lange. Er nahm Gunter das Buch aus der Hand und riß es einfach mittendurch. Donnerwetter, das hatten wir noch nicht gesehen. Es wurde still im Eßsaal, alle staunten. Ich hatte zwar schon gehört, daß Graf Luckner, der Seemann, von dem mir mein Bruder, der auch drei Jahre zur See gefahren ist, erzählt hatte, ein ganzes Telefonbuch mit einem Mal zerreißen konnte und einen Groschen zusammenknicken, aber ich hatte das für Seemannsgarn gehalten. Bully zerriß einfach einen Krimi, ohne große Anstrengung. Und Gunter bewunderte das so sehr, daß er ganz vergaß zu protestieren. Denn immerhin war der Krimi im Eimer.

Nachher, kurz vor dem Essen, während die Tischdienste den Tisch deckten, versuchten Rainer und Gunter Krimis durchzureißen – ohne Erfolg. Mann, war der Bully stark. Jetzt verstanden wir auch, warum er sich gern mit den Kleinen balgte und oft vier oder fünf auf sich herumtrampeln ließ. Das gehörte zu seinem Training.

Beim Abendessen machte Bullys Tat die Runde, und es

wurde immer wieder gelacht. Die Tischdienste machten auf ihren Wegen in die Küche Umwege an anderen Tischen vorbei und fragten: Wißt ihr schon? Und mit der Zeit steigerten sie aus Jux: erst waren es zwei Krimis, dann zwei Schulbücher, schließlich Gunters gesamte Schulbücher, weil der ja sowieso sitzenblieb, und wieherndes Gelächter wogte durch den Saal, bis Herr Schneider aufstand und fragte, ob denn alle auf ihren morgigen Ausgang verzichten wollten. Herr Schneider schaffte alles mit Ironie, mit der er immer in den Übermut piekte und so die ganze Luft abließ. Es wurde leiser, und man lachte nur noch unterdrückt. Selbst Rainer und Gunter waren etwas gelockert und lachten mit, obwohl sie meist mit ernsten Gesichtern dasaßen und wieder ganz verschlossen wurden, als das Gerücht über Gunter zu ihnen drang. Sie taten mir leid. Doch gleichzeitig war ich gespannt, wie sie nun abhauen wollten.

Nach der Abendandacht, auf die sich keiner konzentrieren konnte, weshalb Bully, der gerade an der Reihe war, es kurz machte, rannten wir aufs Zimmer, das heißt: ich rannte. Es war verboten auf der Pergola, aber bis der erste Erzieher aus dem Eßsaal aufgetaucht war, hatte ich längst das Jungenhaus erreicht. Rainer und Gunter gingen ganz gemessen. Dann kam Rainer allein aufs Zimmer, weil Gunter zu Schneider mußte, wahrscheinlich, um sich eine saftige Strafe abzuholen.

Rainer erzählte mir inzwischen, daß sie noch diese Nacht abhauen würden, weil es nicht regnete und weil sie dann besonders weit kommen würden. Vielleicht wollten sie in die Fremdenlegion, auf jeden Fall erst einmal nach Süddeutschland bzw. noch besser nach Frankreich. Näheres über die Richtung, in die sie gehen wollten, sagte er nicht, aber ich konnte mir schon vorstellen, daß sie über Lauenau gehen würden, weil sie dort den Deister gut kannten von einem unserer Ausflüge. Und morgen würden sie ganz früh versuchen, mit einem Auto von dort wegzutrampen. Ich fragte Rainer noch mal, ob ich nicht mitdürfte, denn ich wußte gar nicht, was ich ohne sie machen sollte, sie waren meine besten Freunde. Doch Rainer war nicht umzustimmen: Ich würde nicht sitzenbleiben, ich wäre zu jung, ich würde das nicht durchhalten, was würde meine Mutter sagen, sie würden mich ja später einmal besuchen, und wer weiß, wann wir uns sowieso wiedersehen würden usw., was man eben in einer solchen Situation sagt, um einen anderen zu beschwichtigen. Jedenfalls war es so in meiner Erinnerung. Gunter kam erst um Dreiviertelacht, und er war sehr niedergeschlagen. Offensichtlich hatte Schneider ihn stark bearbeitet und wollte vielleicht seine Mutter benachrichtigen. Gunter wollte nichts über das Gespräch sagen und war überhaupt einsilbig. Wir spielten einfach Skat und legten uns ganz früh zu Bett und lasen, so daß Henner wieder unkte.

Aber Gunter war heute nicht zum Streit aufgelegt. Herr Schneider kam und sagte Gute Nacht. Das Licht war aus, und ich nahm mir vor, wach zu bleiben, bis die beiden abhauen würden. Aber vor elf konnten sie sowieso nicht fort, weil die Oberstufe erst um halb elf bis elf ins Bett ging, und dann mußte das Haus noch ruhig werden, und die Erzieher mußten schlafen. Ich hätte so gern gesehen, wie sie sich an den beiden zusammengeknoteten Bettlaken aus dem Fenster gelassen haben. Aber bald nach zehn schlief ich ein. Und als ich am nächsten Morgen erwachte, waren sie nicht mehr da.

Herr Schneider, der uns weckte, fragte: Wo sind denn Rainer und Gunter? Aber er wartete gar nicht auf unsere Antwort (ich hätte auch nicht gewußt, was ich ihm sagen sollte), sondern ging weiter zu dem nächsten Zimmer, wohl in der Annahme, die beiden seien schon früher aufgestanden, was Gunter tatsächlich schon ein paar Mal gemacht hatte. Ich wartete, bis Henner aus dem Zimmer war. Dann sah ich aus dem Fenster. An der Ostseite hingen die beiden aneinandergeknoteten Bettlaken, die unter dem Fenster an der Heizung befestigt waren und die Schneider nur deshalb nicht gesehen hatte, weil er die Gardinen nicht zurückgezogen hatte, wie er das sonst manchmal morgens tat. Allerdings war es mir schleierhaft, wie Schneider unten in der Wohnung die Bettlaken vor seinem Fenster übersehen konnte. Er wohnte mit seiner Familie in der Hauserzieherwohnung unter uns. Wahrscheinlich wird er die Vorhänge noch gar nicht aufgezogen haben, denn es war Ende Februar und noch dunkel (an Schnee erinnere ich mich nicht). Ich ließ damals die Vorhänge geschlossen und nahm mir vor, die Bettlaken auf keinen Fall zu entdecken. Sonst waren Rainers und Gunters Betten nicht auffällig, weil sie ihre Bettdecken lang darübergebreitet hatten, und auch ihre Plätze waren normal: ein paar Hefte lagen auf ihren Tischen, eine Schranktür stand auf.

Erst beim Essen schien Herr Schneider ernsthaft unruhig zu werden. Er kam zu mir an den Tisch und fragte, ob ich Gunter und Rainer gesehen hätte. Ich sagte: Nein, heute noch nicht. Er fragte: Weißt du, wo sie sein könnten? Und an seinen Augen (die eisblau waren, wie im Krimi) sah ich, daß er mich in Verdacht hatte, ihre Abwesenheit decken zu wollen. Ich sagte trotzig: Nein. Darauf schwieg er einen Augenblick und senkte den Blick. Und im Fortgehen meinte er: Wir werden ja sehen. Er ging hinaus. Im Eßsaal war es stiller geworden, als ahnten alle, daß es hier um etwas Besonderes ging. Sie drehten die Köpfe und schauten ihm nach, bis die Tür wieder automatisch einschnappte und er auf der Pergola verschwunden war. An meinem Tisch sprachen sie auf mich ein, und in dem ganzen Saal herrschte ein aufgeregtes Geschnattere. Ich wehrte mich gegen die aufdringlichen Fragen durch Brüllen: Ich weiß nichts, laßt mich in Ruhe, so daß Bully von seinem Tisch drohend herübersah. Darauf stellte ich mich taub, schüttelte die Hände von meinen Armen und Schultern und aß mein Marmeladenbrot auf. Meist hatte Gunter solch unangenehme Situationen für mich erledigt.

Nach dem Frühstück, kaum daß Bully die letzten Gebetworte gesprochen hatte, stürmten die Jungen von den anderen Tischen auf mich ein, und auch die Mädchen blieben in einiger

Entfernung von mir stehen und fragten mich mit neugierigen Blicken, was los sei. Wo sind denn Rainer und Gunter, haben sie was ausgefressen, was wollte denn Schneider von dir, hängt es mit dem Krimi zusammen, den Bully gestern zerrissen hat usw. Sie fragten und fragten, ohne daß ich einen Ton sagte. Schließlich trieb uns Bully auseinander und auf unsere Zimmer, damit wir uns für die Schule fertigmachen konnten.

Ich hatte gedacht, daß Schneider mich in unserem Zimmer erwarten würde. Doch er war nicht da. Nur die Vorhänge waren zurückgezogen und die Bettlaken nach innen gezogen. Henner sah mich geringschätzig an und sagte: Du steckst doch mit denen unter einer Decke. Seitdem er wußte, daß er nicht mehr sitzenbleiben konnte, war er noch unausstehlicher und hochmütiger geworden. Ich beachtete ihn gar nicht mehr, sondern packte meine Sachen und ging gleich zur Schule.

Frau Doktor Schäfer, bei der wir die erste Stunde Englisch hatten, fragte nur obenhin: Und wo sind unsere beiden alten Herren? worauf die Klasse loswieherte. Ich schwieg, und Henner antwortete wichtigtuerisch: Sie sind geflüchtet. Geflüchtet? fragte Frau Dr. Schäfer, ohne den Sinn zu erfassen: Was soll denn das heißen, Henner, und steh bitte auf, wenn du antwortest! Worauf sich Henner genüßlich erhob und erwiderte: Heute morgen waren ihre Betten leer, und man hat nichts gefunden als zwei aneinandergeknotete Bettlaken, die zum Fenster hinaushingen. Mehr weiß ich nicht. Und er betonte das ›ich‹ und sah dabei zu mir herüber. Die Klasse war still geworden, als Frau Doktor Schäfer sich fragend an mich wandte: Es sind doch deine Freunde, du mußt doch wissen, wo sie sind! Ich antwortete mit gesenktem Kopf: Ich weiß es aber nicht. Worauf einige kicherten und Frau Doktor Schäfer sagte: Du mußt ja wissen, was du tust. Dann trug sie die beiden als fehlend ein und begann mit ihrem Unterricht, in dem sie (übrigens bis zur 13. Klasse hinauf) ihre bewährte Praxis übte, die ganze Klasse im Chor schwierige Wörter wiederholen zu lassen, um dann noch schwächere Schüler einzeln um eine

Wiederholung zu bitten. Mich nahm sie an diesem Tag nicht dran, wohl um mich wegen meines Schweigens zu bestrafen.

Die übrigen Stunden zogen sich endlos hin, nicht ohne mit den Fragen der Lehrer an Henner und mich zu beginnen, wo denn Gunter und Rainer seien. Es herrschte eine eigenartig unwirkliche Atmosphäre, und ich kam mir vor, als sei ich bei all dem nur ein Zuschauer, und in den Stunden träumte ich mich immer zu Gunter und Rainer und wanderte mit ihnen Landstraßen entlang, aß Schokolade und schnipselte mir mit Gunters Messer Wurst ab. Ich stellte mir die ausgefallensten Menüs zusammen, wie sie sonst nur die *Fünf Freunde* von Enid Blyton aßen.

Nach der fünften Stunde hatten wir aus. Ich bummelte noch am Bahnhof herum, weil ich Angst hatte vor dem Verhör, das mich erwartete. Wahrscheinlich würde ich nicht dichthalten, wenn ich gefoltert würde. Und ich sah mich schon auf den raffiniertesten Folterstühlen, Rädern und in Teertrögen, Herr Schneider zog mir die Fingernägel raus, und Bully brach mir den Arm. Ich kaufte mir schnell noch von den letzten 20 Pfennigen, die ich hatte, in der Bahnhofswirtschaft eine von den ganz kleinen Tafeln Schokolade und ging dann gottergeben die Bornstraße entlang, dem Heim zu.

Herr Schneider wartete an der Haustür und winkte mich in das Aufsichtszimmer gleich neben der Tür. Hier gab es Taschengeld und Strafen. Ich kannte es von vielen Standpauken nach Wasserschlachten (wofür es eine Hausstrafe gab: drei Hausstrafen = eine Heimstrafe, drei Heimstrafen = Verweis) und nach Prügeleien. Hier hatte ich meine erste Zigarette gestanden, und hier hatte ich homosexuelle Kontakte geleugnet. Hier wurden wir alle 14 Tage gewogen und gemessen (oder alle Monate, ich weiß nicht mehr), hier gab es Briefmarken und Schreibmaterial (Bully hatte den Verkauf). Ich stand vor dem Schreibtisch. Herr Schneider, der mit dem Rücken zu mir am Fenster gestanden hatte (wie in allen Filmen über Jugendliche: bevor der Erwachsene sich umdreht, um mit sorgenvoller Miene und traurigem Blick die Strafe auszusprechen), wandte sich um und sagte, ich soll mich hinsetzen, es war ein Hocker, und ich werde ihn nicht vergessen. Es war ein richtiger Anklagestuhl, hart, mit einem Muster, ohne Lehne, etwas hoch, unbequem und unerbittlich. Herr Schneider behandelte mich in seiner üblichen Weise? Zunächst schwieg er und ließ mich schmoren. Er spielte mit dem Lineal und sah hinaus, als müsse er unendlich lange über etwas nachdenken. Dann sagte er langsam: Ich bin sehr enttäuscht von dir. Weißt du nicht, daß Gunter und Rainer das Heim verlassen müssen, wenn sie erst von der Polizei gesucht werden? Ich schwieg, obwohl mir die Frage auf der Zunge lag, ob sie nicht in jedem Fall das Heim verlassen mußten, wenn sie ausgerissen waren. Er fuhr fort: Was wird nur deine Mutter sagen, wenn sie erfährt, daß du so etwas unterstützt hast? Und was wird Gunters Mutter sagen? Und Rainers? Nach der Flucht die vielen Sorgen und nun dies. Du warst ihr bester Freund, und du willst behaupten, du wüßtest nichts, sagte er plötzlich messerscharf, als habe er auf dem Schachbrett mit einem überraschenden Zug Schach geboten, und im Gemeinschaftsraum wurde es ruhig, alle scharten sich um das Brett und stellten fest, daß man wieder einmal gegen Herrn Schneider keine Chance gehabt hatte.

Ich sagte: Nichts Genaues. Er packte zu: Aber du weißt etwas! Ich gab zu: Daß sie abhauen wollten. Aber ich wußte nicht, wann und wohin, sie wollten mich auch nicht mitnehmen, fuhr es mir heraus. Er lächelte. Dann kam er um den Schreibtisch herum und faßte mich um die Schulter: Sei dankbar dafür. Du willst doch hier dein Abitur machen. Du willst deiner Mutter doch Freude machen oder? Ich nickte.

Das Telefon klingelte. Herr Schneider nahm ab, meldete sich, sagte Ja und hörte zu, ich konnte nur eine aufgeregte Frauenstimme ausmachen, ohne Worte zu verstehen, da sagte Herr Schneider, indem er mich bedeutungsvoll ansah: Also er hat sich nicht bei Ihnen gemeldet, Frau Karnap, tja, dann müssen wir doch die Polizeifahndung einschalten, denn falls die beiden ins Ausland wollen, wird es höchste Zeit, ich habe schon mit der hiesigen Polizei und einigen Herren aus Hannover vorsorglich gesprochen. Dies ist ja leider nicht unser erster Fall, und wir haben einige Erfahrung, so daß Sie ganz beruhigt sein können. Bitte? Und er hob die Augen eigenartig rollend: Nein, gnädige Frau, das glaube ich auf gar keinen Fall. Dazu ist Ihr Sohn zu vernünftig. Ich habe hier, Frau Karnap, ich habe hier ihren Freund Hugo hier, und ich nehme an, er wird Ihnen sicherlich helfen bei der Suche nach Ihrem Sohn und seinem Freund Rainer, nicht wahr, Hugo? fragte er mich plötzlich direkt, so daß ich nicht wußte, was ich sagen sollte und rot anlief. Ganz gewiß, Frau Karnap, ganz gewiß, Sie können sich auf uns verlassen und ganz beruhigt sein, ich werde Sie sofort unterrichten, wenn etwas Konkretes über den Verbleib Ihres Sohnes, aber nein, gnädige Frau, nein, es ist fürs erste auf gar keinen Fall nötig, daß Sie hierherkommen, Sie könnten nichts helfen, bestimmt. Auf Wiederhören, Frau Karnap.

Du siehst, wandte er sich mit einem bedeutungsschweren Kopfnicken nach einer kleinen Pause an mich: die beiden Mütter sind verzweifelt. Und du willst ihnen nicht helfen? Ich stotterte: Natürlich, aber ich weiß doch gar nichts. Er legte mir die Hand auf die Schulter: Du weißt nichts? Du weißt auch nicht, in welche Richtung sie auf und davon sind? Und als ich schwieg: Willst du denn, daß wir erst Hunde auf die Spur deiner Freunde setzen müssen? Wir bekommen sie bestimmt. Aber sollen wir sie denn wie Verbrecher behandeln? Ich sah schon eine Meute winselnder Hunde über den Rasen unter unserem Zimmerfenster durcheinanderquirlen und dann in eine bestimmte Richtung davonstieben, wie in einem Krimi, und ich sah, wie sie Rainer und Gunter ansprangen und den Arm zerbissen, in dem Gunter das Messer hielt. Es war furchtbar. Herr Schneider sagte: Willst du denn, daß sie mit diesem Schritt über ihr ganzes Leben entscheiden? Nein, sagte ich (und ich glaube, ich hatte Tränen in den Augen, oder ich hab sogar geweint: jedenfalls merkte ich, daß ich ihm nicht gewachsen war, alle Worte, nach denen ich mich sehnte, nahm er in seinen Besitz und zog mich so zu sich herüber). Komm, dann sag mir nun, wohin sie geflohen sind? Geflohen, ging mir durch den Kopf, und ich sah Gunter und Rainer, wie sie sich in einer Wüste mühsam dahinschleppten, mit aufgesprungenen Lippen und zerrissenen Kleidern, Rainer mit einem wilden roten Bart. Nun laß Frau Karnap nicht zu lange warten und Angst haben um ihren Sohn. Und Frau Hempelt. Ich dachte daran, wie Rainer mir gesagt hatte, er wolle zum Sommerfest seine Schwester mitbringen: ich würde mich bestimmt in sie verlieben. Verlieben! Und nun würden sie nicht mehr kommen, dachte ich. Und ich stotterte verlegen: Und wenn ich es sage, Herr Schneider, werden sie dann auch nicht aus dem Heim geschmissen? Er sah mich an, und ich glaube, er meinte seinen freundlichen Blick ernst. Ich will sehen, was sich machen läßt. Aber du mußt dich nun entschließen und uns wirklich helfen, sonst ist es vorbei mit ihnen.

Ich überlegte fieberhaft, ich erinnere mich genau, als sei es gestern, wie ich immer in die Ecke mit dem Papierkorb hinter der Tür starrte und wie ich dachte: Hoffentlich hilfst du ihnen, hoffentlich sind sie dir nicht böse, wenn du es sagst, aber Gunters Mutter, mir fiel die Geschichte mit seinem Onkel ein, wie er den Käse schnitt, die Würmer aufpiekte und sagte: Hiergeblieben, wenn gegessen wird. Und ich hätte fast gelacht. Rainers Mutter, seine Schwester, die bestimmt hübsch war trotz ihrer roten Haare, das Sommerfest, daß ich dann die Platten zurückgeben mußte, blieben die beiden nicht sitzen? Es war eine Qual.

Da packte mich Herr Schneider zornig am Arm und schüttelte mich: Nun sag es! Du weißt es! Wenn du es nicht sagst, schreibe ich deiner Mutter! Dann können wir dich nicht hierbehalten! Du mußt sagen, was du weißt! Heraus damit! Und ich sagte es: Nach Süddeutschland oder Frankreich, vielleicht in die Fremdenlegion, sie sind wahrscheinlich über Lauenau gegangen, ich weiß aber nicht genau . . .

Herr Schneider ließ mich los und telefonierte, ich weiß nicht mehr, was. Ich hörte auch gar nicht zu. Ich war ein Verräter, ich hatte meine Freunde verraten, und ich weinte hemmungslos.

An die nächsten Tage erinnere ich mich gar nicht mehr, nur an Einzelheiten. Nach dem Essen kamen zwei Herren zu mir aufs Zimmer, zusammen mit Herrn Schneider. Ich mußte ihnen alles wiederholen, und ich verplapperte mich und verriet, daß ich mein Fahndungsbuch als Amateurdetektiv führte, und ich mußte es ihnen zeigen. Sie sahen es durch, lobten mit einem Lächeln meine Arbeit, freuten sich über die Fingerabdrücke der beiden, die sehr sauber waren, so daß sie das Blatt herausrissen und mitnahmen. Ich war todunglücklich. Als sie fort waren, zerriß ich mein Fahndungsbuch, meine geliebte Kartei in ganz kleine Fetzen, und ich beschloß, alles in der Welt zu werden, nur kein Detektiv, und ich habe tatsächlich danach nicht mehr als drei, vier Krimis gelesen. Western waren mir von nun an entschieden lieber.

Dann kamen am übernächsten Tag die Mütter. Erst Frau Karnap, dann Frau Hempelt. Frau Karnap war eine gemütliche, vollschlanke Frau mit einem besorgten Gesicht und verweinten Augen. Sie umarmte mich, sie dankte mir, daß ich ihr helfen wollte, ihren Sohn wiederzuholen, ich sei doch schon viel vernünftiger als Gunter. Und sie packte Gunters Sachen zusammen. Denn er würde nicht mehr hierher kommen. Sie nahm alles vorsorglich mit nach Hause, obwohl man Gunter noch nicht gefunden hatte. Da wurde mir erst alles bewußt: was ich für ein Schuft gewesen war, was Herr Schneider für ein Schuft gewesen war, was Frau Doktor Schäfer für ein Schuft gewesen war und alle, die Gunter so in die Enge getrieben hatten. Und ich warf mich völlig trostlos auf mein Bett.

Als Frau Hempelt erschien, wollte ich sie nicht sehen und versteckte mich auf dem Klo. Aber Herr Schneider ließ mich von Bully holen. Ich mußte wieder in das verfluchte Zimmer. Dort stand sie. Es war eine große schöne Frau, und ich wußte nicht, was ich sagen sollte zu ihr. Sie reichte mir die Hand und sagte: Du bist sehr tapfer gewesen, Herr Schneider hat es mir erzählt, und sie sah mich mit ihren Augen an, die veilchenblau waren, wie ich ganz sicher weiß, denn ich habe mir dann nächtelang vorgestellt, daß auch die Augen von Rainers Schwester veilchenblau sein würden. Ich stotterte irgendein Danke, und dann fragte ich sie, ob ich ihr die Platten, die mir Rainer verkauft hatte, nicht zurückgeben sollte, sicherlich würde er sie gern wiederhaben wollen, wenn er erst zurück sei. Sie lächelte mild und schüttelte den Kopf. Was man einmal verkauft hat, das bleibt verkauft, das kann man nicht rückgängig machen. Und wenn Rainer wirklich so an seinen Platten hängt, dann muß er sie sich noch einmal kaufen. Und ich durfte gehen.

Ich ging nicht aufs Zimmer, weil ich zu verlegen war, um dabeizusein, wenn Frau Hempelt Rainers Sachen einpacken würde. Deshalb ging ich das erste Mal seit Tagen wieder auf den Fußballplatz. Dort spielten schon zwei Mannschaften, und erst wollten sie mich gar nicht mitspielen lassen. Aber ich bettelte so lange, bis ich durfte. Am dritten Tag wurden Gunter und Rainer aufgegriffen: In Calw oder in der Nähe, ich erinnere mich nicht genau. Sie wurden dort erst einmal ins Gefängnis gesteckt, bis ihre Identität erwiesen war, und dann wurden sie nach Hause geschickt. Herr Schneider erzählte es mir, und er gab mir dann auch meinen Fahndungszettel zurück, mit freundlichen Grüßen von den Herren von der Polizei, die sich über meine Mitarbeit sehr gefreut hätten. Ich war ganz zerschmettert, und ich las den Zettel immer wieder durch. Ob es an ihm nun ganz allein lag, daß sie Gunter und Rainer gefangen hatten? Und ich schrieb die Frage darunter: Warum bin ich eine Sau? Ja, warum?

Ich habe aber diese Affäre so gut verdrängen können, weil weder Gunter noch Rainer mir schrieben. (Übrigens wurde Rainer doch versetzt und konnte auf einer Schule in Lüneburg weitermachen, wie ich später erfuhr, während Gunter wirklich sitzenblieb, der Pechvogel.) Und dann passierte mir in den nächsten Tagen ein Sportunfall, der mein ganzes Leben veränderte: Ein Mitspieler schmiß sich mir beim Fußball ins rechte Bein, mein Meniskus ging kaputt, ich mußte frühzeitig nach Haus, lag dort bis zu meiner Konfirmation auf dem Sofa herum und verschlang Western, kam dann ins Krankenhaus und wurde dort mit einem Gipsbein entlassen, konnte kein Fußball mehr spielen oder sonstigen Sport treiben, hatte Langeweile, lernte Mädchen kennen und vergaß vieles.

II

Kreuz und quer

Ich mache jetzt ernst. Ich stehe ganz früh auf, und ich schreibe, was ganz früh morgens ist. Obwohl ich das jetzt noch nicht kenne. Aber ich nehme es mir vor. Und ich stelle mir vor, daß es so schön ist wie der Frühsport damals im Internat. Morgens um kurz vor sechs. Jochen ist runtergegangen und hat mit den Kleinen Laufübungen und Gymnastik auf dem großen Rasen getrieben. Die Mädchen waren ganz neidisch und haben gekämpft, bis sie auch mitmachen durften. Mir war das egal. Ich habe lieber noch eine Viertelstunde im Bett gelegen und geträumt. Wenn dann Jochen hochkam von seiner Gymnastik, die ich manchmal gesehen hatte und die ich fast mitgemacht hätte, als die Mädchen endlich mitmachen durften, die ich dann aber doch nicht mitgemacht habe, weil ich nicht so gut in Sport war wie Jochen und nicht so gut gebaut, nicht so blitzend, nicht so ein Kerl, der auf Teufel komm raus einen Eiercatch wagt – also es war deprimierend, ich hatte noch nichts geschafft, roch noch muffig und verquollen, während Jochen so frisch dampfte. Aber nach dem Waschen war alles wieder gut, die Ecken waren aus den Haaren gekämmt, und ich hatte nicht mehr die turnenden Hampelmänner auf dem grünen Rasen vor Augen, wie sie sich hinschmissen in Liegestütz und Grätschen, Handstand und Überschlag: mir nichts, dir nichts, ich konnte das nie.

So gemischt und jungfräulich stelle ich mir den Morgen vor, wenn ich ernst mache. Wenn ich aus meinem Bett steige, nackt, und mich wie ein moderner und aggressiver Autor an die Schreibmaschine setze, nackt, geil, ohne Hemmungen, daß meine Mutter je lesen würde, was ich schreibe, denn sie rät nur Kreuzworträtsel. So ist es tatsächlich, nicht nur, weil es bei vielen jungen Autoren so ist, die sich morgens nackt an die

Schreibmaschine setzen und ihr Pensum herunterknüppeln, damit dann noch der ganze schöne lange Tag frei ist für das Genießen und die politische Aktion. Das gibt ein herrliches Gefühl: Du stehst auf von der Maschine, drei Seiten Prosa fertig: voll, kritisch, spannend von deinem Leben in deiner Klasse in deiner Erinnerung, und dann legst du in deinem Zivilleben los, mit Cordhosen und Leinenhemd und was weiß ich, aber so griffig angezogen, daß jeder so angezogen sein möchte wie du, und weil er so angezogen sein möchte wie du, möchte er auch das tun, was du tust, und weil er es dann tut, gibt es eine Solidarität von griffig angezogenen Leuten mit guten Taten, eine richtige Gruppe Werktätiger. Rede doch kein Blech, sagen die zu mir, wenn ich so bin, wie ich bin. Klar, ich muß so sein wie sie, möchten sie, daß ich denke, ohne daß ich es sage, weil sie dann zugeben müßten, daß sie es wollten, daß ich es denke. Und so weiter: immer im Kreis herum. Und ab und zu taucht ein älterer Herr auf, ein Professor, liebenswürdig mit selbstgemischtem Tabak aus Amsterdam, ja, da kann man das, und der fragt immer nur liebenswürdig und zweifelnd, skeptisch und weise, nachsichtig, wissend, erfahren, eben alles Gute gepachtet habend: Wo bleibt denn da die Disziplin und die Toleranz: Soll denn das Bürgertum in seinen Vorzügen nicht beerbt werden, oder fällt alles, die Grundlagen unserer Kultur, die wir doch studieren und lieben (bei Brecht steht es umgekehrt, wie Sie wissen!), dem dialektischen Prozeß der Aufhebung unserer Gesellschaft anheim. Und er betrachtet seine gepflegten Fingernägel, seine Fingernägel.

Das versteht alles kein Mensch. Wie sollte er auch verstehen, daß ich jetzt so schreibe, wie ich vor Jahren aus Überzeugung und Programm geschrieben habe und wie jetzt allmählich eine ganze Menge Leute schreibt, und jetzt kann man damit Geld verdienen. Ich will nicht immer voraushinken. Der Vorteil ist, man überlegt, während man schreibt, man überläßt sich dem sicheren Erguß der Gedanken, soweit sie die Finger erreichen, denn dazwischen ist das geöffnete Fenster und herein kommen

Familiengeschichten und Kinderdramen, Hundeknurren und kleine Spinnen, meine Verbündeten gegen die Ameisen und Silberfische. Deshalb morgens schreiben, ganz früh morgens, wenn sich noch nichts darübergelagert hat, wenn kein Besuch sich in die Gedanken klingelt und unverschämt grinst, wohl gestört, was, weil das Burschikose heute zur Solidarität gehört, man ist nicht zimperlich, man nimmt nichts krumm, man ist ein Kumpel, jawoll, aber diese Scheißironie bringt auch nichts (und schon wieder rotiert in meinem Kopf ein Brecht-Zitat: Ironisch im Schweiße unseres Angesichts, ironisch ist der andere: Thomas Mann im Schweiße unseres Angesichts; ein schöner falscher Gedanke, aber parteilich richtig, ich bin auch Partei, so ist das nicht, aber ich muß endlich ernst machen, damit die Leute merken, daß ich diese schizophrene Ausbeuterideologie gegenüber dem kapitalistisch gesteuerten Staat nicht verstehe, ich bin da zu anständig erzogen worden von meiner armen, jetzt Kreuzworträtsel ratenden Mutter, zu wenig eingeübt in die Fähigkeit, immer recht zu behalten, immer überzubleiben, wenn geschlachtet wird, und jeder Diskussion gewachsen, weil vorher geduscht und nachher geduscht, vorher gebumst und nachher Eis gegessen usw.).

Siebzehn kleine Negerlein aus Sierra Leone, siebzehn, weil ich gern vervielfältigt denke, wie im Ernstfall. Sehr albern trotz zweier fehlgeschlagener Studien als Ingenieur und als Arzt. Liegt das an Deutschland oder an Sierra Leone, an mir oder an diesem beschissenen Ausbildungssystem? Eine große Liebe zu einem Mädchen, einer Klassenkameradin von mir. Alle waren wahnsinnig radikal, wenn sie mit mir diskutierten, acht von zehn würden mich umlegen, wenn sie mich in ihrem Land finden würden, und sie hätten die Macht; einer ausweisen, nur einer mich dalassen. Da ist Solidarität irgendwie schwer, wenn man so radikal auf der schwarzen Liste steht. Da übersieht man gern, daß es jetzt umgekehrt ist. Aber wozu dann die Liebesgeschichten, erlaube ich mir zu denken: Keine Heirat, keine Dauer, Befriedigung, gut, aber wozu dann die

Rede von der wirklich großen Liebe, warum in der bürgerlichen Literatur rumwühlen, warum darauf bestehen, daß Untreue wehtut usw. Das bringt alles nichts ein. Alle reden darüber nur privat und überwinden es, wenn sie an die Öffentlichkeit stoßen, und sprechen genau wie ihre Fernsehvorbilder, mit Aufstehen oder Sitzenbleiben, mit Umdrehen, rauchend in jedem Teach-In, für Aktionen, aber ohne Zeit, oder auch mit Zeit. Herrje, wie mir immer der Kopf brummt in diesem Qualm.

Deshalb ganz früh morgens ernst machen, ohne Aufhebens. Hinsetzen, Papier in die Maschine spannen, kurz überlegen, was ist deine Message und warum darfst du nicht sagen, daß du eine Message hast – und dann anfangen, ein bißchen brutal wie der Western gestern abend, Bewußtseinsaction rein und die Handbremse lösen, die Kurven schneiden und ausfahren. Allerhand Freude steht mir bevor, wenn ich laufend an alle anderen denke, die jetzt wie ich nackt an der Maschine sitzen, draußen geht die Apothekerin vorbei: die kommt jetzt erst nach Haus und muß in drei Stunden in der Apotheke stehen und mir Pülverchen verkaufen oder teure Tabletten. Hier wohnen keine Arbeiter. Das will aber nichts heißen: die wohnen bei den anderen Nackten an den Maschinen meistens auch nicht. Wozu haben wir eine Erinnerung, wir müssen etwas tun, einen Schluck Milch trinken oder dampfenden Kaffee, aber das ist nicht so gut, dann fängt gleich der Genuß an, durch den man alle Fakten vergißt, die man heute eigentlich mitteilen wollte, was es heißt: wie eine Milchkuh bei leiser Musik in einer Werkhalle zu stehen, ohne Fenster, aber gleichmäßig temperiert (air-condition) und gleichmäßig beleuchtet, die Wände mit lebensfrohen Lüscherfarben tapeziert, schallschluckende Decke über uns, was es heißt, in dieser dezenten Umgebung dem Meister zu widersprechen und seine Meinung durchzuhalten, auch wenn der Meister viel raffinierter argumentiert: auf dir rumspricht: lieber Kollege: Sie müssen aber auch bedenken: Mensch, Willi, glaubst du, daran haben wir nicht gedacht: Wozu haben wir wohl ne Planungsabteilung: mach du deine Arbeit, wir machen unsere: ist dir denn die Sache so viel wert, daß sich alle Kollegen damit ein paar Wochen herumärgern sollen: Du bist hier nicht der einzige, das ist der optimale Kompromiß, das mußt du einsehen usw.

Währenddessen habe ich dagesessen und Platten gestempelt, Nieten, die zurückgekommen sind: mit einem großen R darauf. Was soll ich da machen, für mich ist das ein Job, um Geld zu kriegen, gut, ich solidarisiere mich und muß eher gehen, und wenn ich das erzähle, dann kritisieren sie: ich habe mich nicht genug solidarisiert. Ich will gar kein Führer sein wie die, die das sagen und die ich sehr selten beim wirklichen Solidarisieren erwische. Und ich denke: Junge, dir fehlt einfach etwas Leiderfahrung, sonst würdest du jetzt nicht so dicke Töne spucken. Aber da leuchtet wieder ein rotes Signallämpchen in mir auf: Nein, mein Lieber, das ist eine rückständige Haltung, ein Überbleibsel, etwas, was du dir bewußt machen mußt und aufarbeiten. Und dabei juckt er sich am Schwanz und geht zehn Minuten später zu seiner Freundin und bumst unproblematisch. Tja, sagt sein Freund, das muß auch sein. Und ich lache mit allen zusammen: er hat ja recht, und ich bin in der Diskussion wieder mal besiegt. Langsam wurmt mich das so sehr, daß ich am liebsten gar nicht mehr solche Diskussionen aushalten würde, sondern einfach weggehen, wenns soweit ist.

Oder ich muß mich eben wirklich mal ganz früh morgens ohne alle Ungeduld hinsetzen und ernst machen. Ganz ruhig nachdenken, wie Jobst, als er Jochens Schwanz beim Duschen in die Hand nahm und ihn betrachtete und dann sagte: Du hast einen schönen Schwanz, und genau das hatten wir alle schon gedacht, aber niemand hat ihn in die Hand genommen, um ihn zu fühlen mit seiner glatten Haut, nur beim Eiercatch, um zu quetschen. Wenn ich daran denke: Was da alles passieren konnte. Oder vielleicht kriegt man doch erst später solche empfindlichen Porzellaneier. Wo ich kämpfe, ist meine Heimat, wo ich vögele, meine Frau, wo ich diskutiere, meine

Partei. Man muß an alles denken können, auch daran, daß man einfach unrecht hat und wirklich ein Renegat ist. Aber als meine Mutter arbeiten mußte und mich ins Internat schickte und mein Bruder zur See fuhr und mein Vater vermißt war und wahrscheinlich gefallen, da war es oft ganz anders, wenn der Erzieher mich unter das Bett prügelte, damit ich das verdammte Stück Papier aufhebe, noch vor dem Kaffeetrinken, am Sonntag, obwohl es bereits gegongt hatte und meine Hände gewaschen und ich sauberes Zeug anhatte, meine Haare gekämmt waren und ich das Stück Papier gar nicht dort runter geworfen hatte, wenn ich dann gelernt hatte, geschickt zu lügen: mir ist auch übel geworden bei der Zigarette, und dafür kriegte ich nur zwei Wochen Stubenarrest statt sechs, und es war Sommer, und ich spielte Fußball, und ich schoß den Ball hoch über das Tor, fast in ein Fenster des Mädchenhauses, und ein Erzieher lachte ironisch: Typisch, wie ein Huhn ohne Kopf vor dem Tor, und ich schrie: Halt die Schnauze, auch wenn du Erzieher bist, und das hatte noch niemand geschrien, und ich war stolz, obwohl es kein Mut war, sondern nur Unbeherrschtheit und sinnlose Wut, weil es kein Tor war, und jemand witzelte noch darüber, wenn es dann sechs Wochen Stubenarrest gab, der gar nicht aufhörte, wegen der Wasserschlachten im Waschraum, wegen eines Schusses mit dem Fußball im Flur, bei dem eine riesige Lampe an der Decke zerplatzte, und ich ging hin und sagte: Ich war es, und der Erzieher sagte: Wenigstens bist du ehrlich; wenn dann andere Jungen ins Bett kamen, die mir einen runterholen wollten und die gerne küßten, und wenn ich den einen verprügelte und den anderen nicht, und wenn vier des Heimes verwiesen wurden wegen homosexueller Handlungen, und zwanzig verwarnt, und ich war nicht darunter, denn ich war sehr geschickt und passiv, weil ich vor dem Internat in einem Kinderhort war und vor dem Kinderhort in einem Kindergarten und zwischendurch in Kinderheimen, so einen Schatten hatte ich auf der Lunge, und so ein Meister war ich in der Passivität, und wenn dann

Mädchen an Bettlaken aus den Fenstern krochen und ich war zu feige, um mit auf den Sportplatz zu gehen, um sie zu bumsen, wenn ich es geschafft hätte, weil ich mir sagte, tu es nicht um deiner Mutter willen, die ja schuftet, sei brav, sei verantwortungsvoll, glaub an das, was jeden Morgen und jeden Abend in einer Andacht erzählt wird, denn es ist ein christliches Heim, wenn dann tatsächlich die Mädchen erwischt und des Heimes verwiesen wurden, wenn ich mich immer beim Händewaschen vor dem Essen daran erinnere, daß die Frau des Heimleiters an meinen Händen gerochen hat und gesagt hat: Die riechen aber noch nach Klo, mit diesen Händen geht man nicht zu Tisch, und wenn die, die hinter mir anstanden, um ihre Hände vorzuzeigen, lauthals lachten und ich zurück mußte, wenn ich das Tischtennisspielen lernte und in der Abwehr sehr gut wurde, aber voller Schwächen beim Schmettern, wenn ich das Schachspielen lernte und in der Abwehr ganz großartig war, solange ich starke Nerven behielt und nicht zu schnell zog und keine Kopfschmerzen hatte, wenn ich in jedem Blitzschachturnier ziemlich schlecht war und andere gewinnen lassen mußte, die ich für viel schlechter hielt als mich, wenn ich in die Laienspielgruppe ging und christliche Reporter spielte und als Leonce ein Mädchen bei den Proben küßte und das Stück wurde nicht aufgeführt, wenn ich anfing, im Eßsaal zu den Mädchentischen zu äugeln und die Marmeladenschüssel kurz vorm Boden auffing, trotzdem, denn ich hatte eine großartige Reaktion. Wenn ich Tischältester wurde. Wenn ich Klassensprecher wurde. Wenn ich bei der Wahl zum Schulsprecher knapp unterlag. Wenn ich Lektor bei den Andachten wurde. Trotzdem. Wenn ich die Reden nach dem Abitur hielt. Wenn ich mich bekannte, schließlich, zu meiner Erziehung und Bildung in Heimen und Werten. Wenn ich eine Freundin hatte, die eine Unternehmertochter war, und ich mußte Jahre gegen ihre Eltern kämpfen, und es war doch umsonst. Und daß ich mich beeilt hatte mit meinem Studium, und ernsthaft studiert hatte, und nachts geschrieben, und spät nachts festgestellt, wie sehr mir so viel fehlte, Familienerinnerungen, Heimatgefühle, Solidaritäten, und ich dachte: Und wer liebt mich? Und wenn ich mir dann alles mühselig aufgebaut habe, ein Verständnis für meine Mutter, die ich nur von sonntags kannte, die mich nur von sonntags kannte, für meinen Bruder, der mich nur als Kind verprügelt hatte, dann zur See fuhr und mir teure Bücher schenkte, dann zurückkam und ein ganz anderes Leben führte, sich scheiden ließ, als ich seine Frau langsam kennenlernte, so daß ich wieder anfangen mußte, meinen Vater in der Erinnerung meiner Mutter und meiner Verwandten, denn ich konnte ihn nie persönlich kennenlernen – wie viele andere auch, denke ich immer und meine, daß ich mit ihnen solidarisch sein sollte. Daß ich immer schwanke zwischen den Gefühlen: nun auf und davon zu gehen oder mir nun endlich eine Heimat zu suchen. Und ich mir dann ganz synthetisch vorkomme und alle, die mich kritisieren, so wirklich, so berechtigt, so unerträglich normal und unverbraucht, so unverkrampft von vielen Listen und Verstellungen, so oft gestreichelt und verzogen. Dann kann ich nicht weiterdenken, dann gehe ich hinaus, gehe ins Kino oder spazieren, komme zurück und nehme mir ganz fest vor, vom nächsten Morgen ab ernst zu machen, wirklich loszulegen.

Doch dann kommt jemand, der sich als Freund entpuppen will, und dann holt er alles aus mir heraus, läßt mich eine halbe Stunde reden, um dann selbst alles von sich auf mich zu laden, und wenn wir dann fertig sind, ist es nach Mitternacht, wir haben getrunken, und ich brauche acht Stunden Schlaf und denke vor dem Einschlafen immer nur: Und dann geschah das, und dann zum ersten Mal, da passierte es mir, ganz wunderbar, einmalig in meinem Leben, und ich werde vorbereitet auf mein wöchentliches Lottospiel und auf meine Gedanken, daß ich es verdient hätte, und wie frei würde ich sein, und ich weiß zugleich, wie albern es ist, daß es nichts nützt, wie unwahrscheinlich eine solche Chance ist und wie sie meinen Kopf vollstopft mit Ideologie, wie ich fliehen müßte davor, es bekämpfen, mich einordnen, meine persönlichen Interessen zurückstellen, mich solidarisieren mit der werktätigen Bevölkerung: das ist mein Bruder, der mich einen Idealisten nennt, wenn ich materialistisch-marxistisch argumentiere (ich glaube es jedenfalls), mich für einen Spinner erklärt, über den man in der Familie lächelt, genau so wie damals, als ich mit einem Zeugnis nach Hause kam, in dem stand unter Beteiligung: bemüht: Laß ihn doch, jeder nach seiner Fasson, und ich versuche die ganze Zeit nichts anderes, als ihm seine Fasson deutlich zu machen, und wenn ich zurückkomme und treffe kritische Bekannte, die keinen solchen Bruder haben, so erhalte ich Ratschläge, denn als Betroffener mittendrin hat man nicht die theoretische Übersicht, wer verhungert, kämpft mit allen Mitteln, heißt es und heißt wirklich, denke ich: sie würden mit allen Mitteln kämpfen, und ich kann nicht begreifen, daß alle die Moralität, die ich in mich aufgenommen habe, für die Katz ist, nichts mehr gilt, beliebig ist. Und dann beschließe ich wieder, ernst zu machen, nun mich endlich auf gar nichts mehr einzulassen, gar nicht hinzuhören, sondern meines Weges zu gehen.

Stark sein will ich, ein Mann, in Frage kommend. Allen Frauen, die genauso schreiben, im Bett standhaltend, sonst ist es passiert. Dann kommt wieder die Masche: verständnisvoll, kameradschaftlich und zum Eis-Essen mitgehend. Autobesitzer sein, mit einem breiten Rücksitz, gute Eßlokale kennend, gute Plätze im Wald in der Hinterhand, zum Bumsen hinterher. Jegliche Sorte von Gesprächen zu führen in der Lage und doch deutlich zeigend, daß man nicht bereit ist, sich beliebig anzupassen. In der Gewißheit einer großen Liebe in der Vergangenheit und daß es nicht nur eine gibt im Leben. Mich auf das Rentnerdasein freuend, wenn alles überstanden ist: das Funktionieren, der geachtete Widerstand, wenn ich umhergehen kann mit einem einfachen Blick, lumpig, wann ich will, gut gekleidet, wenn es mir Spaß macht, ohne sortiert zu werden:

Der zieht ins Theater noch einen Anzug an, der geht in seinem Alter noch wie ein Cowboy.

Das alles will ich selbst gar nicht unbedingt, aber ich merke, wie ich immer mehr dazu komme, es unbedingt zu wollen: gerade durch die, die vorgeben, das seien keine Probleme für sie angesichts der gesellschaftlichen Situation. Sie haben das alles. Deshalb muß ich ernst machen, unerbittlich ernst machen, beim Wort nehmen, meine Maßstäbe anlegen und ruhig danach handeln, Adieu sagen können, bevor es zu spät ist.

James F. Cooper. Oft muß ich an ihn denken. An die Welt, die er aufgebaut hat, Landschaft, Wildnis und Männer, die sich begegnen, solche, die das Gesetz der Natur kennen, und andere, die nur ausbeuten wollen, gewinnen, Sieger sein, um jeden Preis. Ganze Flußbiegungen, die ich kenne, sind Cooper-Flußbiegungen, und jemand kommt entlang und möchte Freundschaft schließen für eine Aufgabe, für ein Leben in einer friedfertigen, nicht ausbreitungswütigen Gemeinschaft. Leute, die mit beiden Beinen in der Wirklichkeit stehen (das heißt für sie bis zu den Oberschenkeln im Schlamm), sagen: das ist aber Idealismus, das ist aber Romantik, das ist aber heroischer Mythos, das ist von vornherein nicht durchzuhalten. Und sie schieben alles lächelnd von sich.

Noch schlimmer sind die, die Kinder sein wollen, die immerfort nur reden: und mein Teddybär, und mein Klavier, aber kennst du mein Gedicht, und findest du, ich, sollte ich nicht auch, aber dann ist doch mein, oder bin ich nicht doch, könnte ich nicht. Und sie stehlen sich, ganz auf ihren Vorteil bedacht, in eine Rolle, in der sie ohne Pause Ich sagen dürfen, und alle anderen geben ihnen die Stichwörter und müssen sich dafür aussaugen lassen, abnutzen lassen, gebrauchen lassen. Ich will sagen, es gibt keine edlen Wilden, aber eine Wildnis aus Menschen, und die Gemeinschaft, die sich bildet, kämpft gegen diese Menschen als seien es Dinge, Urwalddinge, Schlingpflanzen, die sich um die Beine schlingen, um herabzuziehen, um sich hochzuziehen. Alle denken nur noch in Relativsätzen. Alle wollen nur noch Bescheid wissen. Es gibt wieder Pioniere. Kann man sich anders in unserer Gesellschaft selbst verwirklichen als: Pionier zu sein? Ich kämpfe nicht mehr gegen einen festgefügten Kodex von Regeln, aus dem die Mechanismen der Gesellschaft bestehen. Regeln werden nur vorgegeben und imitiert. Gesellschaft als Dschungel, und jeder Baum ist ein Paragraph, wenn man ihn hochklettert und heruntersieht. Das habe ich irgendwo gehört, stimmt aber nicht ganz.

Daß ich nichts behalten kann. Und daß ich oft ängstlich annehme, es geht nur mir so. Diese präzisen Sachfragen schmeißen mich.

Und zwischendurch muß ich immer denken: Jetzt ist es plötzlich still.

Früher im Kinderhort, als ich acht Jahre alt war, verfolgte mich immer ein Mädchen, das einen grimmigen Silberblick hatte. Ich bin Bandenführer, dachte ich, und deshalb will sie sich an dich ranschmusen. Aber sie steckte mir Zettelchen zu, auf denen in schöner Schrift Fragen standen wie: Welches ist dein Lieblingsbuch? Kannst du schwimmen? Habt ihr ein Radio? Ich habe darauf nur sehr geringschätzig reagiert und ihr verboten, mir weiter solche albernen Zettel zu schreiben (aus Angst, sie könnte meine Autorität als Bandenführer untergraben). Doch meine Mutter fand den einen Zettel, auf dem gefragt wurde: Welches ist dein Lieblingsbuch? Und sie fragte: Wer hat das geschrieben? und: Willst du ihr nicht das Buch einmal leihen? Und darauf nahm ich von Cooper: *Der Letzte der Mohikaner* mit, weil es das dünnste meiner Lieblingsbücher war und weil ich es so gut kannte, daß es nicht ganz so schlimm gewesen wäre, wenn Evelyn, so hieß das Mädchen, mir das Buch nicht zurückgegeben hätte. Denn meiner Mutter hatte ich vorwurfsvoll gesagt, die Evelyn sei so hinter mir her, richtig aufdringlich, die würde das Buch bestimmt behalten wollen. Aber es war ganz anders. Sie las es in zwei Tagen durch, und als sie es mir wiedergab, da hatte sie in ihrer schönen sauberen Schrift vorn in das Buch meinen Namen gemalt. Daran muß ich oft denken, wenn ich meinen Namen in meine Bücher schreibe. Ich habe sie nie wiedergesehen, denn bald darauf nahm ihre Mutter sie aus dem Kinderhort weg, weil sie immer gehänselt wurde wegen ihres Blickes. Zuhause weinte sie darüber, im Kinderhort nie.

Beständigkeit im Verhältnis zu Freunden ist schwer zu erreichen, denn es schieben sich laufend Leute dazwischen, die auch Freunde sein wollen, auch dazugehören, dem Kreis zugerechnet werden wollen, nicht abseits stehen, und immer rechnen sie auf Mitleid, Liebe und alle Werte, die sie selbst gar nicht üben, höchstens simulieren. Die Verfilmung von Coopers Pfadfinderromanen im Fernsehen mit Hellmut Lange als Natty Bumppo war stellenweise sehr gut, die Bescheidenheit und Selbstverständlichkeit, mit der Hellmut Lange in der Wildnis auftauchte und in ihr verschwand, die Unaufdringlichkeit seiner Rede: die Stille, wenn er mit einem Boot auf einem von überhängenden Bäumen gesäumten Fluß rudert, wenn er den See erreicht, auf dem die Wasserburg steht. Natürlich: alles Erotika, aber was solls?

Jemand ist abgereist. Ein Freund hat ihn mit seinem Auto abgeholt. Er setzt ihn an der Raststätte ab, damit er leichter ein Auto findet, das ihn mitnimmt. Bis Bremen oder Bremerhaven. Vielleicht einen *Für-Sie*-Redakteur wie neulich, oder eine Stewardess. Ich denke an ihn und seinen Weg heute. Er hat fast alle meine Schokolinsen mitgenommen, und heute ist ein Feiertag. Himmelfahrt. Er hat seine Gitarre eingepackt, ein paar Bücher und ein Hemd dazugelegt, einen Plastikbeutel mit Krimskrams genommen und ist abgereist. Ich kann es ruhig sagen: er heißt Jens. Warum nicht, es bleibt doch Fiktion. Sein Freund Timmi macht gerade sein medizinisches Examen. Er hat einen Affen in seinem Zimmer und spielt mit Freunden freie Musik.

Jedesmal, wenn einer abfährt, denke ich mir seine biographische Notiz und dann: So, das ist erledigt oder das wars wieder mal. Wenn ich gedacht habe, was ich weiß, kann ich mich besser konzentrieren. Am liebsten versuche ich, das an dem Besuch, was mich belästigt hat oder angestrengt, rückgängig zu machen, wie wenn ich ein Tonband zurückspule, und der Ton ist an, und es quietscht so nervenaufreibend.

Und dann gibt es noch die Besuche von Freundinnen. Zuerst haben sie so etwas Ungeübtes und schwer zu Vereinbarendes, und wenn sie weg sind, kann man sich endlich wieder ungezwungen benehmen. Viele Gespräche sind eine Tortur: Habe ich dir schon erzählt, wie ich das und das gemacht habe, erlebt, beobachtet. Du bist aber auch eine. Tust du das immer so ungestüm? Usw. Später, wenn man draußen zusammen aus Blödelei gesungen hat und weiß, daß Männer furzen und Frauen, wenn man einen Tag lang ferngesehen hat und dabei gebumst und aufgehört und gefressen und wieder gebumst, wenn mans gemütlich gehabt hat, dann kommen abends beim Abschied eine Zeitlang Tränen oder Worte, die Tränen bedeuten, und es wird schwer, sich allein zurechtzufinden, so simultan und abgepaßt ist alles geschehen zwischen uns: jetzt muß ich wieder das tun und danach einen neuen Entschluß fassen.

Früher war es noch etwas anders. Da reiste ich. Am Wochenende alle drei Wochen aus dem Internat nach Hause. Mit dem Zug, so daß ich mir immer so selbständig vorkam. Es hat was ungeheuer Erfahrenes, einen Koffer ins Gepäcknetz zu heben und eine Dame zu fragen: Darf ich Ihnen behilflich sein, und noch vor einer halben Stunde hat man dem Erzieher gemeldet: Das Zimmer ist aufgeräumt, und er hat gesagt: Mach keinen Unsinn, und frag deine Mutter, ob sie zum Sommerfest kommt, du weißt, wir müssen planen, und ich habe gesagt: Ich werde bestimmt daran denken. Nun sitzt man der Dame gegenüber, mit übergeschlagenen Beinen, und überlegt, ob man es wagen soll, hier bereits von den gekauften Zigaretten zu rauchen, was die Dame wohl täte, wenn man ihre Beine berührte, wie sie riecht und guckt. Zuhause gibt es einen Kuß, und alles ist ganz weich. Die Mutter sortiert alles so, daß alles bequem ist. Gleich in die Leihbücherei und vier Western holen. Die werden verputzt, sobald gegessen ist.

Als ich dann meine Meniskusverletzung hatte, fielen mir die Abschiede besonders schwer. Ich konnte gut dribbeln, am liebsten an der Außenlinie. Aber besonders schnell war ich nie, schneller als 13,0 bin ich nie über hundert Meter gelaufen. Doch mit dem Ball und über dreißig, vierzig Meter fühlte ich mich immer sehr schnell, und wenn ich frische Wäsche anhatte oder beim Frisör gewesen war. Eines Nachmittags schmiß sich einfach jemand in mein Bein, nachdem ich ihn mehrmals umspielt hatte und er es nicht mehr ertragen konnte, denn er lief 11,4 über Hundert. Es war ein greller, stechender Schmerz, und ich konnte nicht mehr gehen. Ich mußte nach Hause fahren, humpelnd. Einen halben Tag habe ich gehen geübt, mit dem Koffer. Zuhause holte ich mir noch sechs Western, mehr lieh mir der Mann nicht aus. Dann sollte ich liegen. Der Arzt kam. Ich mußte ins Krankenhaus. Aber erst noch schnell Konfirmation. Ich saß in der ersten Reihe, mir gegenüber saßen die Mädchen, und mir fiel auf, wie gut Mädchen aussehen können. Aber ich konnte überhaupt nichts unternehmen. Dann kam ich ins Krankenhaus, einige Tage. Keine Operation: das Bein wächst noch. Also wurde das Bein in Gips gelegt. Und damit humpelte ich in den Osterferien zuhause herum, wo ich so gut wie niemanden kannte. Mit dem Gipsbein konnte ich nicht so bequem lesen. Lieber lief ich durch die Straßen. Eines Tages im Regen, als ich mich in einer Haustür unterstellte, lernte ich drei Mädchen kennen. Gottseidank hatte ich Karten dabei, und wir spielten Maumau. Es waren drei Freundinnen, die nacheinander meine Freundinnen wurden. Dann lernte ich auch alte Schulkameraden als Freunde kennen. Die Ferien waren ein voller Erfolg. Ich fing mit dem Küssen an und mit dem Rauchen.

Als ich zurückfahren mußte ins Internat, immer noch mit Gipsbein, war ich sauer, aber ich war auch gespannt auf die neuen Mädchen für das neue Schuljahr. Und es war eine dabei, die konnte schon alles, wie ich hörte. Ich schrieb Briefe, wie nie vorher. Und ich gewöhnte mir an, mit Mädchen allein spazierenzugehen, denn ich durfte ein Jahr lang keinen Sport treiben (bis nach den Herbstferien habe ich es ausgehalten). Es passierte so viel, daß ich es gar nicht aufzählen kann; ich weiß auch gar nicht mehr alles, nur die Namen. Jeder Abschied kam mir vor wie der Abschied von etwas Schönerem, als mir jetzt bevorstand. Und es ist ja wirklich schön, einen ganzen Nachmittag mit einem Mädchen in einem Wald nicht mehr als hundert Meter vorwärts zu kommen. Die Jeans damals waren viel dicker und rauher und schmiegten sich nicht an die Haut an, sondern standen ab und schabten über die Haut. Im Internat begannen die Erzieher zu sagen: nicht so intensiv. Am schönsten war immer die Zeit vor dem Essen. Wir kamen in den Eßsaal, möglichst früh, und stellten uns hinter unseren Platz. Dann beobachteten wir, wie die Mädchen hereinkamen und sich hinter ihren Platz stellten, und dann überlegten wir, welche in Frage kam, und nahmen einen bedeutungsvollen Blickwechsel auf, manchmal noch während des Gebets. Wenn man saß, hatte man nicht mehr einen so guten Überblick. Später, nach dem Essen, ging man neben den Mädchen auf der Pergola zurück in die Häuser, sagte was, dachte was, und lauter Geschichten passierten. Und wenn ich abreiste, nahm ich die Geschichten mit, jeweils von einem Ort zum anderen, vom Internat mit nach Hause, von zuhause mit ins Internat: lange war ich stolz darauf, daß ich hier eine Freundin hatte und dort. Im Zug dachte ich mir die verschiedenen Geschichten zusammen. Die Leute, von denen ich mich verabschiedet hatte, lernten die Leute kennen, die ich begrüßen würde. Ich kannte sehr viele, so daß es mir immer so vorkam, ich hätte eine große Auswahl an Menschen, unter denen ich mir diejenigen aussuchen könnte, mit denen ich näher zu tun haben wollte. Einige Fiese schloß ich gleich aus, brutale Typen, die es darauf anlegten, sich zu schlagen, und Schleimscheißer. Ich kriegte das gut bei vielen hin, weil ich kein Schwächling war, aber es gab ein paar Ausnahmen.

Ich glaube, das erste Mal von Abschied gesprochen habe ich zu einem Mädchen, das sich aus dem Kuddelmuddel der ganzen Freundschaften so langsam als meine erste richtige Freundin erwies. Dabei hatte ich eigentlich nie daran gedacht, denn sie sah noch etwas kindlich aus, als ich sie kennenlernte (es war eines der drei Mädchen, mit denen ich in der Haustür Maumau gespielt hatte). In den Sommerferien war sie bei einer Gruppe dabei, die unter der Leitung des Pastors der Gemeinde nach Wangerooge in ein Ferienlager fuhr. Sie war die Freundin eines Freundes von mir, damals, offiziell, denn wir pflegten das untereinander zu erklären. Und ich wollte sie ihm nicht ausspannen. Wir wohnten in einer Art Baracke, Jungen und Mädchen auf einem Flur und mit einem Waschraum. Ziemlich riskant, wenn ich im nachhinein daran denke, zumal noch andere Gruppen mit zum Teil fast erwachsenen Mädchen auch dort wohnten. Irgendwann im Waschraum sahen wir, wie sich eines von diesen Mädchen wusch. Sie stand mit nackter Brust da, und das war ein Ereignis. Ich wollte das meinem Freund erzählen, und da ich dachte (warum, weiß ich nicht mehr), er könnte vielleicht in dem Mädchenzimmer sein, ging ich dort hinein, obwohl es uns natürlich verboten war. Es war aber nur sie da. Plötzlich (ich bin mir nicht sicher, ob ich von nun an noch wahrheitsgemäß erzähle – wie das so ist bei solchen Geschichten) juckte mich der Hafer, und ich jagte sie durch den Raum, ich weiß nicht mehr genau, ob mit der Ankündigung, ich wolle ihre Brust sehen. Wir rangen miteinander, ich schaffte es, ihr Pullover und Hemdchen hochzuschieben. Sie wurde sehr rot und weinte etwas, und ich habe mich sehr geschämt, so sehr, daß ich es vermieden habe, sie während des Rests der Ferien anzusehen oder gar mit ihr allein zu sein. Sie war auch die Freundin meines Freundes, und ich hatte dort eine andere Freundin.

Gerade an diese Szene muß ich in letzter Zeit wieder häufiger denken, nachdem sich später ganz andere und viel wichtigere vielleicht darübergelagert hatten. Vor einiger Zeit hat nämlich meine Mutter sie auf dem Friedhof getroffen, wo sie mit ihrer Mutter das Grab ihres Vaters besuchte. Sie hatte einen kleinen Sohn dabei, von dem meine Mutter behauptet, er sehe dem Sohn meines Bruders ähnlich. Das kann gut sein, da sie mir auch etwas ähnlich sah, damals jedenfalls, als ich sie zuletzt gesehen habe. Sie ließ mir Grüße ausrichten, wie es mir gehe, was ich so mache, dreizehn Jahre sind eine lange Zeit usw. Meine Mutter hatte sie von all meinen Freundinnen wohl am liebsten gemocht.

Damals jedoch nach den Sommerferien habe ich an sie möglichst nicht gedacht. Doch in den Herbstferien merkte ich, daß sie sich auf dem Spielplatz neben einem kleinen Park, wo unsere Clique sich immer traf, fast immer direkt neben mich auf die Bank setzte, und Freunde sagten: Du, ich glaube, die kann auf dich. Sie war sehr hübsch geworden, und ich fühlte mich geschmeichelt, unternahm aber gar nichts, weil ich mich noch schämte und weil sie die Freundin meines Freundes war. Am vorletzten Tag der Herbstferien jedoch trafen wir uns zufällig allein an dem Spielplatz, und ich fragte sie, ob sie mit mir in der Eilenriede spazierengehen würde. Sie sagte ja. Die beiden Tage waren sehr schön, ich will aber Näheres darüber nicht sagen, weil es nur uns beide angeht. Jedenfalls hatte ich an dem letzten Ferientag, als ich am späten Nachmittag zurück ins Internat fahren mußte, das erste Mal wieder ein richtiges Schmerzgefühl beim Abschied, seitdem ich ins Internat gesteckt worden war und wie ich es als Kind immer gespürt hatte, wenn ich in diese ekligen Kinderheime mußte, wo man gezwungen wurde, Lebertran von Eßlöffeln zu nehmen und noch warme Kuhmilch zu trinken. Ich habe ihr das auch geschrieben.

Es war eine richtige Abschiedszeit. Immer wenn ich übers Wochenende kam und es schön geworden war, mußte ich zurück ins Internat. Die Weihnachtsferien fehlen in meiner

Erinnerung, entweder sie war mit ihren Eltern verreist, oder wir waren laufend im Kino und haben sonstwas unternommen, oder es war eine Krise, ich weiß nicht mehr. Leider habe ich ihre Briefe aus der Zeit vernichtet, als ich später einmal meinte, nun aber an die große Liebe geraten zu sein.

In den Osterferien machte ich Schluß mit ihr, aus Angst, ich würde ihr ein Kind machen, denn damals waren Pillen noch nicht bekannt, schon gar nicht für uns, und Präservative konnte ich nicht leiden. Es hat geregnet, und sie hat geweint. Ich kam mir wie ein Schuft vor. Aber sie setzte mir einfach zuwenig Widerstand entgegen (wofür ich sie heute in der Erinnerung lieb habe).

Noch drei Jahre später, als ich sie zufällig (ein bißchen hatte ich daran gedreht) auf einer Party wiedertraf und mit ihr tanzte, spürte ich, wie schwer sie in meinen Armen wurde und wie unbedingt sie mich küßte, so daß ich dachte, es sei eine meiner Hauptsünden gewesen, daraus keine große Liebe entstehen zu lassen.

Das war zu Beginn der Osterferien gewesen, als ich mit ihr Schluß machte, heute meine ich, vor allem weil ich nicht geübt darin war, längere Zeit mit ihr zusammen zu sein. Es war ein bitterer Abschied, und ich sehe die Situation noch heute vor mir, wie wir auf dem Nachhauseweg aus dem Kino, der Grenzburg, durch die Pelikanstraße gingen und ich meinem ängstlichen Entschluß idealistische Gründe abzugewinnen versuchte, die vielleicht sogar ein bißchen wahr waren.

Das Gefühl hatte ich dann später noch häufiger. Wenn ich von zuhause fortfuhr, nachdem ich bemerkt hatte, daß meine Mutter auch langsam älter wurde, als meine Tante gestorben war und mein Freund, sogar als ich das Internat für immer verließ, in dem ich achteinhalb Jahre gewesen war, besonders als ich die Freundschaft mit einer Freundin per Telefon löste, die mich betrog und mit der ich vier Jahre befreundet gewesen war usw. Ich könnte noch viel aufzählen.

Und alle diese Abschiede schwingen ein bißchen mit, wenn

ich jemandem Auf Wiedersehen sage, ihn an die Bahn bringe, ihm die Hand gebe oder ihr, bevor sie mit dem Auto wegfährt. Wenn ich selbst abreise, ist es nicht so schlimm. Daß andere abreisen, daran bin ich nicht so gewöhnt.

Und um kein Trübsal zu blasen: heute ist Himmelfahrt, und es lassen sich viele Gedanken denken, warum ich heute, bei diesem Abschied von ganz vielen, immer an Abschied denken muß, warum Abschied was mit Feiertag und Sonntag zu tun hat. Vielleicht, weil man Zeit braucht für ihn. Um sich erinnern zu können, wer das war, was mich mit ihm verbindet, wann ich ihn wiedersehe, wie er sich verändern wird, wie ich mich verändern werde usw.

Ich muß häufig an einen Brief Büchners denken, den er beginnt mit dem Satz: *»Ich lebe hier ganz unangefochten.«* Das hier ist Straßburg, und in der Zwischenzeit werden in der Heimat seine Freunde verfolgt. Es ist ein Satz über das Erstaunen nach einem Abschied.

Ich will noch schnell etwas aufschreiben, bevor sich mir der Helm meiner Kopfschmerzen über die Stirn und die Augen wölbt. Eine versprengte Erinnerung, die sich gar nicht mit anderen verbunden hat, die schmerzt, weil sie so unverständlich und doch erklärlich ist. Ich hatte 14 Tage Kopfschmerzen danach, zum ersten Mal mit dieser Gewalt, und erst am Abend, bevor ich ins Krankenhaus eingeliefert werden sollte, verschwanden sie. Ich muß 13 oder 14 gewesen sein, und ich ging eines Tages in den Waschraum, in den angrenzenden Toilettenraum, in dem die Pissoirs waren, aber auch der Wasserhahn zur Entnahme von großen Wassermengen. Die Putzfrauen kamen hierher und ließen die Eimer vollaufen. Sie waren zum großen Teil älter, aus dem Ort. Auf unserem Flur war es Frau W., die inzwischen längst tot sein wird. Sie trug die alte Landestracht, und sie sah sehr kräftig aus. Und ich ging hin an diesem Tag, während sie dort an dem Wasserhahn stand, und stellte mich mit steifem Glied ans Pissoir. Wir sahen uns an, eine endlose Zeit. Ich wußte nicht, was ich dachte. In kurzen Abständen platzten Wörter durch meinen Kopf wie kräftig, geil, unbedingt, und ich begann, mir einen runterzuholen, und sie sah mich weiter an, ohne mit der Wimper zu zucken. Das Wasser lief über den Eimer und floß gleich in den Abfluß. Sie konnte meine Großmutter sein, dachte ich, versuchte ich zu denken. Und ich war mir nur einmal noch so wirklich am Pissoir vorgekommen, etwas früher, als ich das erste Mal zwei Glas Bier getrunken hatte und schwankend vor dem Pissoir stand und ein einmalig intensives Strullgefühl hatte: ein großer Schüler war abgegangen aus dem Heim, ein großartiger Orgelspieler, der Vertreter der Schülerschaft bei den Untersuchungen homosexueller Verbindungen gewesen war, der mich gerettet hatte, der mir noch ein Jahr lang englische Briefe schrieb, damit ich besser würde in Englisch. Und noch einmal kurz davor, als Rainer dastand und die ganze Zeit nur kleine Strahlen losließ und tröpfelte, so daß ich ihn fragte, warum machst du das so. Und er sagte, dann habe er mehr davon. Erst als ich mich von Frau W. wegwandte, in die Ecke, da drehte sie den Hahn zu und ging. Sie hatte mich einfach beobachtet. Plötzlich roch ich ganz deutlich die Desinfektionsscheiben in dem Becken und ging auf das richtige Klo, um nicht mein Taschentuch benutzen zu müssen. Das war morgens nach der Schule gewesen.

Nach dem Mittagessen rief der Erzieher unseren Flur zusammen in den Gemeinschaftsraum. Wir warteten gespannt. Das kleine braune Philips-Radio spielte wie immer Musik vom BFN. Als der Erzieher reinkam, war das erste, was er sagte: Macht das Ding da aus. Er hatte ein ernstes Gesicht. Dann sagte er: Frau W. hat sich beschwert. Und während einige lachten, wurde mir schwindelig, und ich dachte: Jetzt hat dein letztes Stündlein geschlagen. Doch da brüllte der Erzieher zu meiner Überraschung den kleinen M. an: Was denkst du dir überhaupt, einen vollen Eimer Wasser auf die Tür zu stellen, wenn den Frau W. auf den Kopf bekommen hätte, sie ist eine alte Frau, und es schien, als wollte er M. verprügeln: 14 Tage

Stubenarrest, los auf dein Zimmer, und morgen entschuldigst du dich bei Frau W.! M. flog später aus dem Heim. Er war bei allen unbeliebt. Er wurde Tierpfleger im Hannoverschen Zoo. Das erzählte er, als er im nächsten Jahr zum Sommerfest zu Besuch kam. Er hatte doch sehr am Heim gehangen, wunderten wir uns damals.

Erst als M. aus dem Raum war, sagte der Erzieher ruhig: Und dann will ich euch noch mal daran erinnern, daß ihr nicht in die Becken pinkeln sollt, wenn die Putzfrau im Raum ist, dann könnt ihr das Klo benutzen, wenn es so dringend ist. Das ist nicht zumutbar, und er sah mich mit einem kurzen Blick an dabei. Einige gluckten und machten Bemerkungen, die ich vor Aufregung nicht verstand. Und ich wartete in unerträglicher Spannung: nun würde mein Name fallen, er würde mich plötzlich anschreien, mich eigenhändig aus dem Zimmer werfen, meiner Mutter schreiben, ich müßte meine Koffer packen und war eine Existenz, reif für die Erziehungsanstalt. Aber es geschah nichts weiter. Er setzte sich an seinen gewohnten Platz und spielte mit einem der älteren Schüler eine vor dem Essen begonnene Partie Schach zu Ende.

Ich ging hinaus auf mein Zimmer. Die gräßlichen Kopfschmerzen gingen 14 Tage nicht wieder weg. Ich überlegte, ob ich mich bei Frau W. entschuldigen sollte, aber ich brachte nicht den Mut auf. Der Arzt kam, während ich auf meinem Bett lag. Er war ratlos. Zunächst vermutete er, das könnte eine Folgewirkung einer Tetanusspritze sein, die er mir vor einigen Wochen gespritzt hatte, nachdem mir Rainer mit seinen Spikes beim Fußballspielen auf den Fuß getreten hatte. Eine kleine Blutfontäne kam aus meinem Fuß, und ich war ganz perplex. Rainer wurde ziemlich hart bestraft, weil er mit Spikes Fußball gespielt hatte. Dabei war es nichts Besonderes; wenn es geregnet hatte und der Boden war glitschig, taten das einige. Daher kannte mich der Arzt, und er meinte, es könne damit zusammenhängen. Ich bekam Medikamente, der Arzt kam ein paar Mal, aber die Kopfschmerzen blieben. Da sprach er von Krankenhaus und von Operation. Ich glaube, davon sind sie dann weggegangen.

Ich war noch lange Zeit wie betäubt, und wenn ich Frau W. sah, kehrte ich um oder machte einen Bogen. Einige Wochen später gab sie den Job als Putzfrau im Heim auf, und ich überlegte, ob sie das wegen des Vorfalls mit mir am Pissoir getan hatte. Das war natürlich unsinnig, wie ich merkte, als ich sie bald darauf im Ort traf, sie zu spät bemerkte und nicht mehr ausweichen konnte. Sie grüßte mich freundlich, nachdem ich ihr mit heißem Kopf zugenickt hatte. Danach konnte ich den Vorfall verdrängen.

Ich esse gerade Konfirmationskuchen. Im Juni! Früher fanden die Konfirmationen zu anderen Zeiten statt. Aber es ist nicht das Thema Kaffeetrinken. Denn ich sitze hier und trinke Kaffee, obwohl ich eigentlich etwas anderes tun müßte. Aber ich habe versäumt, rechtzeitig genug da zu sein, um angetroffen zu werden. Nur ein paar Minuten kam ich zu spät. Das Auto meines Freundes habe ich, glaube ich, noch gesehen, aber es war zu spät: Mein Laufen und Winken nützte nichts. Da habe ich das in Cellophanpapier eingewickelte und mit einer roten Schleife verzierte Kuchenpaket, das mir Guntram heute von der Konfirmation seines Schwagers mitgebracht hat, kurzerhand ausgepackt, Kaffee gekocht, und nun sitze ich hier, trinke Kaffee, meine Maschine links daneben und tippe meine Gedanken über Versäumnisse.

Es ist ganz unterschiedlich, ob man fragt: Was hast du versäumt? oder: Was hast du im Leben versäumt? Auf die einfachen Fragen wissen viele Leute gar keine Antwort, auf die umfassende bekommen sie einen Glanz in die Augen, als ginge es um lauter Lottogewinne. Meistens handelt es sich ja auch um größere Beträge oder um Liebesgeschichten. Der Onkel meiner jetzigen Freundin hat einmal beim Totospielen auf den Ratschlag seiner Frau alle Zahlen um eine nach unten versetzt, die unterste zuoberst: er hatte einige richtig, doch hätte er die Zahlen gelassen, wie er es vorhatte, so hätte er alle richtig gehabt und über 80 000 Mark gewonnen. Das ist ein wunder Punkt in der Familie, noch heute, zwanzig Jahre später, denn leicht ist die Frage gestellt: Wieviel Glück steht einem zur Verfügung, und war es das Quentchen? Ähnlich erging es mir beim Lotto usw. Solche Geschichten kennt jeder. Sie kommen vor. Mit der Liebe geht es ähnlich. Damals als ich eine Freundin im Studentendorf wohnen hatte, es waren Semesterferien, und ich ging fünf, sechs Mal vorbei, um sie zu besuchen, und sie war nie zuhause, weil sie gar nicht am Ort war, sondern bei ihren Eltern. Ich dachte: Sie kommt irgendwann, sie weiß, daß du hier bist. Aber sie kam nicht. Erst zu Beginn des Semesters traf ich sie zufällig vor der Mensa, sie war durch eine Prüfung gefallen, kurz vor der Umsiedlung an eine andere Universität, sie hatte ganz zerzaustes Haar, ihre Mutter war da, um ihr zu helfen, und sie traute sich nicht, mich anzusehen. Nach und nach ist es mir eingefallen. Vor den Semesterferien hatten wir gesprochen: Verlobung: ja, nein; Liebe: ja; Wegfahren in die Ferien: ja. Und als ich morgens von ihr wegging, war wunderschönes Wetter, regelrecht symbolisch. Ich mußte einer alten Frau, die gar nicht geschlafen zu haben schien, Feuer geben, ein Schornsteinfeger begegnete mir: mit anderen Worten, es war ganz wirklich, ganz normal, ich war hellwach. Aber ich hatte vergessen, mit ihr zu verabreden, wann wir uns wiedersehen sollten. Und so autoritär muß ich gewesen sein, daß es an mir hing. Ich fuhr in die Ferien und kam wieder; sie war noch einige Zeit für ein Ferienseminar dort und fuhr in die Ferien. Hätte ich nur an sie geschrieben! Gleichgültig, wohin: denn bestimmt wäre ihr mein Brief nachgeschickt worden. Aber ich ging nur hin einige Male, auf gut Glück, aufs Geratewohl, wie mir neulich ein Verkehrsamtsleiter schrieb, als ich meinen Urlaub lose planen wollte (er riet mir ab, heutzutage aufs Geratewohl zu kommen). Und als sie von ihrem Umzug sprach, hatte ich keine Kraft mehr zu fragen, warum um alles in der Welt.

Und heute habe ich nur noch zwei geradezu beschämend liebevolle Briefe von ihr, spröde und versteckt, aber ganz intensiv lieb. Kein Bild, kaum eine Vorstellung, zumal sie ihre Haare gefärbt hatte, als ich sie kannte, nur das mehr und mehr gewachsene Bewußtsein eines großen Versäumnisses.

Schlimmer sind andere Versäumnisse: nicht die Wahrheit gesagt zu haben und einen immer größeren Berg gnädiger Lügen oder schamhafter Lügen vor sich herschieben zu müssen: daß man liebt, daß man nicht daran glaubt, daß man etwas nicht gern tut, zum Beispiel den Cunnilingus, und nun muß man ihn ein Leben lang machen. (Oder umgekehrt: die Fellatio.)

Ich weiß noch den blitzartigen Moment, als ich hochzuckte im Heim beim Fernsehen, kein Erzieher war da, die Fernsehbeleuchtung war aus, im Interesse aller Pärchen (ich glaube, ich hatte Aufsicht): da kam plötzlich in den Nachrichten: Kennedy sei ermordet worden. Alles war so unwirklich, so unvorbereitet, aus dem Vorwand war ein Ernstfall geworden. Und dann die grausigen Bilder. Ich hätte gern gewußt, was meine Mutter dazu sagte.

Oder noch früher in der richtigen Heimatmosphäre, mit Prügeleien im Schuhkeller, als ich noch die Tischtennisschläger kaputtschmiß, wenn ich verlor: sie hieß Susanne und wollte einfach bumsen und vorher romantisch sein, und ich kannte nur die Romantik, und plötzlich mußte ich mich entscheiden – und ich habe versagt und einen kläglichen Brief geschrieben, der im Mädchenhaus ans Brett geheftet wurde: voller Moral und edler Gesinnung, so wie es uns in den Abendandachten beigebracht wurde, und mit einem Kommafehler. Und das Perverseste war, sie traute sich nicht, selbst zurückzuschreiben, weil sie sich für so einen niveauvollen Briefwechsel als zu dumm betrachtete. Also schrieb mir eine Primanerin, ebenfalls mit Argumenten aus Abendandachten, nur noch klüger und mit besseren Argumenten, so daß am Schluß nur noch mein Versagen billigenswert war, meine

Romantik, meine dosierte Geilheit, daß ich liebelte, nicht liebte, ihre Geilheit, ihre Sehnsucht: das alles war nicht richtig, voreilig, aufgesetzt, eingebildet und übertrieben. Ich kam mir so vor wie damals, als ich in einem Viererzimmer lag. Ein Zimmerkamerad, ein Einzelgänger, der von allen gehänselt wurde, hatte mich in sein großes Hobby eingeführt: die Betrachtung und Notierung der Sternenhimmel. Und abends aus dem Bett betrachtete er den Himmel. Ich hatte versäumt, ihm zu sagen, daß ich bei offenen Vorhängen nicht gut einschlafen konnte, und hatte einige Nächte mich zur Wand gedreht, weil ich nicht auch zu den Hunden gehören wollte, die ihn gnadenlos reizten und demütigten, so daß er sich nur mit hilfloser Gewalt wehren konnte: einmal, indem er Henner eine Milchflasche auf dem Kopf zerschlug. Eines Abends protestierte ein anderer Zimmerkamerad gegen die offenen Vorhänge: es war Vollmond, er konnte nicht schlafen. Dem vierten war es egal. Wir stimmten ab, und ich entschloß mich, für die geschlossenen Vorhänge zu stimmen, um nicht noch so lange wachzuliegen. Er sagte: Du bist ein moralisches Schwein, und am nächsten Tag im Schuhkeller mußte ich ihn regelrecht zusammenschlagen, weil er mich aus einem nichtigen Anlaß erwürgen wollte: er hatte große starke Hände, und ich dachte: Es ist aus, er fällt nicht, selbst unter den besten Treffern. Es war wie im Krimi. Er hat bis zu seinem Fortgang aus dem Heim nicht mehr mit mir gesprochen, was unerträglich war. Ein Satz hätte genügt: Du, ich interessiere mich für die Sternenhimmel, aber ich kann bei offenen Vorhängen ganz schlecht einschlafen, bitte versteh das.

Wer kennt das nicht: Bei einem Theaterstück in der Pause, wenn dort hinten eine Gruppe steht und heftig diskutiert, man fängt Wortfetzen auf und denkt: Darüber können die streiten. Oder im Tanzcafé, im Beatkeller, in einer finnischen Tanzhalle: Alle tanzen, ganz mühelos, jede Runde. Aber man bringt nicht mehr den Mut auf zu sprechen: Das ist dufte, die Musik ist Scheiße, so voll war es noch nie hier, ich bin das und jenes, gehörst du hierher, ja, die Drehungen, Charlie Chaplin, nein Laurel, Hardy, Stanley, Olli, Poker-Face, Elvis, und dann ein starkes Gefühl in den Körper kriegen, und hinter mir in Savonlinna, als ich einen ganzen Abend mit zwei Mädchen getanzt hatte, die weder Deutsch noch Englisch konnten oder können wollten, singt ein Mädchen *All you need is love*, und es sind noch hundert Meter bis zum Campingplatz, Jochen liegt schon da und schläft, niemand kennt mich. Aber wir wollen morgen früh weiter, und mir gehört weder Zelt noch Auto, ich kann nicht fahren, ich bin abhängig und habe noch nicht damit begonnen, das zu ändern.

Versäumnisse, auch wenn sie nur langsam bewußt werden, haben etwas Plötzliches: ein überraschender Überblick oder Durchblick, der Schlag vor die Stirn, das plötzliche Weinen nachts, das Stehenbleiben auf einem Spaziergang. Effi Briests Heirat und ihr Abschiedswort in dem Buch, Literatur: *Er war doch ein guter Mensch, soweit ein Mensch gut sein kann, der ohne rechte Liebe ist.* So etwa, was sie sagt. Ich will es nicht nachschlagen, es geht so viel verloren dabei, ein Versäumnis nicht zu begehen, wenn von Versäumnissen die Rede ist, nicht nur in der Literatur und in einem klarlinigen Leben, auf dessen Grabstein der treue Hund verhungert und über den der Leser mit einem geflügelten Wort hinwegblicken kann *(Das ist ein weites Feld, Luise – Das ist ein zu weites Feld, Luise)* usw. Becketts Lieblingsbuch. Schweigen im Schwatzen. Literatur für wenige. Rätsel.

Was ist eine Realität? Daß man auf der Oberstufe keinen Tischdienst mehr hatte, gemessenen Schrittes über die Pergola gehen konnte und nach Kritik an einer Andacht selbst es besser machen durfte. So oder so ähnlich habe ich nach dem Tod meines Großvaters gedacht, als ich meine ersten ernsthafteren Versuche in der Literatur machen wollte.

Ich will anfangen zu schreiben, aber es ist nicht leicht. Alles um mich herum ist so stark. Bücher liegen überall, die ich kenne oder angelesen habe, und plötzlich bin ich gespannt auf ihren Fortgang, der Fernseher in der Ecke, vor dem ich vorgestern gesessen habe, meine Freundin war da und saß neben mir, die verstreuten Blätter, Notizen zu Büchern oder für Bücher, Pfeifen, Krimskrams und alles, was mich daran erinnern kann, wie lange ich schon hier wohne und daß es zu lange ist. Und dann ist wieder die Sehnsucht nach Reisen und schneller Biographie übermächtig. Ich möchte eine Platte auflegen, durch mein Zimmer gehen und mir fremde Kulissen denken. Extreme Situationen bestehen.

Das hängt mit meiner Heimat zusammen. Meine Heimat ist ein etwa 20 Quadratmeter großes Zimmer, mit zwei großen Klappfenstern an der Stirnseite und davor einer durchgehenden 40–50 Zentimeter breiten Holzverkleidung der Heizkörper und links und rechts eingebauten Fächern, in denen Zeitschriften und Schachspiele oder ähnliches lagen. Links auf der Holzverkleidung stand ein kleines braunes Philips-Radio, eingestellt auf UKW, Sender BFN, gute Zimmerlautstärke, oft darüber. Die beige gestrichenen Wände waren ein Meter hoch mit einer abwaschbaren Basttapete tapeziert. Vier Tische standen darin (ein dreieckiger, zwei runde und ein rechteckiger, größerer) und 20–25 Stühle, hellbraun mit dunkelbraun gebeizter Lehne und dunklen Beinen. Es war der Gemeinschaftsraum des Flurs. Meistens waren alle Stühle besetzt und dazu noch die Holzverkleidung, aus dem Radio schrammten die Stimmen von Paul Hollingdale oder Alistair McDougall, den Vorläufern heutiger Discjockeys: HITPARADE. INTRODUCED BY ALISTAIR MCDOUGALL! YOU'RE LISTENING TO THE BRITISH FORCES NETWORK. Dann kamen die Hits: Elvis mit ALL SHOOK UP und TEDDY BEAR, Little Richard, Pat Boone, Fats Domino usw. Alle saßen da und zuckten und ruckten mit, und wehe jemand sprach, außer den Stärksten. Im Flur gab es Prügeleien, zwei Schneidezähne wurden einem rausgeschlagen, er steckte sich Kaugummi in die Lücken, und es ging weiter, bis ein Erzieher kam. Aber im Tagesraum, wenn HITPARADE kam, waren alle ganz weich.

Am ersten Abend, als das Heim in voller Größe eröffnet wurde, vorher hatten wir alle in dem Mädchenhaus gewohnt, von Oktober 1956, als der Ungarnaufstand war, bis Frühjahr 1957, lag ich mit drei anderen Jungen auf einem Zimmer. Ich war Zwölf und war gerade in die siebte Klasse gekommen. Um uns kennenzulernen, sagten wir nach dem Zubettgehen: Jeder soll ein Lied singen. Ich sang AUF DU JUNGER WANDERSMANN und war ganz erstaunt, als mein Untermann (ich schlief oben, obwohl ich immer Angst hatte, aus dem Bett zu fallen) TUTTI FRUTTI nachsang. Er war zwar ein, zwei Jahre älter, aber damit hatte ich nicht gerechnet. Es war toll. Leider kam der Erzieher und drohte uns mit Stubenarrest, wenn wir nicht sofort ruhig sein würden. –

Ich habe mir immer vorgestellt, es ist sehr einfach, Schriftsteller zu werden. Irgendwohin fahren mit wenig Gepäck, aber mit Schreibmaschine, freundlich sein zu Vermietern und Hoteliers, abendliche Gespräche führen, ein Halstuch tragen, gepflegt sein und Zeit haben, sich ab und zu an die Schreibmaschine setzen und dann natürlich auch kämpfen, einige Stunden, Bögen rauszerren und zerknittern und in den Papierkorb werfen, sich durchs Haar fahren, aufspringen usw. Doch das sind die Vorstellungen und Bilder, die man Ausschnitten aus fremden Schriftstellerbiographien entnimmt, manchmal nur einem Klischee. Das sieht so mühelos und angenehm nachzuempfinden aus, so verhalten und im Grunde ungefährdet, sieht man von tragischen Entschlüssen ab, die sicherlich am Ende des Lebens irgendwann erfolgen sollten, um Gewicht zu verleihen, zum Nachdruck, als spöttische Geste an die Nachwelt. In Wahrheit ist es sehr schwer, auch nur eine produktive Gewohnheit zu entwickeln, in Zusammenhang mit der man schreiben kann, ohne sich selbst fremd vorzukommen, zum Beispiel bei mir das unterbrochene Kaffeetrinken, die Maschine neben dem Kuchenteller, und zwar links daneben. Viele andere Schriftsteller können mit dieser Situation nichts anfangen oder bemerken nicht, daß gar nicht sie es sind, die mit dieser Situation etwas anfangen, sondern die Situation durch sie und mit ihnen: Kuchenweich und süß werden sie, lieblich, harmlos, denn für sie hat das Kaffeetrinken nicht die Geschichte wie für mich: das Quentchen Freiheit, auf das ich aufbauen kann.

Selbstverständlich gibt es klassische Schreibsituationen: besonders für die kleinen Formen. Abends auf einem Spaziergang in die Stadt oder vor die Stadt: eine Beobachtung, eine Bank, etwas auf den Knien schreiben, flüchtig und unfertig, aber geeignet, flüchtige Empfindungen und Wahrheiten anzutippen. Oder die großen Formen, wie Romane und Stücke, lange Erzählungen, für die sich Schreibhöhlen eignen: ein gesicherter Schreibtisch mit Ausblick und einer Jahreszeit draußen, über die man zwischendurch immer wieder nachdenken kann. Hinterher sagen viele: Es war der Sommer, als ich das und das schrieb, womit sie nicht sagen wollen, daß sie einen ganzen Sommer lang irgendworan geschrieben haben, sondern daß sie zu diesem Sommer nichts Genaueres und Passenderes sagen können, als ihr Produkt ist, in dem, wenn auch nicht immer direkt, so doch indirekt durch die Nachbarschaft zu Überlegungen und Nachdenklichkeiten über die Jahreszeit, das Wetter heute, die Aussichten, ihr Verhältnis zu der umgebenden Außenwelt enthalten ist.

Wenn man das erfahren hat, wie übermächtig wehendes Gras vor dem Fenster ist, mit einer Straße davor, auf der ein Junge in einem Seifenwagen und Häuptlingsschmuck einen ganzen Vormittag auf- und abfährt, manchmal Kriegsgeschrei ausstoßend, dann weiß man, wie schwer es ist, sich zu erinnern, nicht nur flüchtig an etwas zu denken, sondern sich vergewissernd erinnern, um eine Wahrheit zu entdecken oder eine Verhaltensweise zu verstehen.

Zu verschiedenen Musiksorten habe ich auch Gewohnheiten entwickelt, die produktiv sein können; nicht nur deshalb, weil ich als Vierjähriger vor Schulklassen Mundharmonika spielen mußte, deutsche Volks- und Wanderlieder, und die Erwachsenen sagten dann: Du bist ein richtiges kleines Wunderkind, und die anderen Kinder waren so artig und widersprachen den Erwachsenen nicht. Später wünschte ich mir eine Trompete und bekam ein Akkordeon geschenkt, auf dem ich meinem Großvater immer Weihnachtslieder vorspielen mußte, worauf er mich lobte, obwohl er wenig Ahnung hatte davon, was Musikalität ist. Ich lernte bei einem blinden Akkordeonspieler, der mich immer in den Arm knuffte, wenn ich patzte. Nach einem halben Jahr konnte ich den Hinterhof, wo er wohnte, seine muffige kleine Wohnung, seine Knuffe und seine leeren Augen nicht mehr ertragen und blieb einfach weg. Im Kinderhort und im Internat versandete mein Talent. Dafür wurde ich ein Fachmann in Sachen HITPARADE, und die Großen entdeckten mich frühzeitig und fragten mich: Wer ist das, und ich wußte Bescheid. Das hatte viele Vorteile. Ich war Fachmann in der Musik, in der Lieblingsmusik von vielen, und also war ich auch Fachmann in ihren Lieblingsvorstellungen und Wünschen. Später wußte ich meist, welcher Titel einmal die Nummer eins werden würde usw. Eigenartigerweise waren das selten meine Lieblingslieder, sondern eher solche, die zwar auch unter die Top Twenty kamen, aber meist nicht über Platz acht oder sieben hinaus. Herbstlieder, Frühlingslieder, walky-talk-Rhythmen, vielleicht Anklänge an frühe Wanderlieder, Lieder, die etwas Fortbewegendes hatten, wovon ich mir auch etliche Platten gekauft habe.

Manchmal, wenn ich meine Mutter besuche, lege ich die alten Platten auf (denn sie sind noch zusammen mit meiner Jugendbibliothek bei meiner Mutter). Dann spüre ich, wie sie durch meinen Kopf laufen, wie auf alten Wanderwegen, und an allen Biegungen stehen alte Bekannte. Einige Platten allerdings sind darunter, die nicht so auf mich wirken. Ich habe sie mir auch nicht auf gewöhnlichem Wege und zu normalem

Preis gekauft. Auf ihnen steht noch Rainers Name, und ich erinnere mich, daß er sie mir damals für ein paar Mark verkaufte, bevor er mit Gunter aus dem Heim weglief. Nicht nur mir, auch einigen anderen. Aber ich wußte, daß er sie verkaufte, weil er weglaufen wollte, er brauche sie nicht mehr, sagte er, was sollte er mit all dem überflüssigen Zeugs. So kam ich an etliche Pat Boone-Platten: LOVE LETTERS IN THE SAND, REMEMBER YOU'RE MINE. I'LL BE HOME. WUNDERFUL TIME UP THERE und an Elvis' PARTY. Er wollte mir noch mehr Platten verkaufen, am liebsten alle, denn er mochte mich gern. Aber er brauchte für seinen Plan Geld, und ich hatte weiter keines.

Ich weiß nicht mehr, ob die beiden morgens abgehauen sind, als wir zur Schule gingen, oder bereits nachts. Jedenfalls wurde ich nach der Schule verhört. Es war eine schreckliche Sache, meine Aufzeichnungen, die Fingerabdrücke, die ich ihnen abgelistet hatte, mein irrsinniger Plan, Privatdetektiv zu werden. Noch heute ist die Erinnerung an diese Ereignisse für mich mit Scham verbunden, ich weiß nicht genau warum, denn beide: Gunter und Rainer, die natürlich das Heim verlassen mußten, als sie geschnappt waren, haben mich später besucht. Rainer wollte seine Platten nicht zurückhaben, als ich es ihm anbot. Er besuchte mich gut ein Jahr später, als er auf dem Rückweg aus der DDR war, die damals Ostzone hieß, über die wir informiert wurden aus SBZ von A bis Z. Rainer war damals schon fast 17 (er war gut zwei Jahre älter als ich), und er erzählte ganz unglaubliche Mädchengeschichten von drüben: da sollten sie manchmal abends im Sommer nackt auf der Landstraße gehen und seien scharf wie Hechtsuppe. Ich wußte nicht, was ich dazu sagen sollte, denn ich hatte keine Erfahrungen mit Mädchen. Für mich war Rainer vor allem deshalb so wichtig gewesen, weil er den Fußball besaß, mit dem ich wirklich gut spielen konnte. Es war ein schöner glatter Lederball, etwas weicher und leichter als die übrigen, und man bekam zu ihm mit dem Fuß ein großartiges Verhältnis, beim Dribbeln und beim Flanken, beim Schuß und beim Hackentrick, auch beim Kopfball. Das ging nicht nur mir so, sondern allen, die etwas besser Fußball spielen konnten. Rainer war Fachmann, denn er spielte bei Teutonia Uelzen.

Doch damals interessierte er sich nicht für Fußball, sondern für Mädchen auf ostdeutschen Landstraßen, bei Schützenfesten und sonstigen Feiern: Nie wieder hat mir jemand so aufregend beschrieben, wie schön es ist, an einem Sommerabend, wenn es schon fast dunkel ist, hinter einem Mädchen herzugehen und sich an ihrem hellen geblümten Kleid, ihren dunklen Beinen und ihrem langen Haar aufzugeilen. Er erzählte mir auch, er habe einer Motorradclique angehört, die Mädchen, die nicht wollten, vergewaltigt hätten, aber, fügte er hinzu, als er meinen erschrockenen Blick bemerkte, die wollten sowieso alle. Rainer hatte schon immer Sachen erzählt, bei denen ich mir nicht ganz klar war, inwieweit sie nicht kriminell, gefährlich oder nur übertrieben waren.

Dann erzählte er mir von Lüneburg, wo er jetzt zur Schule ging. Er hatte dort ein Zimmer, und es gefiel ihm dort viel besser, obwohl die Schule nicht staatlich anerkannt war. Er hatte auch bessere Noten. (Manchmal durchfährt es mich, wie blödsinnig es wäre, wenn die beiden abgehauen wären, nur weil sie einige schlechte Noten bekommen hatten.) Und er fragte mich, ob ich nicht auch Lust hätte, nach Lüneburg zu kommen. Es sei ganz billig, weil die Zimmer dort billig seien. Denn Lüneburg sei eine Stadt auf Salz, die Häuser begännen einzufallen, es sei richtig abenteuerlich. Er beschrieb mir: wie wir zusammen leben würden, was wir alles unternehmen würden, wie leicht es dort in der Schule sei.

Ich war ganz fasziniert und bat meine Mutter, mich dorthin zu lassen: Immer im Internat. Jetzt ist es genug, hier bin ich gefangen. Meine Mutter bat mich, dort zu bleiben: sie wollte auf keinen Fall erlauben, daß ich nach Lüneburg ginge, und dann noch zu Rainer. Sie verbot es mir, ich weinte vor Wut, sie aus Enttäuschung. Aber als ich nach diesem Wochenende wieder im Heim war, war ich insgeheim doch ein bißchen froh, nicht nach Lüneburg zu müssen und dort eventuell Mädchen zu vergewaltigen.

An jenem Tag aber versprach ich Rainer, mein möglichstes zu versuchen, um zu ihm zu kommen, als ich ihn am Spätnachmittag zum Zug brachte. Er sah aus dem Fenster mit seinem rotbraunen Haar, das vorn in einer Elvis-Locke geschwungen war, mit seinen braunen, glänzenden Augen, seiner Nase mit dem Leberfleck daneben, mit seiner erfahrenen Sprechweise, wobei er immer die Lippen eigenartig verzog, als wolle er die Zähne blecken. Als der Zug anfuhr, damals gab es noch Dampfloks, streckte er mir seine schlanke Hand aus dem Fenster und winkte dann, bis er in der Kurve verschwunden war. Ich habe ihm geschrieben, ich dürfe nicht kommen, und habe von ihm nichts mehr gehört und ihn nie wiedergesehen. Allerdings bin ich mir unsicher, ob ich ihm noch geschrieben habe oder ob ich es nur vorhatte. Ich habe es vergessen. Seine Platten jedenfalls mit seinem Namen darauf besitze ich noch, und wenn ich sie spiele, diese herrlichen Pat-Boone-Schnulzen, dann denke ich immer an seine Erzählungen über die ostdeutschen Mädchen auf den Landstraßen.

Ich weiß auch noch, wie es war, als Paul Anka mit DIANA herauskam. Der war genau so alt wie die meisten von uns, etwas jünger als manche, etwas älter als ein paar andere, darunter ich. Es war ein neuer Sound, so hochfliegend, ausbrechend, und wir wußten einige Zeit nicht, ist das nun noch unsere Heimat, oder ist sie es nicht, können wir uns zurücklegen und fortträumen, oder müssen wir sagen: Scheiße, der hat es geschafft, und ich bringe das nicht. Aber damals unter uns dachte niemand daran, nun selbst Gitarre zu spielen oder ein anderes Instrument. Wir hörten Radio, BFN, später Platten. Noch etwas später brachte ein reicher Schüler ein kleines Tonband mit, bei dem das Band aus einem Draht bestand. Das Gerät war ziemlich klein, man konnte damit heimlich Konzerte aufnehmen. Ich hatte sowas noch nie gesehen. Der reiche Mitschüler lernte damit Vokabeln, indem er sie vor dem Einschlafen, nachdem er sie vorher darauf gesprochen hatte, abspielen ließ. Ich lieh mir sein Gerät aus für eine Nacht, um Vokabeln zu lernen, sagte ich, aber ich sang auf Band, einige Hits, und ich Esel vergaß zu löschen. Er war sauer, spielte meinen Gesang im Tagesraum, alle lachten, obwohl es viele bestimmt auch gern einmal gemacht hätten. Trotzdem schenkte er mir eine Original-Langspielplatte aus den USA von Ricky Nelson, *one of my favorits*, dazu eine Zeitschrift ›Dig it‹, in der ein Artikel stand: Can Ricky sing, der zu dem Ergebnis kam, Ricky habe nur ein interessantes, näselndes Organ, könne aber in Wahrheit gar nicht singen.

Ich habe auch noch einmal auf Tonband gesungen: allein Moonlight von Ted Herold, zusammen mit einem Klassenkameraden Bye bye love von den Everly Brothers. Die Mädchen fanden es ganz schön, die Jungen sahen mich eigenartig an (und eigentlich müßte ich noch dazuschreiben: der Lehrer wollte auch singen). Es war eine sehr lustige Klassenfahrt. Aber ich habe jetzt keine Lust, davon zu erzählen. Warum auch? Warum überhaupt? Draußen ist schönes gleichmäßiges Juniwetter, hier in meinem Keller ist es kalt, der Kaffee ist ausgetrunken und die Paul-Anka-Musik, die ich zur Erinnerung aufgelegt habe, kann ich nicht mehr hören. Doch bevor ich hinausgehe, will ich noch sagen: dann kam Bobby Vee mit Rubber ball und Take good care of my baby, der sang mit Playback oder einer ähnlichen Technik, den konnte ich nicht nachahmen, ich lernte meine sogenannte große Liebe kennen, alles wurde ernst, alles wurde möglich: Kinder, Eifersucht, lange Spaziergänge, jeden Tag zusammen sein, und nach einiger Zeit hatte ich den Gemeinschaftsraum und seine Musik, meine einzige Heimat im Internat, vergessen. Sie war auch zuletzt schon nicht mehr dasselbe gewesen wie 1957, als noch wirkliche Rabauken und später Kriminelle da waren, die noch ein mächtiges und wildes Gefühl hatten, als das christliche Personal in den Insassen noch eine Aufgabe hatte und noch nicht alles so abgeleckt war, so eingespielt, so hoffnungslos perfekt und gut erzogen. Da ging ich mit meiner Unternehmertochter spazieren und versuchte ein anderer zu werden, segeln zu können, mit Papageien spielen zu können, nie stinkende Füße zu haben, chic gekleidet zu sein, jeden Tag Briefchen zu empfangen und zu schreiben, diszipliniert und verantwortungsbewußt zu sein, Zukunftspläne zu haben: alles für eine weiche Haut und blaue Augen, blonde Haare und eben diesen eigenartigen Bewegungsablauf, wie aus Filmen, wie ihn nur Unternehmertöchter bekommen, die über weite Rasenstrecken laufen können, und alle sehen wohlwollend zu.

Im Pissoir am Luxembourg-Garten fiel ihm ein, schreibt Henry Miller, wie wenig es eigentlich auf den Inhalt eines Buches ankommt und wie ausschlaggebend der Augenblick des Lesens ist. Dieser Augenblick entscheidet über das Verhältnis zum Buch. Und Henry Miller sorgt für kräftige, farbenreiche Augenblicke. Zum Beispiel, wenn er von dem Papst schreibt, der hinter den dicken Mauern des Papstpalastes in Avignon sitzt, vor sich eine Bulle, neben sich einen dicken Krug Wein, auf den Knien ein dralles Mädchen, während in der Küche ganze Tiere am Spieß braten. Das ist so deftig, so schenkelschlagend, daß der Augenblick des Lesens so schnell nicht zu vergessen ist. Auch stellt Henry ja einen Augenblick als Erzählrahmen zur Verfügung: nämlich wie er an der Pissoirwand steht und richtig langsam und satt strullt, während die Sonne scheint und ihm aus einem Fenster eine Frau wohlwollend zuschaut. Er gibt also zwei Augenblicke, der Leser einen. Und wer folgt nicht seinem Rat, das Buch mit aufs Klo zu nehmen? Oder wer legt sich nicht wenigstens damit in die Sonne oder trinkt genüßlich Kaffee dabei oder Wein?

Doch bevor man soweit ist, muß man viel über Bord werfen, all die Hoffnung auf die kleinen Tricks und Kniffe, mit denen man was von irgend jemand erreichen will: für einen Diener das Gerücht, man sei höflich, ja freundlich, für das Zurückhalten einer Meinung, man sei diskret, für ein paar Schmeicheleien an ein Mädchen kitzelige Zärtlichkeiten. Eine Hand wäscht die andere. Keine Kette ohne Glieder. –

Als ich in Bad Nenndorf ankam, mit meiner Mutter und meinem Bruder (glaube ich), war ich der erste Schüler des neueröffneten Schülerwohnheimes der evangelischen Landeskirche Niedersachsens. Hundert Meter vom Bahnhof entfernt, Bornstraße 20 hieß es, inmitten einer riesigen Schlammwüste (es war Oktober, ich meine, der 20.) standen einige Häuser: das bereits fertige Mädchenhaus, der Mehrzwecksaal samt Küche und das noch im Bau befindliche Jungenhaus. Das Wirtschaftsgebäude fehlte noch. Mädchen- und Jungenhaus waren dreistöckige Häuser (Parterre, 1. Stock, 2. Stock; große Kellerräume), gebaut in gelben Klinkern mit grünen Flächen unter den Fenstern, auf denen später Menschen- und Tiermotive gemalt wurden, vielleicht aus Märchen. Zu Beginn waren die Häuser noch durch Bretter verbunden und dem Ansatz zu einer Pergola, später war es eine regelrechte Pergola mit Glasdecke und an den Seiten teilweise bewachsen. Das Mädchenhaus hatte noch ein Vorgebäude mit einem Empfangszimmer und einem Raum für die Sekretärin. In dem Empfangszimmer wurden auch Nachhilfestunden gegeben, später unter anderem von mir: es ist ein gutes Gefühl, einem Mädchen Mathematik zu erklären und sie dabei beim Arm zu fassen oder über ihre Brust zu streichen. Aber es passierte auch Ekliges. Von der Pergola führten einige Stufen hinauf zur Glastür des Mädchenhauses, und wenn man die Pergola entlanglief, kam man leicht ins Stolpern. Deshalb war das Laufen auf der Pergola verboten. Kaum jemand hielt sich daran, und eines Tages stürzte ein Mädchen die Treppen hinauf und durch die geschlossene Tür. Dabei schnitt sie ihre Nase ab und mußte eine Kunststoffnase bekommen. Das war aber schon später. Denn als ich ankam, konnte man gar nicht laufen, so matschig war es, und Herr Will, der Hausmeister, der bei jeder Begegnung meinte, er brauche junges Blut (damit meinte er die Mädchen), hatte noch nicht die großen Rasenflächen angelegt und die Blumenbeete.

Das Jungenhaus stand erst im Rohbau. Ich habe es überprüft: denn als ich es mir eines Abends heimlich ansehen war (auch das war verboten), griff ich nach einem dunklen Fleck an der Wand, weil ich dachte: das ist der Lichtschalter, aber es war nur das offen liegende Kabel, und ich kriegte einen gewischt.

Wir waren damals gut zwanzig Schüler, darunter zwei Mädchen. Die Jungen schliefen in der unteren Etage, die Mädchen darüber. Im Verlauf des nächsten halben Jahres kamen noch einige dazu: ich erinnere mich an ein sehr schönes Mädchen: etwa 17 Jahre alt, das den großen Jungen Knöpfe annähte usw. Eines Tages wollte ich sie fragen, ob sie mir einen Riß in einem Oberhemd nähen könnte, den ich Axel König verdankte. Ich klopfte und ging gleich hinein. Da saß sie am Fenster und nähte, während Gert ihr gerade unter den Rock faßte. Er hat mich hochkantig rausgeschmissen.

Nach mir, zwei Minuten später, denn er war mit demselben Zug angekommen, etwa um 10 Uhr morgens, traf ein ungeheurer Lulatsch ein, jedenfalls für damalige Verhältnisse, Henning Schöpke, der später nochmal als Erzieher wiederkam für ein paar Wochen. Er ging bereits in die elfte Klasse und wurde einer der ersten Tischältesten. Ich erinnere mich noch daran, daß ich von ihm das Tischtennisspielen lernte. Er war 1,94 und bewegte sich mit Schaufelgebärden beim Tischtennis, was eigenartig unbeholfen aussah, weil er so dünn war. Trotzdem war er ein guter Spieler (ich glaube, der erste Heimmeister). Ich wurde bei der ersten Meisterschaft Vierter und bekam ein Büchlein geschenkt, ein Werbebuch des Rowohlt-Verlages: Was sie schreiben, wie sie aussehen. Es war eine gute Anregung.

Die beiden Mädchen waren Magdalena Pilz und Ingrid König: Magdalena hatte wunderbare runde Arme, regelrechte Madonnenarme, und sie war sehr sanft, im Gegensatz zu Ingrid, die sich laufend mit uns prügelte und die ich fast auf einer Baustelle in der Nachbarschaft geküßt hätte. Sie war zehn oder elf, und ich habe noch das Bild vor Augen, wie sie die Treppe von der Mädchenetage herunterkommt, auf der Plattform des Halbgeschosses stehenbleibt und vor unseren Augen auf ihrer nackten Brust Urwaldtrommel spielte, warum, weiß ich nicht. Aber mir fiel auf, daß sie nur einen Schlüpfer anhatte. Natürlich hatte sie noch nichts. Trotzdem schimpfte die Erzieherin, deren Namen ich vergessen habe, mit ihr. Ihr Bruder Axel war fast genauso wild. Außerdem war ein schon sehr alter Schüler da, der das Abitur nachmachen wollte, um dann Pastor zu werden. Von Beruf war er Bankkaufmann. Ich glaube, er hat es nicht geschafft. Oder irre ich mich? Jedenfalls war er ein sehr stiller und sanfter Mensch, der bei allen Streitigkeiten ausgleichend wirkte.

Seinen Namen habe ich ebenso vergessen wie den eines kessen Berliners, der großartig Akkordeon spielen konnte, schon in Brasilien gewesen war und von dort gepreßte Bananen zugeschickt bekam: eine geradezu überwältigende Neuheit für mich. Er schlief mit mir und zwei anderen auf einem Zimmer, obwohl er bereits älter war und einen fast ausgewachsenen Schwanz hatte, weshalb er immer mit uns fluppern wollte, aber wir hatten nichts oder nicht so viel davon wie er, und deshalb unterblieb es wohl mit der Zeit. Ich besitze ein Bild, da sitzen diese ersten Schüler, zusammen mit dem Heimleiter, einem sehr strengen Mann, der immer lederne Knickerbocker trug und bald ging, und der Erzieherin an einem Tisch in dem riesigen Saal, direkt vor der Bühne, einige haben ernste Gesichter, der Berliner lacht, und ich versuche gerade, dasselbe Stück Schinken zu nehmen wie der Heimleiter.

Ich komme über diese verdammte Situation nicht weg: daß ich hier sitze mit ziemlicher Regelmäßigkeit und Ausdauer und gar nicht bei der Sache sein kann, weil draußen ein wunderbares Juniwetter ist: warm und trocken, mit blauem Himmel und Wind, und mittendrin spielen Kinder Fußball, mäht der Nachbarjunge unseren Rasen, und ich schreibe schon sitzen mit ie. Dann denke ich immer an die alten Schriftsteller, die uns so wunderbare Augenblicke vorgaukeln und in Wirklichkeit während dieser Augenblicke in einem bestenfalls freundlichen Zimmer oder auf einer Terrasse gesessen haben, wobei Terrasse schon zuviel ist: wenn ich mir vorstelle, irgendwo auf einer Südseeinsel zu leben in einem Herrenhaus mit riesiger Terrasse und englischem Rasen, Klappstühlen oder Liegestühlen und Sonnenschirmen, einige hundert Meter weiter das Meer, darüber der Himmel: ich weiß nicht, was man dann mehr schreiben soll, als die Beschreibung dieses Paradieses. Vielleicht wird ein Dienstbote ermordet, oder es findet endlich die Revolution der Eingeborenen statt, die Weißen werden verjagt und fahren auf großen Schiffen mit ihrer persönlichen Habe und irrsinnigen Andenken wie Papageien, Straußenfedern und Croquetschlägern, die es natürlich da gar nicht geben kann, geben darf, die es aber gerade deshalb gibt, unter einem riesigen Himmel zurück in ihre sogenannte Heimat und führen besinnliche und verhalten traurige Gespräche dabei.

Aber so muß es nicht sein. Auch Henry-Miller-Situationen gehen mir manchmal auf den Wecker: woher nimmt der Bursche diese gleichbleibende Jasagerei zu allem. Natürlich pinkele ich auch gern, auch schön langsam und satt und denke dabei an Lichtjahre entfernte Erlebnisse mit tangotanzenden Frauen und Kostümhintern (wie ist eigentlich der Plural von Hintern?), selbstverständlich philosophiere ich gern dabei, wie früher bei Klassenarbeiten auf dem Klo. Alle dachten immer, ich schummele. Denn ich ging, bald nachdem das Thema gestellt worden war oder die Aufgaben dastanden oder Texte vorgelesen waren, erst einmal in aller Ruhe aufs Klo und schiß mich leer: so schlimm war es gar nicht, obwohl ich nicht vorbereitet war. Und dann dachte ich in Ruhe nach, ohne durch zappelige Nebenleute und Gewispere dazu verleitet zu werden, gleich alles hinzuhauen, oder aber mich mit der anstrengenden Rolle eines Snobs wappnen zu müssen, der gleichgültig umhersieht, als gehe ihn dies alles nichts an. Ich wollte nichts weiter als ruhig nachdenken, ob ich dazu was sagen konnte, ob ich die Aufgabe lösen konnte. Wenn ich das wußte, ging ich hoch und versuchte mein Bestes, wie man so schön sagt (es war nur in den letzten Klassen, nachdem ich in der elften Klasse sitzengeblieben war, einigermaßen akzeptabel). Diese Augenblicke auf dem Klo, wenn ich mich befreit fühlte und schlank und biegsam, wendig im Kopf, werde ich nie vergessen, auch wenn ich eine alte Tante bin oder Gouvernante oder eingefleischter Familienvater, der über bestimmte Sachen nicht mehr spricht, damit seine Frau nicht immer darin herumtrampeln kann, um ja alles zu erfassen, was mir gehört, alles zu begreifen und in abgelatschte Gedanken zu fassen. Deshalb verstehe ich Henrys Aufenthalte und Glückszustände auf dem Klo und kann mir vorstellen, daß es besser und großartiger ist, je älter und weniger durch Hygiene verdorben das Klo ist. Ich habe einmal eine halbe Stunde am Steinhuder Meer auf einem freistehenden Klo gesessen, die Tür geöffnet und dunkles Gebüsch vor mir und den Himmel voller Sterne über mir. Das Bild war zu schön, weil es gar nicht nach Klo stank, sondern ganz penetrant nach irgendeinem Hygienepulver, das ich nicht kenne. Das war so reichlich in das Klo gestreut worden, als sollten die Klobenutzer auf einem Alkaliberg sitzen und von den aufsteigenden Dämpfen saubergeätzt werden: und ich sah lauter rote und hautlose Ärsche vor mir in dieser schönen Sommernacht. Die Fliegen und alles Ungeziefer hatten regelrecht Angst vor dem Klo und wußten nicht, wohin sie sollten. Und ich weiß noch, was ich dazu dachte: daß das Mädchen, deren Eltern dieses Klo mitsamt zwei Wochenendhäusern gehörte, mir gesagt hatte, ich dürfe ihr nur eine Handbreit unter den Rock greifen, und tatsächlich war dort ein kleines Leberfleckchen, und wie adrett ihre Unterwäsche war, und daß sie einmal in Verdacht geriet, einen BH geklaut zu haben, und daß eines Tages auf einem Spaziergang ihre Hand nach Kacke gerochen hatte und sie das merkte und vor mir verbarg. Mir fielen alle peinlichen Momente ein, und ich mußte aufstehen, ohne geschissen zu haben, weil dies Desinfektionsmittel die Klosituation mehr bestimmte als das Klo selbst. Ich habe dann am nächsten Tag in einem Gasthaus auf einem ganz normalen Klo gesessen.

Also, ich verstehe Henry und seine Schwäche fürs Pissen (zumal ich früher mal Bettnässer war) und für Klos. Und ich verstehe, wie wirklich und hautnah man sich vorkommt, wenn man auf dem Klo sitzt, wieviel ungezwungener, als wenn man in der Schule lateinische Weisheiten wiederholt oder französische Grammatik nachbetet. Aber genauso wirklich und vielleicht viel folgenreicher ist mein Sitzen hier am Kaffeetisch mit der Schreibmaschine neben dem Kuchenteller, einen letzten Schluck Kaffee in der Tasse, den ich gleich trinken werde. Denn wie oft sitze ich hier, wie oft muß ich das Selbstverständliche des Hiersitzens überwinden, die Geräusche von draußen, die Lust, gar nichts zu tun oder alles nur einem guten Freund zu erzählen, abends in einem Straßencafé bei einer Weißen, oder einem Mädchen beim Tanzen ins Ohr zu flüstern, noch lieber natürlich, während man in einem Weizenfeld liegt. Und dann sage ich mir: Schreib es besser auf, dann haben vielleicht noch mehr Leute was davon, nicht nur ein Freund, sondern mehrere und vielleicht noch ein paar andere (die übrigen interessieren sich sowieso nur für die kleinen Formen, für ein, zwei Gedichte, ein kurzes Prosastück, bei dem sie so angespannt werden, daß sie denken: Verdammt: Literatur, großartig, aber anstrengend).

Mich stört, daß ihm Peinlichkeiten nie peinlich gewesen sein wollen, natürlich, weil sie mir peinlich waren: die Frau, die einem beim Pinkeln oder Pissen (was etwas ganz Verschiedenes ist) zuschaut, das ist erst beim zweiten Augenblick schön, wenn das Außergewöhnliche der Situation überwunden ist, wenn keine schwüle Neugier, kein Selbstbeweisen mehr dabei ist, wenn die Sonne scheint und die Entspannung das wichtigste ist, wenn man Zeit hat und nicht blitzschnell mal pinkeln muß, weil gleich die Straßenbahn oder der Bus kommt, und dann fühlt man sich beobachtet und meint sich in einer Schwäche ertappt. Natürlich: das ist alles unnötig und blödsinnig, aber wirklich, wenn man nur einigermaßen puritanisch erzogen worden ist und ein ganzer Schwarm von prüden Angewohnheiten um einen aufgebaut ist, gerade als Mann. Die Frauen sind inzwischen soweit, daß nicht mehr nur die extrem schönen und geilen nackt sein dürfen, ungezwungen und heiter, sondern auch die volleren und älteren. Doch in einer Wettbewerbs- und Leistungsgesellschaft besteht keine Hoffnung auf eine freundliche, ungezwungene Nacktheit oder Obszönität, die nicht irgend jemanden zur Scham treibt, weil er nicht mithalten kann, weil er sich besiegt fühlt auf einem Gebiet, auf dem eine Niederlage endgültig ist. Es dauert lange, bis man zu diesem Trotzdem kommt, das alle Schriften Henry Millers atmen, die ich kenne (das muß ich ganz ernst und seriös sagen), bis es einem wurscht ist, ob man die Hose runterläßt oder ob man sich auf den Schuh pinkelt. Clochards sind soweit, alte Staatsmänner und unversicherte Schriftsteller und sonstige Künstler. Es gehört ein Entschluß dazu, nach dem man sich leicht fühlt wie eine Taube und selbstsicher wie ein Wasser blasender Elefant, aber auch ohne Hoffnung auf eine Rückkehr in die Welt der kleinen Rücksichten und lächelnden Nachsichtigkeiten: man hat sich gehenlassen, ist maßlos, ohne Rücksicht auf Stellungen und Beziehungen der Verwandten und Bekannten, verneint die Wertsysteme der Freunde und voller Überzeugung die Treueschwüre der Geliebten, man geht nicht mehr zum Zahnarzt und bringt keine Ordnung in die ankommenden Rechnungen.

Man ist in einem fremden Land, und deshalb wird sich Henry auch in Frankreich, in Paris, in seinem Bezirk so heimatlich gefühlt haben: es war der Ort unbeschwerter Rücksichtslosigkeit, an dem man mit beschleunigtem Pulsschlag und riesigen Körben voller Selbstgefühl auf einem alten Fahrrad fröhlich in die Landschaft radelt, zu einem Picknick mit seinen Sehnsüchten. Ich werde boshaft und allzu literarisch. Dabei wollte ich nur schnell vorneweg, bevor ich etwas Ernstes und Wichtiges aus dem Heimleben erzähle, mir aus dem Kopf schreiben, wie es mit den Pflichten und Freuden des Schreibens steht. Aber ich bin so weit vom Thema abgekommen, daß ich nicht nur nicht mehr weiß, was ich heute erzählen wollte, sondern daß ich auch von der Abschweifung abgeschweift bin.

Doch weil ich so aggressiv geworden bin, will ich eine kleine aggressive Episode mitteilen über den Ruf der Heimschüler in dem Ort. Wir waren oft zu mehreren in der Stadt (Bad Nenndorf als Staatsbad ist Stadt), weil wir einen ziemlich genau begrenzten Ausgang hatten (später auf der Oberstufe war das etwas anders): entweder von 14–16.15 Uhr oder von 15.45–18.15. Eines Tages im Winter gingen Jobst, noch einige andere und ich durch die Stadt. Es lag Schnee, und wir warfen ab und zu Schneebälle gegen Verkehrsschilder oder Schaufenster. Auf der gegenüberliegenden Straßenseite kam uns ein etwa 18jähriger entgegen. Einer von uns warf ihm einen Schneeball gegen den Schuh. Darauf kam er mutig zu uns herüber (wir waren 5) und fragte: Wer war das? Jobst war der stärkste von uns und sagte: Ich. Darauf gerieten die beiden in eine Prügelei, bei der Jobsts Hose aufriß. Irgendwie trennten sich die beiden (ich weiß nicht mehr genau, warum, vielleicht kam ein Passant und sagte: Hört doch auf, oder ähnliches). Jobst ärgerte sich wahnsinnig über seine kaputte Hose. Und als wir nach Hause gingen, trafen wir zufällig den Mann wieder, der wie im Western zu uns rübergekommen war. Jobst schlug ihm mit einem kurzen Haken die Lippe blutig und sagte: Weil du meine Hose zerrissen hast. Darauf war er völlig zertrümmert und drohte uns weinerlich, er werde zur Polizei gehen. Uns war mulmig, und wir sprachen auf dem Heimweg davon, daß Jobst mit diesem Schlag auf eine Ersatzforderung verzichtet hatte. Aber so war Jobst: wenn er kämpfte, war das ein Naturereignis, mir hat er fast einmal das Rückgrat gebrochen, als ich ihn im Schwitzkasten hatte, und ich konnte mich nur befreien, indem ich mich ganz schlaff stellte. Das war alles schon zu einer späteren Zeit. Als das Heim seinen rauhen Ruf bekam im Ort, war ich noch ein Kleiner, und die Großen waren rabiate Burschen zum Teil, die es auf allerhand ankommen ließen.

Aber es spielt immer irgendwie herein, daß man groß geworden ist. Zum Beispiel hat sich vor einigen Tagen eine Frau neben mich auf eine Bank gesetzt. Ich saß dort mit geschlossenen Augen und sonnte mich, Spaziergänger gingen vorbei und sprachen Wortfetzen, die ich nicht zusammensetzen mußte. Plötzlich sagt eine Frauenstimme Guten Tag und setzt sich zu mir auf die Bank, noch bevor ich die Augen richtig aufbekommen konnte, um nachzusehen, ob ich überhaupt gemeint war. Sie setzte sich nicht auf die Seite von mir, auf der noch mehr Platz war, sondern auf die andere direkt neben mich, und da ich beide Arme auf die Banklehne gelegt hatte (eine Gewohnheit von mir: so erreiche ich das totale Aussichtsgefühl und Erholungsbewußtsein), saß sie regelrecht in meinem Arm. In einem Reflex nahm ich meinen Arm weg. Später ärgerte ich mich darüber, aber da war es zu spät, ich mochte ihn nicht mehr zurücklegen, zumal gerade eine junge Frau vorbeikam, die ich kannte und der ich Guten Tag sagte. Die hätte sich sehr gewundert, wenn ich der Frau neben mir quasi den Arm um die Schulter gelegt hätte, denn die Frauenstimme, die sich neben mich gesetzt hatte, konnte zwar nicht ganz meine Mutter sein, denn ich war älter geworden, aber sie war doch so alt, daß man es gern sagen würde: etwa Mitte Vierzig. So saß ich nun ziemlich eng neben dieser Frau und fühlte mich unbehaglich. Doch die Sonne schien so warm, daß ich nach einiger Zeit wieder die Augen schloß und den Kopf in den Nacken legte, mit nur einem Arm auf der Banklehne. Es wehte ein leichter Wind, gerade aus der Richtung, in welcher die Frau neben mir saß, und so roch ich Sauberkeit und dezentes Parfüm, wie es zusammen riecht, wenn es fleischigen runden Armen entströmt, von dem Körper sonst ganz zu schweigen. Dazu hörte ich ein Rascheln: als würde Seide über Seide gleiten. Und da ich dort mit geschlossenen Augen saß, war ich bald der festen Überzeugung, die Frau neben mir würde sich ganz langsam und mit etwas müden, mütterlichen Bewegungen ausziehen, Stück für Stück, und mit jedem kleinen Windstoß, der ihren Geruch zu mir wehte, wurde diese Vorstellung zwingender, obwohl ab und zu Leute mit Stimmen und knirschenden Schritten vorbeigingen, auch ein Hund vorbeilief, ein Fahrrad vorbeifuhr. Ich roch förmlich und hörte, wie sie ihre Arme hob, deren Achseln mit diesem dezenten Parfüm eingesprayt waren, wie ihre Unterkleidträger leicht in ihre vollen Schultern schnitten und wie mühelos ihre gerade erst sauber angezogene Wäsche über die sich dehnende Haut glitt. Minutenlang kämpfte ich mit mir, ob ich die Augen öffnen sollte, aber die waren von der warmen Sonne so angenehm zugeklebt, gehörten in dieser Lage derart geschlossen, daß ich mich nicht rührte, minutenlang, länger als eine Viertelstunde. Dann öffnete ich die Augen, während ich bereits aufstand (denn ich wollte noch einiges schreiben). Natürlich saß die Frau angezogen neben mir und erwiderte mit einem gütigen, irgendwie mütterlichen Blick meinen Gruß, obwohl sie, wie gesagt, nicht meine Mutter sein konnte, oder nur mit reichlicher Anstrengung.

Früher wäre es ganz selbstverständlich gewesen, daß sich eine Frau in mittleren Jahren zu mir auf die Bank gesetzt hätte, ohne daß ich auch nur einen Gedanken darauf verschwendet haben würde, warum auch. Doch heute ist das was anderes, und zwar, weil ich mich mit derselben Gebärde neben ein ganz junges Mädchen setzen könnte, wissend, wie unbeholfen sie ist und wie sehr noch im Streit mit sich, wie behindert durch die Urteile ihrer Eltern und anderer Erwachsener, deren Irrtümer sie noch nicht erkannt hat, wie wenig sie all die moralischen und unmoralischen Vorstellungen abgelegt hat, die sie daran hindern, den Augenblick, die Gegenwart wirklich wahrzunehmen. In der Jugend denkt man noch viel zu abstrakt (sage ich jetzt ganz seriös, denn ich berufe mich auf einen Gedanken Hegels), man ordnet alles einem riesigen Vorurteil zu und braucht dann sehr lange, bis man sich davon wieder befreit hat. Wenn ein Mädchen sich bückt, so daß man ihr Höschen sieht, denkt man ans Bumsen, nicht was für ein interessantes Höschen sie anhat, wie sie sich bewegt dabei, wie braun ihre Beine sind, so daß sie wahrscheinlich Piz Buin beim Sonnen nimmt oder jedes Jahr auf Sylt fährt und sich total besonnen läßt usw.

Ich erinnere mich, wie mir das eines Tages beim Essen im Heim so ging. Das muß im Frühsommer 1957 gewesen sein, als noch allerhand los war, weil bei so viel Neuzugängen wie bei der regelrechten Eröffnung eines Internats immer besonders viel zweifelhafte und gescheiterte Existenzen, was ich nicht abwertend meine, im Gegenteil, beieinander sind. Ich saß also beim Mittagstisch und wäre fast rausgeflogen, weil wir einen ziemlich pingeligen Tischältesten hatten, der es nicht leiden konnte, daß ich mit aufgestelltem Suppenlöffel mehr Suppe forderte. Da begannen neben mir zwei Mädchen, die damals in die achte Klasse gingen, aber bereits 15 oder 16 waren, weil sie schon sitzengeblieben waren, von einer Englischarbeit zu erzählen, die sie heute geschrieben hatten, und zwar sehr erfolgreich geschrieben hatten, weil ihnen ein Schummelversuch nicht nachgewiesen werden konnte. Sie hatten sich jede einen Zettel mit einer Sicherheitsnadel von innen an den Rock befestigt, auf dem die Vokabeln und wichtige grammatische Regeln standen (ich habe vergessen, worum es ging). Und jedesmal, wenn sie nicht weiterwußten, hoben sie ihren Rock und legten ihn um, so daß sie die Vokabeln oder den Grammatikparagraphen ablesen konnten. Natürlich fiel das einigen Mitschülern auf, besonders den Jungen. Es gab Gekichere, der Lehrer wurde unsicher, ahnte wohl auch, daß hier irgend etwas nicht mit rechten Dingen vor sich ging, hatte aber nicht den

Mut, der Sache auf den Grund zu gehen (also den Rock heben und umdrehen zu lassen), als er merkte, daß die beiden fortwährend unter dem Tisch herumfummelten und damit fast die ganze Klasse ablenkten. Natürlich stellte er sich hinter sie oder ging wie zufällig neben ihnen auf und ab, aber da er abstrakt dachte und immer nur, wenn er es blitzen sah, denken konnte: Donnerwetter: 16 Jahre oder etwas Ähnliches, war er wirklich nicht in der Lage, den Schummelversuch, der so viel Erfolg hatte, aufzudecken. Darüber unterhielten sich die beiden, so daß der ganze Tisch kicherte. Schließlich führte eine, ich glaube: sie hieß Brigitte, uns diesen Versuch vor und hob ihren Rock hoch. Ich konnte nur etwas Undeutliches denken und merkte, daß ich der Situation nicht gewachsen war, denn ich bekam einen ganz heißen und wahrscheinlich feuerroten Kopf. Aber auch der Tischälteste dachte nicht daran, das Mädchen zu ermahnen: er werde sie gleich rausschmeißen, wie er das vorher aus viel nichtigerem Anlaß bei mir getan hatte. Deshalb ging es an unserem Tisch so hoch her, daß ein Erzieher kommen mußte, um uns zur Ordnung zu rufen. Brigitte und ihre Freundin, die, wenn ich mich richtig erinnere, Maxi hieß, gingen dann schon bald nacheinander ab oder mußten abgehen. Über Brigitte erzählte man sich noch eine Geschichte (es war die Geschichte des Jahres!), die ich aber auch nur so abstrakt kenne, wie ich sie damals aufgenommen habe. Und zwar war es eine echte Romanze. Ein Großer aus dem Jungenhaus, der sogar schon strafwürdige Delikte auf seinem Konto haben sollte und der aus irgendeinem Grunde aus dem Heim geflogen war, hatte sich im Nenndorfer Kurpark bzw. in seiner Verlängerung zum Deister hin in einer der Hütten regelrecht niedergelassen. Ich mochte ihn sehr gern, er hatte etwas Poetisches und war sehr tapfer, obwohl er nicht übermäßig stark war (immerhin soll er in Hannover der Boß einer Halbstarkenbande gewesen sein, die den Schützenplatz unsicher gemacht hat). Einmal wurde ich Zeuge, als er von einem anderen Großen, der im Verein geboxt hatte, ziemlich übel zusammengeschlagen wurde. Dabei verlor er seine beiden oberen Schneidezähne. Doch er gab nicht auf, sondern backte sich über die blutende Wunde Kaugummi und machte weiter, bis die beiden von einem Erzieher getrennt wurden. Leider erinnere ich mich nicht, wie er hieß. Jedenfalls soll er dort draußen (ich habe ihn nie getroffen) ein regelrechtes Räuberleben geführt haben mit Weinflaschen und Lagerfeuer und selbstgeschmortem Fleisch. Brigitte, die schon im Heim mit ihm befreundet gewesen war, riß immer aus, um ihn zu besuchen; schließlich muß sie überhaupt einige Tage und Nächte mit ihm dort zusammengewesen sein, bis er von der Polizei aufgegriffen und in eine Fürsorgeanstalt eingewiesen wurde. Ich konnte mir vorstellen, wie die beiden in einem Schlafsack neben einem Lagerfeuer lagen, ringsum nur die groben Bänke, auf denen einige Flaschen standen und Fressalien lagen, und darüber das Hüttendach. Und ich sah, ich konnte mich nicht dagegen wehren, immer, wie Brigitte ihrem Freund den Gürtel aufmachte (er war der erste, bei dem mir diese breiten Gürtel auffielen, denn er hatte dazu die abenteuerlichste Schnalle, mit der er übrigens jenen jungen Boxer zusammengeschlagen hat, aus Rache). Die Geschichte hatte noch viele Details: aber im Kern war sie eine klare Sternennacht, eine Hütte mit einem schwelenden Lagerfeuer darin, ein Schlafsack mit einem Paar, Flaschen und die Bereitschaft mit dem Schnallengürtel zuzuschlagen. Er hatte gemacht, wovon alle redeten, wenn sie unter den blödsinnigen Strafen und Regeln im Heim litten: er hatte zwar nicht den Erzieher verprügelt, wie er es versprochen hatte, aber er hatte sich seine eigene Welt aufgebaut, solange es ging.

Ich habe unwillkürlich gelacht, als ich das erste Mal las, Henry Millers Vater ist ein Schneider gewesen. Und als ich las, Henry Miller fühlt deutsches Blut in seinen Adern rollen und erklärt sich daher manches. Ich dachte: der Sohn des tapferen Schneiderleins. Aber das ist natürlich ganz blödsinnig: damit wird nichts gesagt. Trotzdem hört man es gern und lacht darüber. Immer lustig und heiter. Da sieht man Henry mit seinem rauhen melierten Jackett und dem karierten Hemd darunter, mit Schlägermütze oder seine Platte frei, und man sieht ein spindeldürres Männlein über einen Bach hüpfen. Es ist komisch: alle die deftigen Sätze stellt man sich vor, wie sie gelesen werden von dem zarten Vater, der sagt: Du bist noch mein Grab. Doch das ist alles reine Phantasie, denn ich weiß nicht, wie Henrys Vater aussieht: vielleicht ist er ein mächtiger, fleischiger Mann mit eleganten Händen oder ein Vierschrot mit Nadelkopfaugen. In irgendeiner Weise jedenfalls, kann ich mir nicht anders denken, wird er diese Mischung von Grobem und Zartem ähnlich in sich verbunden haben wie sein Sohn. Denn ich kenne keinen, der so harmonisch von den zartesten Gedanken über Musik oder über Robinson zu Schlitzen und Votzen übergeht und weiter zu Goethe und dann zum Pissen. Er liebt diese Kontraste, dies leise Erbeben, das man spürt, wenn man schreibt: Votze, denn wieviel Kaffeetassen sind deshalb runtergefallen, wieviel Ohrfeigen ausgeteilt worden, nur weil das Wort ausgesprochen wurde. Und dann bezeichnet es auch noch eine Region, an die man mit leichter Blutwallung denkt, gern denkt, so daß man regelrecht zu fühlen meint, wie gut nun die Verdauung ist. Und wer ist dann nicht empfänglich für Musik und für ein Gespräch über Musik, die immer Lieblingsmusik ist? Es herrscht eine leichte, sommerabendlich flatterhafte Stimmung, als stünde man auf der Terrasse neben der schönen Frau eines hohen Offiziers und fragte liebenswürdig: Ah, und Sie bumsen gern? Wie interessant, da fällt mir ein: Haben Sie schon einmal die Sixtinische Madonna aus dem Liegen gesehen, oder finden Sie nicht auch, daß alle großen Kunstwerke in eigene Räume gehörten, die die Menschen nur nackt betreten dürfen, so wie man am liebsten morgens über eine taunasse Wiese laufen möchte, gläubig und empfänglich für den Augenblick des Genusses; und bevor du lächelnd weitergehst, haust du ihr locker und saftig auf den Hintern. Usw. Vielleicht übertreibe ich.

Es ist wie wenn man verliebt ist. (Vor allem zum ersten Mal.) Man liest Zolas *Nana* oder *Für Kinder Eintritt verboten* oder *Die Tote von Beverly Hills, Peyton Place* und ist ganz ungeduldig und kräftig, und wenn man dann den Arm des Mädchens oder der Frau anfaßt, errötet man und ist gehemmt, so erstaunlich ist es, daß sich dieser Arm selbsttätig bewegt, daß seine Haut warm ist und duftend, sanft, und kein Buch, das man umblättert und glattstreicht, um es in Ruhe zu verzehren.

In Wirklichkeit war es ganz anders. Henrys Vater war der Alte, der laufend soff und im übrigen gläubig seinen Freunden vertraute, und Henry träumte bald nur noch. Daher diese herrliche fließende Sprache ohne Widerstand, alles ist ein Strom von Bildern und Gedanken, die nicht an die Realität anstoßen, auch wenn sie von der Realität erzählen. Sie tauchen alles in eine gewaltige, riechende und glänzende Vision und baden den Leser in seinen schönsten, reinsten und geheimsten Hoffnungen und Wünschen, nichts gibt es, das du nicht genießen kannst, und wenn du stirbst, können andere weitergenießen. Das Bedrückende wird abgeschüttelt wie ein Schwall Wassertropfen.

Wenn ich nur meine Träume aus der Heimat noch wüßte. Aber ich bin ein verhältnismäßig normaler Mensch, und meine äußere Geschichte hat sich bisher durchgesetzt. Ich bedauere das sehr. Wie oft bin ich spazierengegangen und habe von dem Spaziergang nichts im Kopf behalten als einen ausgedehnten und ausführlichen Traum. Oder ich saß im Zimmer, wenn meine Zimmerkameraden woanders waren: auf dem Sportplatz, im Ort, später in der Kneipe. Ich fühlte mich nicht beengt, wanderte im Zimmer auf und ab, hin und her und war in meinen Träumen in Hannover, öfter bei einer Freundin, oder in Kanada, wohin ich auswandern wollte. Es kamen so lange keine Städte vor in meinen Träumen, bis ich den Film *Frühstück bei Tiffany* gesehen hatte, dann fand ich auch die riesigen Häuser schön, wenn man mit einer braunen Packpapiertüte davorstehen kann, in der sich Brötchen, Schinken, Milch und andere herzhafte Sachen befinden. Allerdings mußte es verhältnismäßig leer sein in der Stadt, damit ich Besitz ergreifen konnte und nicht in irgendeine Ecke gedrängelt wurde. Dazu eigneten sich Landschaften besser, und Besitzergreifen war das wichtigste für mich. Ich wollte etwas für mich haben, bei dem ich nicht gestört werden konnte, nicht ein Buch lesen und ein Großer kam rein, sagte: zeig mal her und nahm es mir schon aus der Hand, weil er es selbst gern lesen wollte. Und was kostete es für Kämpfe, das Buch doch noch weiterlesen zu können. Oder ich wollte lesen, und die übrigen Zimmerkameraden wollten Blödsinn und Krach machen, und wehe ich machte nicht mit. Dies ständige Kämpfen mit Fäusten und Catchgriffen, mit Drohungen und Schmeicheleien, auf der Hut sein, auf dem Sprung sein, gewappnet und bereit, für etwas einzustehen. Und es gab nicht nur gnadenlose Rohlinge, sondern regelrechte Fieslinge, die Schwächere so lange provozierten, bis sie ihnen die Nase einschlagen konnten: die tausend Mark Arztrechnung bezahlte dann die Versicherung, und nachher stöhnten sie, wie schwer sie es als Starke hatten gegenüber den Schwachen, und wollten bemitleidet werden. Oder sie kamen mit zerkratzten Armen und Gesichtern von Spaziergängen mit einem Mädchen, oder sie stießen die Tür auf, ließen die Hose runter, zeigten das blutige Hemd unten und sagten: Hier, das wars. Und später, wenn sie eitel geworden waren, gossen sie Parfüm auf ihre Schweißfüße, und das ganze Zimmer stank unerträglich, so daß man Kopfschmerzen kriegte. Und früher gab es noch die Dresche nachts, wenn man sich dem Willen der Mehrheit nicht beugen wollte. Dann bekam man nachts Besuch, der Arsch wurde einem mit Schuhcreme eingeschmiert, und man wurde mit Bügeln, Trompeten und sonstigen Schlaginstrumenten verdroschen. Das erzieht. Als ich das Heim verließ, konnte ich andere Internatler auf fünf Meter Entfernung erkennen, an der reibungslosen Art ihres

Verhaltens, an der Unfähigkeit, in Kleinigkeiten bei jemand anzuecken (es sei denn, sie waren während ihrer Heimzeit die Stärksten), an der übermäßigen Kontrolle ihrer Gebärden und ihres gesamten Verhaltens. Sie sind sogenannte gefestigte Persönlichkeiten. Was bleibt übrig, als zu träumen. Aber auch das muß ohne Aufhebens, unauffällig geschehen. Ich erinnere mich, wie ich eines Abends nach dem Gute-Nacht-Sagen (der Erzieher kam, sagte Gute Nacht und löschte das Licht, und von da an mußte Ruhe herrschen) unter das Bettdeck gekrochen war und träumte und dabei vor mich hin sang, irgendeinen Schlager oder etwas Ähnliches (als Kind, bevor ich ins Heim kam, wollte ich Sänger werden). Plötzlich wurde mir die Decke vom Kopf gerissen, der Erzieher stand da und sagte: Du singst zwar laut, aber nicht schön. Da lachten die anderen, und ich schämte mich, warum eigentlich, würde ich heute fragen, aber damals schämte ich mich, weil ich mich bei etwas ertappt fühlte, das ich im Kern war und das man besser verbarg, wenn man sich nicht der mutwilligen Willkür und Langeweile seiner Mitschüler und der Erzieher aussetzen wollte. Der Erzieher sagte noch: Und du störst deine Zimmerkameraden. Das stimmte gar nicht, bis dahin hatte sich niemand darüber aufgeregt, aber danach, immer wenn ich aus Versehen noch einmal sang, imitierten sie barsch den Erzieher: Du singst zwar laut, aber nicht schön. Träumen war nötig, aber was ich geträumt habe, daran erinnere ich mich fast überhaupt nicht.

Um vielleicht doch noch mehr über mich und meine Träume im Heim zu erfahren, habe ich meine alten Papiere und Mappen aus der Zeit durchsucht. Ich habe allerhand gefunden, das ich schon vollständig vergessen hatte: einen Obstausweis zum Beispiel, der berechtigte, bei der Firma CEHA Bock für zwei Mark in der Woche Obst zu holen. So wurde ein Teil des effektiven Taschengeldes wirksam festgelegt (allerdings erinnere ich mich nun, daß wir bei CEHA Bock, wenn wir ein bißchen freundlich und – die Großen – kokett waren zu den Verkäuferinnen, auf Konto auch Zigaretten, Schokolade, Cola usw. abholen konnten). Besonders witzig finde ich eine Packung Fromms der Firma Latex: Swing, drei Jahre lagerfähig und aus edelsten Rohstoffen hergestellt. Die Packung ist noch voll, obwohl einer der drei Fromms (wie ist eigentlich der Plural von Fromms?) nicht mehr sauber gerollt ist, und ich erinnere mich, daß ich ihn probehalber mal übergestreift habe und mir dabei wie ein Pfadfinder vorkam (übrigens war ich sowohl Pfadfinder als auch Späher und Waldläufer!). Jetzt sind sie seit Jahren älter als ihre Lagerfähigkeit, bestimmt sieben, acht Jahre, aber ich will sie mir aufheben als Souvenir, nicht jeder hat einen Fromms, in dem noch Spurenelemente seines Schwanzes sind, als er noch ganz jung und federnd war: Swing. Wer weiß, wie oft ich die Packung damals in den Händen gehabt habe, was ich an sie für Träume und Pläne geknüpft habe: mindestens eine Party habe ich ihretwegen bei uns zuhause veranstaltet, eine Party für zwei Pärchen: meine damalige Freundin und mich, meinen Freund und die Freundin meiner Freundin. Es gab viel Ärger, als die beiden anderen merkten, daß wir uns in dem einen Zimmer verkrochen und vorsichtshalber die Tür abgeschlossen hatten, sie mußten sich küssen, denn solch eine Situation verpflichtet, und sie waren lange allein: beide hatten Freunde und wollten regelrecht treu sein. Sie waren ziemlich verbittert, und das ganze Fest nahm einen düsteren Ausgang, weil ich doch auf den Fromms verzichtet hatte und dann einige Tage und, ich glaube, sogar Wochen gezittert habe. In den Träumen jedenfalls brauchte ich sie erst recht nie!

Und dann habe ich noch eine Visitenkarte gefunden, die mir ein schwarzer Engländer während meines Englandbesuches an der U-Bahn-Station Kensington Square, oder so ähnlich, gegeben hatte, mit der Einladung, doch mal vorbeizukommen: *Witts End House. Bed and Breakfast. Daily or weekly terms, 9, Sussex Place, Hyde Park, London, W 2. Telephone, Paddington 2783/7548.* Ich erinnere mich, daß ich zusammen mit einem Freund etwa anderthalb Stunden mit dem schwarzen Engländer über die deutsche Kriegsschuld und die Wiedergutmachung diskutiert habe, vor der U-Bahn-Station. Wir waren damals mit einer Gruppe auf einer Studienreise in London und auf der Isle of Wight, wo wir in einem alten, vornehmen Landhaus mit englischen Familien zusammen lebten. Gleich unser erstes Auftreten hinterließ einen denkbar schlechten Eindruck. Wir kamen ausgehungert von der Reise dort an, es war Nachmittag, und man reichte uns als erstes einige Teller mit feinem englischen Kuchen und mit Törtchen, lauter ausgewählte Delikatessen, allerdings so klein, daß man eben auf den Geschmack kommen konnte. Und wir begingen den unverzeihlichen Fehler, wie er schon in Hunderten von Berichten über das Leben auf der Insel (früher) genüßlich geschildert wurde: wir fraßen in Null Komma nichts sämtliche Teller ratzekahl, worauf die vor allem zum *tea* anwesenden Damen uns *high-browed* mit ihren Fischblicken maßen und sich in einigen frostigen Bemerkungen über unseren gesunden deutschen Hunger freuten. Ich war damals gerade sitzengeblieben und deshalb sehr empfindlich, ich bin einfach rausgegangen. Später habe ich zweimal ein Tischtennisturnier, das wir dort veranstalteten, gewonnen und war sehr stolz (obwohl im Heim mindestens drei besser spielten als ich). Ich bekam irgendwelche Erinnerungsstücke daran, ich glaube, einmal einen Kompaß und einen Anhänger, aber ich bin mir nicht sicher. Im übrigen war diese ganze Reise sehr unglücklich und unwirklich für mich. Die Engländer erwiesen sich als ganz nette Burschen, und auf einer Wanderung konnte ich sie begeistern, weil es mir gelang, durch das Imitieren von Kuh- oder Stiergemuhe auf einer riesigen Weide über fünfzig Kühe um mich zu scharen, die mich mit ihren großen klugen Augen erstaunt ansahen. Einige knipsten die Szene, aber ich habe leider kein Bild bekommen. Dafür habe ich noch ein Gruppenfoto. Ich kann mich nur an einige sehr schwach erinnern, was jedem einleuchtet, der mich auf dem Foto sieht: abwesend lächelnd *(with a faint smile)* und etwas unzugehörig dastehend: na, ich war sitzengeblieben, ungerechterweise, wie ich fand. Bei der Visitenkarte liegt noch eine Umrechnungstabelle aus der Zeit, danach ist ein Pfund 11,20 DM wert. Viele werden da wehmütig. Was habe ich damals gedacht?

Bei meinem Fund liegen auch noch einige Geldabrechnungen, die wir bei der wöchentlichen Taschengeldausgabe vorlegen mußten: dementsprechend viel Geld bekamen wir. Da steht: Taschengeld: 3 Mark, Frisör: 2,50 Mark, Kakao: 0,60 Mark, also 6,10 Mark, auf der Rückseite: Heimfahrt: 3,20 Mark, Heft: 0,45 Mark, Kakao: 0,60 Mark, Taschengeld: 3 Mark, Porto: 1 Mark, also 8,25 Mark. Heute sind das ganz kleine Beträge. Erstaunt bin ich darüber, daß ich damals Kakao getrunken haben muß, denn heute trinke ich sehr gern Milch. Wofür war eigentlich das Taschengeld, frage ich mich, wenn fast alles extra abgerechnet werden konnte: blieb nur: Zigaretten, Bier usw. Zwischen den Rechnungen liegt noch die von einem Briefumschlag abgerissene Adresse einer Französin: *D. Klimtova-Gillet, 43 Rue du Molinet, Paris 13,* offensichtlich einer zugewanderten Französin, an die ich mich nicht erinnere. Und es liegt dort noch die Adresse einer Klassenkameradin in London: *Ingrid Schaub, 7 Garden Suburb, London N W II, Hampstead, Heath Close, 28. 6.–3. 8. 1962,* das war die Zeit, während der ich die Studienreise nach England gemacht hatte, die sich so positiv auf meine Englischleistungen auswirkte, obwohl ich eigentlich sehr still war während der Fahrt, sieht man von einem Tanzfest ab, auf dem ich den hellen Anzug meines Bruders anhatte und einen großartigen roten Binder mit silbernen Fischen darauf, den alle Mädchen anfaßten und von dem sie wissen wollten, woher ich ihn hatte. Es war eines der wenigen Erbstücke von meinem Vater, ein Binder aus den dreißiger Jahren. Hinten auf dem Adressenzettel hatte ich vermerkt: London 17. 0. 18. Wahrscheinlich wollte ich Ingrid zu diesem Termin treffen, aber es hat nicht geklappt. Unser Londoner Programm war zu vollgestopft. London ist für mich verbunden mit endloser Kofferschlepperei, ich hatte auch zuviel Wäsche und Bücher mitgenommen. Schließlich habe ich als Souvenirs an meine Englandfahrt, an die ich mich so wenig erinnere (obwohl sie mir gut geholfen hat, denn danach fühlte ich mich gut in Form und wurde in kurzer Zeit ein verhältnismäßig guter Schüler), meine *Visitor's Card* und eine Karte für den *Beach Chair 7* in Shanklin. Der Strand war sehr schön, ich hatte ihn in England nicht so erwartet, aber er war völlig mit Menschen bedeckt, die oft in voller Montur Nachbargespräche abhielten, Federbälle zurückwarfen und Luftmatratzen aufbliesen.

Etwas ganz anderes bedeutet der Brief, an den ich mich sofort erinnerte, als ich ihn sah. Ich habe ihn eines Tages im Papierkorb gefunden, zusammen mit anderen Sachen meines Vaters, die meine Mutter ausgeräumt hatte, weil sie zuviel Platz wegnahmen. Er ist auf einfachem, billigem Karopapier geschrieben und lautet: *Hannover-Stöcken, 11. 10. 44. Sehr verehrte Frau Dittberner! Als langjähriger Kamerad Ihres Mannes und als Kompanie-Schreiber teile ich Ihnen mit, daß ich augenblicklich – bis zum 22. 10. 44 – zu Hause bin. Den Rückzug habe ich mitgemacht. Ihr Mann war immer bei mir, doch in den letzten Tagen mußten wir uns plötzlich trennen. Ich nehme an, da ich bis heute von Ihrem Mann nichts gehört habe, daß er in Gefangenschaft geraten ist. Nach dem Kriege dürfte Karl gesund und munter in die Heimat zurückkehren. Es grüßt Sie und Frau Hennig – die wohl auch in Ihrer Gegend wohnt – herzlichst Ihr Willy Hennemann.* Darunter hat meine Mutter geschrieben: *beantw. a/22. 10.*

1969 teilte das Rote Kreuz meiner Mutter mit, daß mein Vater höchstwahrscheinlich im Juli 1944 in einem Waldstück bei Omsk gefallen sei, als die Truppe bei ihrem Rückzug in Auflösung geraten sei. 1951 mußte meine Mutter meinen Vater für tot erklären lassen, um überhaupt Rente zu bekommen und leben zu können. 1956 kam ich ins Internat, 1965 verließ ich es mit dem Abitur in der Tasche. Ich habe die Abschiedsrede gehalten als Klassensprecher, sie liegt auch bei meinen Papieren: eine größtenteils unerträglich schwülstige Rede, für die ich mich ebenso schäme wie für die, die ich ein Jahr zuvor zur Verabschiedung der vorherigen Abiturklasse gehalten hatte. Alles hohl, nicht von mir stammend und angesichts des Briefes, den ich zitiert habe, unbedeutend. Doch ich will nicht zu hart über mich damals urteilen, vielleicht erscheint mir auch das, was ich jetzt schreibe, später geschmacklos, indiskret, maßlos usw.

Heiterer sind schon die übrigen Utensilien, die mir noch in die Hände fielen: der abgezogene Text von Otto Ernsts *Wintersonnenmärchen* mit Lesehinweisen: ich habe es auf einer Weihnachtsfeier der Schule vorgetragen. Eine von diesen albernen Geschichten, die Kinder langweilig finden und von denen Eltern und Lehrer, die früher Pfadfinder waren oder BDM oder im Kirchenchor sind, meinen, sie müßten Kindern gefallen. Und ich habe mich dazu hergegeben und sie vorgelesen. Die Musiklehrerin kam hinterher zu mir und nahm mich fast in den Arm und sagte mit feuchten Augen, daß ich großartig gelesen hätte. Ja, ich war auch im Schulchor, obwohl ich nicht vom Blatt singen konnte, was mir übrigens die Musiklehrerin nie glaubte: sie sagte immer, ich genierte mich nur, vorzusingen.

Das Tollste aber sind meine literarischen Produkte von damals. In einem dicken schwarzen Heft stehen zwei Anfänge zu Romanen, einem Wildwestroman und einem Kriminalroman. Der Western beginnt mit der Beschreibung eines harten, aber gerechten Burschen mit grauen Augen und sandfarbenem Haar, der in einen Saloon kommt und sich herausfordernd an die Theke lehnt. Das gibt natürlich Aufschluß über viele Träume, die ich damals hatte: ich wollte ungeheuer gut aussehen, und am besten fand ich graue Augen. Und so schrieb ich auch meinen vielen Brieffreundinnen (es waren etwa neun) in den USA, Frankreich, Belgien, Marokko, Finnland und Holland, daß ich graue Augen hätte und braunes Haar (was damals stimmte, aber ich hatte ganz normale blaugraue Augen Marke deutsche Mischung). Überhaupt waren diese Brieffreundschaften das Größte: man schrieb sich lauter Größen und Eigenschaften, Hobbies und sonstiges, und wenn dann das erste deutlichere Foto kam, brach der Briefwechsel ab. So ideal war keine. Trotzdem erfuhr ich so allerhand: zum Beispiel, daß es nicht nur in Deutschland Nazis gegeben hat; meine belgische Brieffreundin, die mich immer wieder einlud und betonte, wie sehr sich auch ihr Vater freuen würde, weil für ihn die Deutschen sowieso das größte Volk seien usw., breitete viele Gedanken vor mir aus, die in der Schule als faschistisches Gedankengut zitiert wurden. Ich dachte gleich: also auch die anderen. Aber dann spielte uns unser Klassenlehrer, der mit uns das Lager Bergen-Belsen besuchen wollte, zur Vorbereitung die Platte vor, auf der Theodor Heuß' Belsen-Rede ist, die mich sehr beeindruckte, vor allem an der Stelle, wo er sagt: *Die moralische Schuld der anderen gegen die eigene aufzurechnen ist das Verfahren der moralisch Anspruchslosen* oder so ähnlich. Das hat mich damals sehr bewegt, ähnlich wie Kennedys Wort: *Ask not what your country can do for you, ask, what you can do for your country,* über das ich meinen Abituraufsatz geschrieben habe, mit sozusagen glühender Feder fünfzehn DIN-A4-Seiten. Darin habe ich auch Frischs Wort zitiert (natürlich aus dem Kopf): *Heimat, das sind nicht Ländereien, sondern die Menschen, die auf der gleichen Wellenlänge senden wie wir,* das mich damals ebenso beeindruckte. Henry Miller schreibt irgendwo, die deutsche Sprache scheine ihm in bemerkenswerter Weise Wörter zu haben, die sich einem beim Hören wie mit einem Widerhaken einprägen: vor allem das Wort: GUT. Dieses GUT habe ich eingeimpft bekommen als das Bedürfnis, gut sein zu wollen. Es hat was Rührendes, aber auch Gefährliches, denn für den Alltag ist man schlecht ausgerüstet damit.

Weit bin ich mit meinen Romanen nicht gekommen. Dafür steht am Ende des Heftes eine Erzählung von beachtlicher Länge. Sie handelt von einem Mädchen, in das ich rasend und unsinnig verliebt war (an die ich in dem Jahr fast pausenlos dachte, als ich sitzenblieb). Ich betone immer wieder das Detail, daß sie in ihrem mittelblonden Haar über der Schläfe eine hellblonde Strähne habe und daß ich sie deshalb eigentlich liebe. Höchst eigenartig, aber ich gestehe, daß es mich heute noch anzieht, wenn ich auf der Straße einem Mädchen begegne, das eine solche Haarsträhne über der Schläfe hat (was ja vor einigen Jahren häufig passieren konnte, denn es war eine Zeitlang Mode, sich eine solche Haarsträhne ins Haar färben zu lassen). Ich habe damals die Geschichte, wie ich mich erinnere, Jobst gezeigt und Beatrix vielleicht (oder ich habe ihr nur davon erzählt) und Wolf. Ihnen hat eigentlich nur dieses Detail gefallen, noch die eine oder andere Formulierung. Diese Sachen habe ich mit 15, 16 geschrieben. In dem Heft liegen noch drei Kurzgeschichten, die ich etwas später, aber wohl auch noch mit 16 geschrieben haben muß, weil ich noch genau weiß, aus welchem Anlaß ich sie schrieb. Wir hatten einen Erzieher, der Wolfgang Borchert für den größten deutschen Dichter hielt und uns bei jeder Gelegenheit Geschichten von ihm vorlas oder sich auf ihn berief. Eines Tages wurde es mir zuviel, und ich sagte: Das kann ich schon lange, was der kann. Und ich setzte mich hin und schrieb die drei Geschichten. Ich zeigte sie dem Erzieher und sagte, ich hätte sie aus einer Geschichtensammlung zuhause abgeschrieben, sie seien von Wolfgang Borchert, ob er sie schon kennen würde. Er las sie und sagte mir: die seien ihm noch ganz unbekannt, er finde sie großartig, ob ich ihm dies Geschichtenbuch einmal mitbringen könne, er wolle es sich kaufen oder die Geschichten abtippen. Ich habe ihn dafür geliebt, obwohl ich ihn sonst nicht besonders leiden konnte, weil er so ein Superpfadfinder war, so fehlerlos und immer korrekt. Er hat mir gesagt, ich sollte unbedingt weiterschreiben, aber damals lernte ich bald einige Mädchen kennen, die meine Aufmerksamkeit so in Anspruch nahmen, daß ich nicht dazu kam. Die Geschichten sind nichts Besonderes, aber dafür wuchtig existentiell und die erschütternde Brüchigkeit des Alltagslebens entblößend.

Aber so war ich damals, auch in meinen Träumen, und

gerade in ihnen. Denn wie als Bestätigung aller meiner düsteren Ahnungen fand ich zum Schluß meiner Schnüffelei in uralten Sachen den Entwurf zu meinem Lebenslauf und Bildungsgang, den wir damals in der 13. Klasse schreiben mußten. Der Entwurf ist von meiner Deutschlehrerin nachgesehen worden, und mir läuft ein Schauer über den Rücken, wenn ich nur daran denke, wer das abgegebene Original alles gelesen hat, nicht nur wegen der erwachsenen Altklugheit des Elaborats (das die geistige Reife mit nachzuweisen hatte! ich glaube, heute ist sowas abgeschafft), die ich ihm gegeben hatte, sondern auch wegen der Verbesserungen meiner Lehrerin, die diese Tendenz ausgerechnet noch unterstützte (im übrigen war sie eine liebenswürdige Lehrerin, die sich sehr viel Mühe gegeben hat mit uns). Zum Beispiel schreibe ich über meine Zeit im Kinderhort: Diese Zeit verlief ruhig und ohne sonderliche Höhepunkte. Wenn ich nicht im Kinderhort weilte, saß ich oft in unserem Garten auf einem alten Brunnen in der Sonne und träumte vor mich hin. Schon damals! Also schrieb ich vor zehn Jahren, daß ich damals vor zehn Jahren träumte, heute schreibe ich, daß ich vor zehn Jahren träumte, in zehn Jahren werde ich schreiben, daß ich heute träume usw. Dazu schreibe ich noch, daß mich in Filmen immer besonders die Technik der gerafften Rückblende beeindruckt hat (zum Beispiel in *Wenn die Kraniche ziehen*) und daß ich auf diese Erfahrung meine erste Philosophie aufbaute, nämlich daß man für die Augenblicke lebt, in denen man glücklich ist. Nach meinem Sitzenbleiben erkannte ich dann, daß man ja meist gar nicht weiß, welches die glücklichen Augenblicke sind, so daß man bewußt leben muß und nicht träumen darf. Na also! Und ich beende meinen Lebenslauf mit dem Bekenntnis, meine beruflichen Dienste mehr in den Dienst am Menschen als in den Dienst an der Sache zu stellen, und gebe den Entschluß bekannt, Jurist werden zu wollen, indem ich es folgendermaßen begründe: Meine Lust am logisch-abstrakten Denken, mein Gerechtigkeitsgefühl sowie die Tatsache, daß hier ein

Grundgerüst – das Gesetz – gegeben ist, auf das man sich berufen und welches man mit Leben füllen kann, haben mich hauptsächlich zu diesem Entschluß ermutigt. Und ich gebe Heinrich von Kleist als Lieblingsdichter an. Da fällt mir heute ein: Michael Kohlhaas, der ein Gerechtigkeitsgefühl in der Brust hatte wie eine Goldwaage. So werde ich mir damals vorgekommen sein, aber abhängig von einem mir gegebenen Grundgerüst: nach achteinhalb Jahren Internat und Leben nach exakten Regeln. Aber so einfach ist alles nicht. Schon Kleist hatte ich nur zum Wahldichter gemacht, weil ich in den Osterferien nach meinem Sitzenbleiben, als ich einige Herzbeschwerden hatte und deshalb nach Braunlage zur Erholung fuhr, ein Mädchen kennenlernte: Maike, die Kleist zum Lieblingsdichter hatte, und das beeindruckte mich sehr. Und als ich ein paar Monate nach dem Abitur anfing zu studieren, da war es nicht Jura, sondern Germanistik. (Was mir wiederum angesichts der Fülle geschickter Zitate in dem Lebenslauf und Bildungsgang als konsequent erscheint.)

Aber was waren meine Träume damals? Was hat so viel Realität gehabt in meinem Leben? Ich schreibe an der wichtigsten (meiner Meinung nach) Stelle meines Bildungsgangs, daß ich mir Vorbilder wählte, weil die Lehrer mich als unreif und als Clown behandelten (ich habe in der Tat gern Lehrer an der Tafel nachgeahmt, weshalb mich besonders ein Französischlehrer gehaßt hat). Und meine Vorbilder waren selbstbewußte ruhige Menschen, zurückhaltend und überlegen, stark und mit gutem Grundwissen ausgestattet. Und ich füge hinzu, daß ich mich früher schon unbewußt an Buchhelden orientiert hatte und daß mich an den Büchern diese Möglichkeit angezogen hätte: Es sind nicht die besonderen Ereignisse, von denen Bücher berichten, sondern es ist der Mensch, der durch sein Verhalten in den verschiedenen Lebenssituationen näher bestimmt wird, schreibe ich damals. Ich bin kein Psychologe, und es ist auch überflüssig, daß ich hier alles zu sehr breitlatsche, aber ich glaube, ich habe Träume geträumt, die mir mein wichtigstes Bedürfnis: das nach einer positiven Identität, nach einer wirklichen Person (wie sie am Ziel des Bildungsideals steht, nach dem ich erzogen wurde) bestätigten und in denen ich damit fertig wurde, keinen Vater zu haben, in einem Heim zu leben und nicht klagen zu dürfen, weil diese Klagen langweilten. Tatsächlich erinnere ich mich von allem Stoff, den wir in der Schule durchgenommen haben, an eine Geschichte am besten, die in einem englischen Sammelbändchen stand, das den Titel hatte: *The Gentleman Ideal.* Und die Geschichte handelt von dem Leben eines Internatszöglings, der mit allem fertig wird, obwohl er die Frau verliert und als Taxifahrer endet. Die Geschichte hat den Titel: *The Man who kept his Form.* Und das war wohl mein Traum.

Sicherheit gibt es keine. Träume, an die wir uns nicht erinnern, sind unwiderruflich verloren, denn für sie gibt es keine weiteren Zeugen. Deshalb ist das ein ernster Punkt. Denn ich bin mir oft so vorgekommen, als würde ich doppelt schnell altern. Weil ich in der Wirklichkeit alterte und im Traum: und wie wenig umfaßt die Erinnerung, gerade dann, wenn man seine Zeit so halbieren muß. Ich schreibe noch das schöne Motto auf aus Henry Millers: *Land der Erinnerungen: Sich erinnern ist die Sendung des Menschen auf Erden. Sich ans Erinnern erinnern, alles in Ewigkeit kosten, wie einmal in der Zeit . . . Erinnerung ist der Talisman des Schlafwandlers auf dem Boden der Ewigkeit.* Und der erste Satz des Buchs lautet: *Wir klammern uns an die Erinnerung, um eine Identität zu bewahren, die, einmal bewußt geworden, unverlierbar ist.*

Hoffentlich. Und hoffentlich nicht ganz. Ich kann den albernen Wunsch nicht besiegen und muß hinzufügen, daß ich im Heim öfter geschlafwandelt habe: vor Ratten bin ich geflohen bis an die verschlossene Haustür, vor Feuer im Bett, und manchmal, um ein Mädchen zu suchen, das aber gar nicht in Bad Nenndorf wohnte, sondern in Hannover. Noch vor ein paar Wochen bin ich aufgewacht, als ich im Bademantel vor der Tür stand, vor der Haustür. Natürlich erschrecke ich, wenn ich in der kühlen Luft erwache, naßgeschwitzt und noch halbwache Bilder vor Augen, aber am nächsten Morgen sage ich mir: Was wäre ich, wenn es nicht diese Momente des Unterbewußtseins gäbe, der Erinnerungslosigkeit, nach Alkohol oder auf einem Trip, auf der Bergspitze beim Bumsen, bevor ich mit der Luftgondel in die Tiefe brause, und ich komme mir beschenkt vor wie damals, als das Mädchen mit dem Silberblick mir im Kinderhort meinen *Letzten Mohikaner* zurückgab, in den sie in ihrer schönsten Schrift meinen Namen geschrieben hatte.

III

Nah beim Zentrum

Ich habe lange überlegt, ob ich es aufschreiben soll – und ob ich es wahrheitsgemäß aufschreiben will, denn es gibt Leute, denen tut die Wahrheit weh. Und in manchen Dingen tut sie allen weh. Deshalb weiß ich nicht, ob ich bei der Wahrheit bleiben werde.

In letzter Zeit, seit ich mich an meine Zeit im Heim erinnere, hatte ich die verrücktesten Träume, und in ihnen kamen Leute vor, die ich längst vergessen hatte oder an die ich einmal im Jahr denke, kurz vor Weihnachten abends, wenn ich mich vor dem Klassentreffen rasiere. Zum Beispiel träumte ich neulich, ich sei auf einer Klassenfahrt, neben mir saß ein alter Lehrer, der sich darüber wunderte, daß ich in meinem Alter noch an einer Klassenfahrt teilnahm (und ich wunderte mich selbst auch, bis ich sagte: Ich wollte noch mal dabeisein); dann saßen dabei noch einige Schüler, die vorzeitig unsere Schule verlassen hatten, und meine letzte Deutschlehrerin! Es war eine uralte Bimmelbahn mit den gelblackierten oder glasierten Holzbänken, auf denen man sich ein Muster saß. Plötzlich kam Tee Buer (ich hoffe, ich schreibe ihn richtig) herein und sagte: Wißt ihr schon, daß Dingsbums (ich sage den Namen lieber nicht, sonst bekommt der betreffende Lehrer einen Herzschlag, wenn er es liest) im Sterben liegt, ich habe es eben in der Bahnhofskneipe gehört. Niemand wußte es, und alle waren sehr erschrocken. Ich bin dann aufgewacht.

In einem anderen Traum ging ich in Hannover auf der Georgstraße, als mich kurz vor Karstadt zwei Herren faßten und riefen: Sie sind unser 100 000. Kunde: Sie haben freie Wahl für 1000 Mark. Es waren zwei alte Zimmerkameraden von mir, die mich in einen Schneiderladen schleppten und meine Maße nehmen ließen, ohne mich zu erkennen. Ich sagte: Aber erkennt ihr mich denn nicht? Da erst erkannten sie mich. Und ich bekam eine Menge genau sitzender Anzüge und Hemden und Schuhe, eben alles, was ich seit längerer Zeit nicht mehr habe. Schließlich knipsten sie mich in meiner neuen Kluft und stellten im Blitzverfahren – wir waren plötzlich in einer Druckerei – Plakate her mit Bildern von mir in dieser eleganten Kleidung und dazu Gedichte, die ich mal geschrieben hatte. Ich war ganz perplex, woher sie wußten, daß ich Schriftsteller bin. Sie sagten: Wir verbinden die Werbung für unsere Anzüge mit der Werbung für deine Gedichte: So wirst du ein Top-Modell und ein Top-Dichter. Wir stellen eine Serie her: du hast immer weniger an und schreibst immer kürzere Geschichten. Zum Schluß stehst du da, nur mit einem unserer Binder um und einem Poem aus einem Wort: FUCK. Also, das mache ich nicht, sagte ich. Da führten sie mich wieder vor die Tür auf die Georgstraße und sagten: Wir beglückwünschen Sie, verehrter Herr, Sie waren der 100 000. Kunde, wir bedanken uns, daß wir Ihnen diesen einzigartigen Binder überreichen durften, und sie gaben mir einen Schuhkarton in die Hand. Ich war ganz naßgeschwitzt vor Aufregung, denn um mich sammelten sich lachende Passanten, und gerade als ich unter dem Zwang ihrer neugierigen Blicke den Schuhkarton öffnen wollte, sah ich hinten im Gedränge Maud. Dann wachte ich auf.

Lassen wir diese eigenartigen Träume. Erinnerungen sind wie Wasserfälle: schön anzusehen, aber alles in die Tiefe reißend. Wenn ich jetzt etwas sagen will zu dem wichtigsten Erinnerungsblock aus der Heimat, dann bin ich selbst ängstlich, es könnte am Ende weh tun, denn wie alles, was wichtig ist im Leben, ist auch dies einfach abgebrochen (meine ich jedenfalls). Und ich werde ganz schwach und unlustig, wenn ich an das Ende denke. Aber es muß sein: jetzt habe ich so viel geschrieben, jetzt kann ich hier nicht ausgerechnet haltmachen und aufhören.

Vielleicht sollte ich erst einen Offenen Brief schreiben: Entschuldige bitte, daß ich so indiskret bin – aber dann würdest du (und mit dir deine Familie und deine Freunde) denken, jetzt kommen kleine und große Geilheiten, und du würdest empört sein (ich höre noch deine Stimme, als du sagtest: Daß du darüber aber nichts schreibst, in einem Ton, als würdest du sagen: Aber blamier mich nicht!). Keine Angst, es tut dir niemand etwas, würde ich antworten. Es wäre umsonst.

Und ein privater Brief wäre eine Schmeichelei, ganz sinnlos. Er würde mich in eine Rolle zwängen, so daß ich nach deiner Antwort oder nach deinem Schweigen ganz aus deinem jetzigen Verstand schreiben würde. Und es reicht, daß ich älter geworden bin: Du wenigstens sollst in diesem Buch so jung sein wie damals.

Eben habe ich die Briefe von dir gelesen, die ich hier bei mir in der Wohnung habe (die anderen: Stapel in einem alten Bört, Briefmappen voll im Bücherschrank sind noch mit meinen Jugendbüchern bei meiner Mutter). Es hat etwas über eine Stunde gedauert, und meine Zunge ist belegt, obwohl ich seit einiger Zeit meine, daß ich ohne Vorbehalte an dich denken kann. Deine Briefe sind so voller Liebe und Zärtlichkeit, daß ich das erste Mal die dunkle Ahnung hatte: ich war an allem Schuld, was zum Ende führte. Wäre ich du, ich müßte nun diesen letzten Satz durchstreichen. Du lachst – aber das war deine Taktik in den Briefen: alles wirklich Wichtige, was du meintest, das schriebst du hin und machtest es danach (fast!) unkenntlich, so daß ich mit größter Mühe, Vergrößerungsglas und Drehen und gegen das Licht halten mühsam auf den Sinn kam, der oft schlicht lautete: ich liebe dich oder sei mir treu oder liebst du mich noch? Ich erinnere mich, daß ich häufig nicht die Geduld hatte früher, um deine durchgestrichenen Worte zu entziffern oder total Zugeklebtes mit einem Herz darauf aufzupuzzeln. Ich habe es bei den Briefen, die hier sind, nachgeholt. Und vielleicht komme ich nochmal dazu, die Briefe, die meine Mutter aufbewahrt, ebenso sorgfältig zu lesen. Du siehst, ich bin inzwischen Philologe geworden, und vielleicht durch dich.

Viel an unserer Verbindung ist durch die Heimsituation bedingt gewesen: daß wir Tag für Tag eine kleine Familie gebildet haben gegen den Rest, mit Briefen Tag für Tag und mit allem Einsatz. Ich habe das den schönsten Briefen von dir abgelesen: du hast sie mir geschrieben, nachdem du das Heim verlassen mußtest (du erinnerst dich?) und sehr unglücklich warst. Nun fühltest du dich zuhause allein, weil dir dort unsere Kleinstfamilie fehlte. –

Doch ich habe die Nase voll von der Theoretisiererei (schönes Wort!). Du schreibst in einem deiner Briefe, ich solle nicht so sachlich, so logisch schreiben, mehr wie wir zusammen sprechen würden. Ich will mir Mühe geben, das nun zu tun, obwohl ich inzwischen und im Moment noch vergessen habe, wie wir zusammen gesprochen haben. Ich kann es mir nur ungefähr vorstellen – nach deinen Briefen, die sehr schlankweg geschrieben sind, die mich noch mitten ins Herz treffen würden, wenn ich noch eines hätte oder wenn es noch auf derselben Stelle wäre oder wenn ich überhaupt je eines bekommen habe – denn das Herz für die Liebe hat man nicht von Geburt, man bekommt es langsam, Tag für Tag und Jahr für Jahr, und man braucht viel Liebe, bevor man Liebe wirklich fühlen und dann auch geben kann. Und manchmal, wie gestern zum Beispiel, als ich einen Freund, der dir in vielem sehr ähnlich ist (so unmittelbar, so unbedingt auf Liebe und Aufmerksamkeit aus, so naiv usw.), zum Teufel schickte, weil ich es einfach nicht mehr ertragen konnte, in der Freundschaft zu unterliegen. Verstehst du das? Alles, was gemacht wurde, mußte ihm Spaß machen, mußte er verstehen, mußte für ihn ein Gedicht sein, ein angenehmes Gefühl. Er kam immer öfter zu mir, und schließlich fühlte ich mich bei mir selbst nicht mehr zuhause, so hatte er sich in alles gedrängelt, was mir lieb ist, und hat es zu seinem Eigentum gemacht. Und ich? Ich habe versagt, ich konnte nicht so leichthin leben, so ganz in Ferien, so literaturhaft. Es hat mich sehr mitgenommen, und ich muß nun endlich den Satz zu Ende bringen, den ich oben offiziell schon beendet habe, um nicht zu sehr anzuspannen und anzustrengen: Manchmal denke ich, daß ich es nicht gelernt habe, wirklich zu lieben, unbedingt und ohne Bremse. Henry Miller schreibt im *Koloß von Maroussi*, daß die Griechen voll und frei leben, während die Franzosen wie wohlumgrenzte und wohlbestellte Gärten sind, mit dem höchsten Ziel, nicht zu viel von anderen zu verlangen und nicht zu viel anderen zu geben. Ich habe diese Besorgnis sehr oft. Ich denke (und habe es erfahren), es ist am schlimmsten, wenn jemand meine wirklichen Vorlieben kennt (in Gedanken nenne ich sie Schwächen) und sie dann benutzt: er drückt auf ein Knöpfchen, und ich funktioniere für ihn. Lange hatte ich das Gefühl bei neuen Gedichten von mir, wenn ich meinte, etwas Neues gefunden zu haben, das Gedicht aber noch nicht fertig war – und dann kam jemand, der davon wußte, und verwickelte mich in ein Gespräch, ein richtiges Gespräch, wie ich es liebe, in dem man nicht recht haben muß, sondern in dem man über das spricht, woran man gern denkt oder woran man jetzt denken will, und der andere hat dasselbe Bedürfnis – und dann plötzlich war ich dabei und entwickelte meine poetische Theorie, trug den Gedichtentwurf vor, war Feuer und Flamme – und ein paar Tage, Wochen oder Monate später las ich ein Gedicht von ihm, genau nach diesem Muster gearbeitet. Gott sei Dank nach diesem Muster gearbeitet (!) und meist kein wahres Gedicht, durch Erfahrung und Erkenntnis zu einem lebendigen Ganzen geworden. Trotzdem kam ich mir übervorteilt vor, ausgenutzt. Und von diesem Gefühl kann ich mich auch heute oft nicht lösen, verstehst du das?

Ich weiß, es ist ganz natürlich, zu versuchen, von dem anderen das Innerste, das Wärmste, das Wahrste, oder wie immer der Superlativ heißen mag, zu erlangen, jeder versucht das, auch ich, aber nur bei wenigen Menschen und nicht zu oft, sonst nutzt sich das ab, sonst denkt man: Schon wieder kommt er damit, es geht auf die Nerven, weil es so mit seiner Persönlichkeit getränkt ist, so viel von seinen ganz persönlichen und nicht leicht übertragbaren Erfahrungen und Erlebnissen hat (die meist schmerzhaft und leidvoll sind), daß es anstrengt, das wieder zu hören. Es ist ein Teufelskreis: Zunächst ist es packend, einen Menschen in seinem Kern zu erfahren, kennenzulernen, wer er wirklich ist: dann ist es eine Wiederholung, schließlich eine Belästigung, weil man immer weniger die Brücke zu sich und den eigenen Problemen sieht, so daß man sich fragt: Und was hat das mit mir zu tun? Und wo bleibe ich? Kennt er denn nur sich und seine Problemchen? Ja, man hängt sehr schnell dies abwertende »chen« an das, was für den anderen entscheidend ist. Und obwohl man diese Entwicklung kennt, begeht man bei der nächsten näheren Bekanntschaft wieder den Fehler: angezogen von einigen Andeutungen, möchte man den Menschen ganz kennenlernen. – Nichts ist schwieriger, als einen Menschen lieben lernen, ohne ihn verachten lernen: seine Schwächen weiter für liebenswert halten, auch wenn sie uns beengen und uns die Kehle zuschnüren, so übermächtig scheinen sie uns zu werden, nicht aus Zufall und auf eigenen Wunsch, sondern weil es für den Geliebten eine Befreiung ist, sie endlich offen zeigen zu können, wo sonst in unserer Gesellschaft nur konfliktloses Funktionieren gefordert wird. Ich rede und rede. Nun kannst du fragen: Und was hat das mit mir zu tun? Es ist wahr. Ohne es bemerkt zu haben, bin ich bei den Problemen, die mich im Augenblick am heftigsten beschäftigen, so sehr, daß sie die Erinnerung an meine große Liebe verdrängen können. Denn ich will von meiner großen Liebe berichten, sofern sie es sein konnte im Heim, nachdem ich jahrelang dazu gezwungen worden war zu lernen, wie man sich reibungslos anpassen kann: das Lieblingsbuch zu verstecken, wenn ein Starker ins Zimmer trat, den Ball sich lieber abnehmen zu lassen, wenn ein Fanatiker siegen wollte, das Papier aufzuheben, das man nicht hingeworfen hatte – all diese Kleinigkeiten, die zehnmal am Tag vorkamen, ohne daß man sich zu irgendwem flüchten konnte. Und dann ist es einfach zum Kotzen, wenn Leute, die das nicht ertragen mußten ihre ganze Jugend lang, die ihre Mutter hatten, ihren Vater vor allem, ein eigenes Zimmer, eigene Spielsachen, wirklich Eigenes, die abzugeben lernten nicht durch Zwang, sondern aus Einsicht, aus Liebe, freiwillig – wenn diese Leute sagen: Du benimmst dich wie eine Marionette, so verkrampft, so rollenhaft und wenig ungezwungen: komm doch einfach mit, laß doch diesen und jenen, mach dir nichts draus. Das ist eine Lawine, die rollt auf mich zu, und wenn ich nicht platze vor Lachen, weil ich so komisch dabei bin, dann kann ich heulen und Fontane therapeutisch lesen. Denn bei Fontane herrscht diese Ruhe, in der die Erinnerung an das angenommene und unabwendbare Schicksal mitschwingt, das Bewußtsein: so bist du nun mal, mit deinen Träumen, deinen Enttäuschungen, deinen Schmerzen, unabänderlich, und an schönen Tagen tritt still beiseite und denk daran und bescheide dich. Aber ich will Fontane nicht vergewaltigen, obwohl mir dieser Gedanke bei der Lektüre fast aller seiner Bücher, vor allem bei *Effi Briest* gekommen ist – vielleicht, weil ich zuviel von mir hineinlas. Siehst du – du bist so ein Knopf bei mir, durch den in Bewegung gerät, was mir wichtig ist. Schon den ganzen Tag heute suche ich nach einer Formulierung, die dir gerecht wird, eine schöne und wahre Formulierung, die gut tut und die die Erinnerung leichtmacht. Ich habe die alten Platten abgespielt, die ich hier habe (die meisten sind noch bei meiner Mutter) und die du kennst, die wir zusammen gehört haben, die unsere Lieblingsplatten waren. Ich habe versucht, dich mir vorzustellen, und hatte keine genauere Vorstellung als einige Bilder mir zeigten, die verhältnismäßig spät von uns gemacht wurden (als es schon kriselte, ich habe damals nicht gern fotografiert und fand es zu umständlich). Doch mir ist die Formulierung, die ja nicht nur Formulierung wäre, nicht eingefallen. Vielmehr habe ich das Gefühl, lange nicht mehr so gestottert zu haben, so hilflos, als sei ich noch genau in dem unübersichtlichen Alter wie damals. Deshalb will ich jetzt einfach erzählen, wann du mir zum ersten Mal aufgefallen bist. Das wird vielleicht für dich eine Neuigkeit sein.

Es war im Winter, Februar oder März 1962. Nach dem Abendessen standen wir von der Oberstufe noch unter der Pergola oder in der Tür zum Jungenhaus und rauchten (ziemlich demonstrativ) unsere Zigarette nach dem Abendessen. Oder wir gingen dazu in die erleuchteten Zimmer auf dem unteren Flur. Dort waren die Vorhänge nicht zugezogen, so daß wir in die Fenster und in das Treppenhaus des Mädchenhauses sehen konnten. Leider waren an der Hausfront kaum Zimmer, nur der Tagesraum der Mädchen der Mittelstufe, der Waschraum mit Milchglasfenstern und ein, zwei Zimmer. Auch dort im Tagesraum und in den Zimmern waren die Vorhänge meist nicht zugezogen, und wenn sie es waren, so wurden sie bald (oft kokettierend) aufgezogen oder halb beiseite geschoben, so daß man hineinschauen konnte. Allerdings war die Sicht nicht gut, weil dort oft nur ein kleines Licht oder eine Kerze brannte. Ihr werdet dazu genau wie wir Musik gehört haben. Einige von euch gingen häufiger die Treppen auf und ab, so daß wir sie sehen konnten – und sie uns sehen konnten, denn sich ans Fenster zu stellen wie wir, dazu fehlte vielen der Mut, oder es schickte sich nicht.

Eines Abends also nach dem Abendessen und der Abendandacht, trat ich noch einmal vor die Tür, um mir eine Zigarette anzuzünden, auch um allein zu sein, denn ich war seit einem dreiviertel Jahr unglücklich verliebt und sollte außerdem wahrscheinlich sitzenbleiben. Da sah ich, wie sich Hagen (ich weiß nicht mehr, ob es sein Vorname oder sein Nachname war) auf der Pergola mit einem Mädchen regelrecht balgte. Hagen war ein schmächtiger, asthmatischer Junge, in der zehnten Klasse, sehr intelligent, von dem ich nicht weiß, was aus ihm geworden ist. Er war nicht stark, aber zäh. Es sah sehr amüsant aus, wie er versuchte, dem Mädchen seine Überlegenheit zu zeigen, ohne es zu besiegen. Außerdem kam er dabei immer an die Brust des Mädchens, aus Zufall oder nicht. Aus diesem Grund: weil ich nicht als Lauscher bei dieser Balgerei heimlicher Zeuge sein wollte, ging ich auch zurück ins Haus und auf mein Zimmer (das ich mit zwei anderen teilte). Dort jedoch standen meine Zimmerkameraden samt Erzieher, alle rauchend, am Fenster und betrachteten ebenfalls den Kampf. Sie waren amüsiert über Hagen: dieser Hagen, er macht sich, wen hat er denn da am Wickel, so redeten sie, und insgeheim waren sie ziemlich neidisch.

Das Mädchen warst du. Du kannst noch nicht lange im Internat gewesen sein, denn man fragte: wer ist denn das? (ich nehme an, weil du eine gut entwickelte Brust hattest). Irgendeine Erzieherin hat den tapferen Hagen verscheucht, und unser Erzieher hat ihn darauf noch ironisch in der Haustür empfangen. Mehr weiß ich nicht. Ich glaube, du warst darauf für eine kurze Zeit mit Hagen befreundet, wenn man es so nennen kann.

Jedenfalls bist du mir damals aufgefallen. Zwar war ich noch ganz mit meiner unglücklichen Liebe (die mich übrigens nicht davon abhielt, Freundinnen zu haben, die nicht so unerreichbar waren) beschäftigt, in die ich mich regelrecht hineingesteigert hatte, aber du warst mir aufgefallen.

Ich blieb sitzen, verliebte mich während eines kurzen Erholungsurlaubs erneut unglücklich, und als ich zurückkam, war ich damit beschäftigt, mich gegen die Schmach, sitzengeblieben zu sein, zu wehren. Dann sah ich eines Abends, wie du mit einem anderen Mädchen im Tagesraum Rock'n'Roll mit Überschlag tanztest: du wurdest von dem anderen Mädchen durch die Luft geworfen. Es sah toll aus. Und irgendwie wurmte es mich, daß ich nicht mit dir tanzen konnte. Ich begann, auf dich zu achten. Und im Eßsaal setzte ich mich so (ich war Tischältester und konnte darüber verfügen), daß ich dich im Auge haben konnte. Ich nahm die beliebte Augensprache mit dir auf. Du hast, entschuldige bitte, wenn ich es so offen sage, einen leichten (aber wirklich nur leichten) Silberblick, und es war spannend, deine beiden blauen Augen mit meinem Blick festzuhalten. Dabei fällt mir ein, daß du mir später einmal in einem Brief schriebst, daß du ein Bild von Jean

Paul Sartre in der Zeitung gesehen hättest (der gerade den Nobelpreis für Literatur abgelehnt hatte), und du fandest, daß er sehr schiele und richtig gemein aussah. Hoffentlich ist er nicht so, hast du hinzugefügt, und was hat das alles mit dem Kommunismus zu tun? Doch ich will nicht abschweifen. (Vielleicht erinnerst du dich, daß ich Abschweifungen immer für das Schönste gehalten habe?) Es fällt mir schwer, nicht abzuschweifen, und es ist mir auch in den acht Romanen, die ich schon in Gedanken geschrieben habe, nie gelungen.

Ich versuchte, Kontakt aufzunehmen mit dir; nur mit den Augen, denn ich hatte beschlossen, nach meinen beiden unglücklichen Lieben (die eher Sehnsüchte waren), mich jetzt wirklich auf die Schule zu konzentrieren, damit ich bald das verdammte Internat verlassen könnte. Und ich bin in dieser Zeit auch ein verhältnismäßig guter Schüler geworden.

Da fällt mir ein (weil ich gerade überlegte, wie lange dies Blickverhältnis gedauert haben mag), daß diese Balgerei mit Hagen vielleicht doch schon im neuen Schuljahr stattfand und daß kein Schnee lag. (Du siehst, sich zu erinnern ist eine Arbeit.) Irgendwie kamen dann auch noch Konkurrenten dazwischen, die dich genauso interessant fanden wie ich, doch darüber will ich später nachdenken. Jetzt möchte ich erst etwas Poetisches erzählen, damit du dich leichter erinnerst: Du weißt, wir haben uns im Laufe der Jahre viel Souvenirs geschenkt oder auch spaßeshalber geraubt. Es waren lauter Kleinigkeiten, die zum Teil noch existieren und die noch bei meiner Mutter in der Wohnung irgendwo: im Schrank, auf der Truhe, im Bücherbord oder auf dem Sofa herumliegen oder herumstehen, denn ich habe seit unserer Freundschaft nicht mehr für längere Zeit bei meiner Mutter gewohnt, und sie hängt inzwischen an den Dingen (sie mochte dich auch gern). Den schönen grauen Teddy habe ich allerdings meinem Neffen geschenkt, der ihn ganz zerknautscht hat, weil er ihn immer mit ins Bett nahm (inzwischen gibt es ihn, glaube ich, gar nicht mehr). Auch andere Kleinigkeiten habe ich bei Gelegenheit (arm wie ich bin als Schriftsteller) an Kinder aus der Familie verschenkt. Den Hasen aber von deinem Hasenpaar, den du mir nur geliehen hast (so sehr brauchtest du ihn im Heim), habe ich natürlich nicht verschenkt. Er lehnt, noch genauso wie du ihn angekleidet hast (meine Mutter sagt schon seit Jahren: die Wäsche müßte eigentlich gewaschen werden, und ich weiß nicht, ob sie es schon getan hat), in einer Sofaecke, und alle Besucher nehmen ihn auf und freuen sich über ihn. Hier in meiner Wohnung habe ich den Porzellanhund, eine griesgrämig dreinblickende Bulldogge, den du mir einmal geschenkt hast: vorsichtig eingewickelt in Seidenpapier, denn auf seine Brust hattest du meinen Namen geschrieben. Ich war darüber damals sehr ärgerlich. Noch heute steht er verborgen hinter Büchern, und ich nehme ihn manchmal vor, um eine Ähnlichkeit zwischen ihm und mir festzustellen. Ich habe ihn auch jenem engen Freund gezeigt, den ich gestern zum Teufel geschickt habe. Er sagte: eine gewisse Ähnlichkeit besteht. Und ich muß sagen, daß ich langsam anfange zu glauben, ich würde dieser griesgrämigen Bulldogge immer ähnlicher. Du wärest also zu deiner Voraussicht zu beglückwünschen und für deinen Spürsinn zu loben, wenn diese Erkenntnis nicht auf wenige Tage im Jahr beschränkt wäre, so daß ich weiterhin die Hoffnung haben kann, anders zu sein und zu bleiben.

Einige Sachen sind in der Zwischenzeit kaputtgegangen, eine Maus aus Holz, eine Kette und neulich erst die kleine blaue Vase, die du mir zu meinem 21. Geburtstag geschenkt hast, wenn ich mich nicht irre. Ich habe darüber ein Gedicht geschrieben. Vielleicht liest du es irgendwann einmal irgendwo. – Heute ist mein Gedichtbuch *Passierscheine* erschienen, zugleich steht ein Dämpfer in meinem Horoskop: Skorpion (23.10.–21.11.): Die meisten sind heute wieder einmal reichlich aggressiv, in ihrer Unsicherheit werden sie auch bei der Arbeit gehemmt und nicht gerade geschickt sein. Heute abend werden manche versuchen, ihre gehemmte Seelenverfassung durch Übereifer, Übermaß und Wagnisse zu kompensieren.

Vorsicht! Eigentlich wollte ich deshalb heute gar nichts schreiben, damit nichts Ungeschicktes in dies Erinnerungsbuch kommt, das ein Roman werden soll. Aber mir fiel ein, daß ich nachher noch zum Frisör wollte. Und wenn ich dort weiter so überschwenglich bin wie jetzt, dann schneidet er (bzw. sie – ich habe eine Frisöse, die abgewaschene Jeans trägt und leichte Hände hat, so daß ich mich nie richtig auf die Illustrierten konzentrieren kann) mir die Kehle durch beim Ausrasieren meines Halses (das ist so ungeschickt formuliert, als würde mir meine Friseuse mit dem Rasiermesser in der Kehle herumfahren), also beim Ausrasieren meines Nackens: Sie hebt mit einem spitzen Finger den Hemdkragen ab – ich denke in dem Moment: hoffentlich ist dein Kragen nicht zu dreckig oder zu sauber, denn wer zieht schon zum Friseur ein sauberes Hemd an und läßt sich dann von den heruntergerutschten Haaren quälen? – und schabt leichthin über meine Haut, kaum spürbar, weil ich vorsichtig stillhalte. Doch heute könnte ich ab und zu zucken, denn immer wenn ich an das Buch denke, das so schön geworden ist, macht mein Herzschlag eine kleine Synkope, die ich mit einer schnellen Körperbewegung ausgleichen muß, um mein Gleichgewicht zu behalten.

Ich durfte also nicht in dieser Verfassung zum Friseur. Lesen konnte ich nicht, das war mir zu langweilig. Und mit Leuten reden? Das ist nicht gut, so frisch drauflos, wenn man glücklich ist. Die wenigsten können dann mithalten, und man bekommt den ungünstigsten Eindruck von diesen lahmen, griesgrämigen Leuten, mit denen man befreundet oder bekannt ist. Sogar meine Mutter, die ich heute morgen gleich anrief, fragte: Und wieviel Geld bekommst du für das Buch? Worauf ich nur heftig ausatmen konnte: Also weißt du!

Deshalb habe ich mir wie immer meinen Kaffee gekocht, zwei Campingbrötchen bereit gelegt, die Schreibmaschine zurechtgestellt, dies Blatt eingespannt – und dann wollte ich loslegen, weil ich mir sagte: Am besten, du schreibst dir alles runter. Schließlich heißt sich erinnern ja nicht, daß man laufend elegische Gefühle aus sich herausziehen läßt oder dem Drang der Erinnerungen nicht länger standhält, im Gegenteil, wie oft muß ich kämpfen um meine Erinnerungen, so viel hat sich über sie gelagert, so verwaschen und ungenau sind sie geworden durch all die Filme, die ich gesehen habe, durch die Bücher, die ich gelesen habe, in denen ähnliche Sachen passieren, wie in meinem Leben passiert sind, ja selbst meine Erinnerungen an verschiedene Menschen gleichen sich manchmal und sind kaum auseinanderzuhalten: meine nächste Freundin nach Maud zum Beispiel hatte einen ähnlichen Hang zum Aparten und schenkte mir zum Geburtstag Paprikablüten, so daß ich dachte, als die Blumen gebracht wurden: Donnerwetter, Maud hat an dich gedacht.

Ich habe erst einmal die beiden Campingbrötchen in mich hineinfressen müssen, den Kaffee dazu hinunterspülen müssen, ehe ich einigermaßen ruhig war, um so langsam denken zu können, wie ich leider nur auf der Schreibmaschine schreiben kann. (Das ist übrigens das größte Problem beim Schreiben, meiner Meinung nach: Im gleichen Tempo denken und schreiben zu können, einen Rhythmus zu haben, der allen Gedanken die Form des eigenen Schreibens gibt, dem Geschriebenen die Form des eigenen Gedankens.) Immer wieder mußte ich aufstehen und herumgehen, das Radio einschalten und ausschalten und in meinen Gedanken mit vielen Bekannten und Freunden reden: liebenswürdige Dinge, die ich ihnen immer schon einmal sagen wollte, um ihnen wohlzutun, die ich dann aber unterdrückt habe, weil ich die Erfahrung gemacht habe, daß die meisten Menschen dazu neigen, solche Liebenswürdigkeit heutzutage, wo zählt, was teuer ist und hart und ein wenig bedenkenlos erkämpft, für Schwäche zu nehmen, für Überkandideltheit, für etwas Unernsthaftes, das in den Augen der öffentlichen Meinung (und die stellt sich heute jedermann erst vor, bevor er zu seiner eigenen zu finden versucht) nur negativ bewertet werden kann. Gut, laß ich es, soweit ich kann.

Schließlich fand ich in einer Seitentasche einer alten Jacke einen Kaugummi, als ich nach einem Zeichen suchte. Nun kann ich kauen und meine Bewegung ableiten, ohne daß ich allzu hektisch bin, während ich mich erinnere – zumal ich etwas ziemlich Bedenkliches erzählen will.

Eines Abends, als wir beide zum Wochenende in Hannover waren, gingen wir in eine Bar tanzen: in das »Ex« auf der Georgstraße, das heute, glaube ich, nicht mehr existiert. Damals war dort ein gemischtes Publikum aus Snobs, Hausmädchen, Möchtegernen und mittleren Angestellten, alle noch ziemlich jung, aber nicht richtig. Ich konnte die Atmosphäre nicht ausstehen, meinte aber, daß Tanzbars nun einmal so sein müßten, wenn man sich in den ruppigeren Kellern nicht laufend mit Anrempelungen auseinandersetzen wollte. Da ich sowieso nicht gern tanzen ging – ich bin in der Tanzstunde mit der Tanzlehrerin beim Wiener Walzer aufs Parkett gesegelt und habe seitdem was gegen Tanzvergnügen –, war mir der Grad der Unannehmlichkeit ziemlich gleichgültig. Deshalb schwoften wir still vor uns hin, und ich freute mich schon auf nachher, denn es war Sommer, und wir würden noch durch die Nacht spazieren. Plötzlich begann Maud, mir ein Buch wiederzuerzählen, und zwar Max Frischs: Homo Faber. Es war ein großartiges Gefühl, ihre Lippen beim Sprechen mein Ohr berühren zu spüren und dabei diese eigenartig erhitzte Geschichte einer Liebe zu der eigenen Tochter und doch wieder zu deren Mutter zu verfolgen: Sabeth hieß das Mädchen, daran erinnere ich mich, und sie erliegt den Folgen eines Schlangenbisses (weil sie einen Fels hinabstürzt – oder so ähnlich). Am Ende des Buches liegt Faber in einem Krankenzimmer und wartet auf seinen Tod. Die Einzelheiten der Verwirrungen habe ich vergessen, dafür aber die Plätze, an denen sich die Handlung abspielte, in guter Erinnerung behalten: ein Flugzeug, eine Wüste, der Dschungel, New York, Südfrankreich, Italien, Griechenland – und diese Folge von exquisiten und auch exotischen Schauplätzen geben der Liebesgeschichte ihren eigenartigen Reiz der

Unerreichbarkeit, des Vorbeireisens: und ich erinnere mich, als sei es gestern abend gewesen, daß ich die Unmöglichkeit der Liebe Fabers zu Sabeth als eine große Metapher für die Unmöglichkeit der Wiederkehr seiner Liebe zu deren Mutter auffaßte, die, wenn ich nicht irre, Jüdin war. Ich habe nie das Bedürfnis gehabt, meine Interpretation nachzuprüfen, selbst als ich das Buch las. Das mag daran gelegen haben, daß für mich diese Interpretation unlösbar zusammenhing mit der Erzählung der Geschichte durch Maud an meinem Ohr – und daß wir beide daraus den festen Entschluß mitnahmen, unsere Freundschaft nicht so klanglos verlorengehen zu lassen wie eine übliche Jugendliebe, die später immer uneinholbar bleiben wird. Und es ist eine kleine Ironie dabei, wenn ich mich an kaum eine andere Situation (mit Ausnahme einiger, über die man nicht spricht) so sinnlich-konkret erinnern kann wie an diese: ich rieche noch das Parfüm (einer raffinierten Mischung auf Maiglöckchen-Basis), frisch und jung, spüre Mauds wunderbar weiche und glatte Haut, ihr mittelblondes Haar mit den Schillerlocken; die hellen Punkte ihrer Sommersprossen sehe ich im Schwarzlicht der Tanzbar, wie sie sich gegen die braune Farbe ihres Gesichts abheben; ihre schlanken Hände fühle ich in meinem Nacken, ihre Schenkel beim Tanzschritt usw. Ich will nicht schmalzig und aufdringlich werden.

Vor einer Stunde wollte ich schon anfangen mit dem Schreiben, um zu sagen, wie das mit den Festen im Heim war und wie es deshalb kam, daß ich mich in Tanzbars irgendwie nicht zuhause fühlte, immer das Gefühl hatte, hier gehörst du gar nicht hin (wohin überhaupt?), was die Leute hier reden, interessiert dich einen Pups, und es wird nur erträglich an der warmen Haut eines Mädchens, in ihrem Atem und in ihren Gedanken. Aber es ist schwer, etwas zu beschreiben, das Jahre gedauert hat, das man selbst auch zum Teil geworden ist, wenn man zur gleichen Zeit Gedichte lesen kann, die man gern liest, weil man so geworden ist, wie man ist. Und weil ich dafür bin, nichts unnötig aufzuschieben oder zu unterdrücken, habe ich mir die Zeitschrift ›Benzin‹ (meine Lieblingszeitschrift) hervorgenommen, Chris Farlowe aufgelegt und zu meinem Kaffee (mit Campingbrötchen) Gedichte gelesen, bin im Zimmer herumgewandert und habe nachgedacht. Plötzlich dachte ich: Jetzt ist es genug, jetzt mußt du den Absprung schaffen – in die Erinnerung, an die Schreibmaschine zu deinem nachmittäglichen Pensum. Und das habe ich getan, obwohl mir gleichzeitig durch den Kopf flackerte, wie sehr ich dies Ritual brauche, oder mir vornahm, es zu brauchen. Soll man Rituale abbauen? In jedem Fall, auch wenn sie produktiv sind? Oder sind das gar nicht sie?

Ich bin gut darauf trainiert worden, glaube ich: achteinhalb Jahre lang zur gleichen Zeit aufstehen, die Mahlzeiten auf den Punkt genau mit Gongschlag zur selben Zeit einnehmen: 6.50 Frühstück, 12.50 Mittag, 15.45 Kaffee (Milchkaffee), 18.30 Abendbrot, morgens vorher Andacht, abends hinterher Andacht, vor und nach dem Essen Beten, außer beim Kaffeetrinken, das ich vielleicht deshalb noch heute so liebe. Nichts habe ich in letzter Zeit so gut verstanden wie den Bericht aus dem Leben von Robert Walser, der ja bekanntlich mehr als seine letzten zwanzig Lebensjahre in einer Anstalt für Geisteskranke war und den seine Ärzte im Hinblick auf seine Berühmtheit immer mal wieder darauf hinwiesen, daß er ohne Risiko auch außerhalb der Anstalt leben könne: was Walser mit der bemerkenswerten Begründung ablehnte, hier in der Anstalt könne er sich darauf verlassen, pünktlich die Mahlzeiten zu bekommen, und seine Lieblingschaussee so gründlich wie es ihm beliebe fegen. Diese Sehnsucht ist mir auch eingeimpft worden, und die hundsgemeine Ungenauigkeit, Schlampigkeit und Nachlässigkeit im Zusammeleben mit normalen Menschen, denen großmütige Eltern Strafen erließen, Unregelmäßigkeiten nachsahen und das Essen warmhielten, kann mich zur Weißglut bringen: Gefälligkeiten, die nicht auf exakter Gegenseitigkeit beruhen, Schulden, die nicht beglichen, entliehene Bücher, die nicht zurückgegeben werden usw. Eine Hand wäscht die andere. Jeder erhält seinen Lohn. Nichts gibt es umsonst. Dagegen kann man sich ein Jahr wehren, vielleicht zwei oder drei, aber nicht achteinhalb vom 12. bis zum 20. Lebensjahr, wenn man zur völligen Aufrichtigkeit (lutherisch: hier stehe ich, ich kann nicht anders) erzogen wird und zugleich minutiös büßen muß für alle Übertretungen: da kriegt man eine leichte Nervenkrise, wenn man im Nichtraucher reist und ein Mitreisender steckt sich seelenruhig eine Zigarette an oder auf den Teach-Ins wird geraucht, daß der Schädel brummt. Und wenn man nach jahrelanger Arbeit wenigstens etwas davon abgebaut hat, dann will man sich nicht ausgerechnet daran erinnern. Ich auch nicht. Aber dann fällt mir immer wieder ein, wie viele genauso aufgewachsen sind wie ich: gleichmäßig und nach unbedingten Regeln, wie viele aus dem Heim Polizisten wurden und Soldaten, wenn nicht berufsmäßig, so im Privatleben oder auf der Straße, hinter dem Fenster und sonntags auf dem Ausflug. Und dann muß es raus.

So wie das Abschiedsfest damals von den Abiturienten zwei Klassen vor mir, als wir im Verfügungs- und Personalgebäude im Keller (oder war es Parterre?) feierten, ganz ausgelassen, die Jungen der Oberstufe unter sich, die Kleinen konnten uns nicht hören und sehen. Wo wir einige Kästen Bier niedermachten und schließlich ganz entfesselt auf den Tischen rockten, hotteten, so daß laufend Tische umzukippen drohten (was wohl auch ab und zu passierte): es war ein Balancierrausch, wild mit Bierflaschen in den Händen, allein oder zu zweit, die Musik knallte nur so gegen die Scheiben, einige kotzten und kamen wieder – bis schließlich der Heimleiter auftauchte, in der Tür vor der Rauchglocke zurückprallend: Was sollte er tun? Wir beschädigten offensichtlich das Mobiliar und begingen ruhestörenden Lärm (es war bestimmt schon elf). Aber es war auch ein Abschiedsfest. Und so stieg der ältere kahle Herr zu uns auf die Tische und tanzte einen einsamen Foxtrott oder

Tango oder Walzer zu Rockmusik, machte uns schweigen vor Verblüffung, zeigte uns: er hatte Verständnis, und er konnte auch über die Stränge schlagen. Nach fünf Minuten, da er ja nun mal mitfeiern wollte, bat er uns, die Musik doch etwas leiser zu stellen, man könne sich doch gar nicht unterhalten (WIR WOLLTEN UNS GAR NICHT UNTERHALTEN!) – und bald saßen wir nur noch auf den Tischen, sprachen von alten Zeiten (des Heimleiters) und führten Abschiedsreden im Mund, von denen wir gar nicht wußten, wie wahr sie waren.

Abschied. Vielen von uns fiel er schwer, wenn es ein Zuhause gibt, so war dies für viele das Zuhause gewesen. Einige kamen häufiger wieder, zu Besuch. Die gingen dann auf der Pergola auf und ab und begleiteten die Zurückgebliebenen auf irgendwelchen Gängen: zu Arbeitsgruppen, zum Sportplatz, zur Arbeitszeit oder zum Essen (selbstverständlich waren sie zum Essen eingeladen), aber sie gehörten nicht mehr dazu, sie hatten keine Aufgabe, keine genaue Zeiteinteilung, an die sie sich halten mußten. Jobst fiel es wohl am schwersten. Er kam so häufig, bis ihm das Haus verboten wurde, weil er die Zurückgebliebenen zu Ausschweifungen und Zeitübertretungen anstiftete, gegenüber Erziehern ein selbstbewußtes, erwachsenes Benehmen zur Schau trug und nicht genügend beachtete, wie großzügig die Einladung zum Essen war (und daß man Gastgebern gegenüber höflich und zurückhaltend ist): also, ein richtiges Zuhause war es nun auch wieder nicht, und das mußten wir doch verstehen.

Etliches war verboten, aber doch erlaubt: Die Schlafenszeiten mußten eingehalten werden, es sei denn, man tat etwas im Sinne der Erziehung. Jobst und ich durften vieles, wenn wir diskutierten. Wir diskutierten gern, und besonders gern abends im Waschraum (ohne dauernd auf die beliebten Wasserschlachten zu verzichten), einmal über den Unterschied zwischen hübsch und schön bis zwei Uhr (wenn ich mich nicht irre). Dann bat uns der Erzieher, bitte endlich in die Betten zu gehen, wir würden den ganzen Flur stören, denn im

Waschraum hallte jedes Wort. Das war uns von halb elf an nicht bewußt geworden (und wer sollte uns daran erinnern? Jobst war der stärkste). Unsere Diskussionen taten gut: wenigstens theoretisch wurde man mit einigen Problemen fertig. Ob es die richtigen Theorien waren, ist sehr fraglich. Jobst kämpfte später im Marburger SDS, und als ich ihn einmal wiedertraf und wir gleich wieder in Diskussionen verwickelt waren, hatte ich nicht mehr dies angenehme Gefühl eines doch alles bedingenden Einverständnisses als Grundlage der Diskussion. Moral war für ihn eine sekundäre Frage geworden, für mich noch nicht: und dann kann man über Politik schwer reden. Damals aber war er mein Gesprächspartner Nummer eins. Ihm habe ich auch allerhand jungenhaftes Zeug erzählt: Ich wäre so glücklich mit Maud, daß danach ruhig alles platzen könne, ich würde mir dies Glück bewahren. Lauter Zeug, das man denkt, wenn man in der Bibel und im theoretischen Gutsein trainiert wird. Als ich das sagte, dachte ich insgeheim natürlich, ich würde sie heiraten und ich müßte mir jetzt die Strategie zurechtlegen, wie ich Unstimmigkeiten und Streitereien, ja Konflikte mit ihr überstehen könnte, nachdem ich so regelsensibel und so gerechtigkeitsliebend erzogen worden war, daß Kleist mein Lieblingsschriftsteller und das Bild von der Goldwaage in der Brust mein liebstes geworden war.

Ich weiß nicht, ob Jobst zu den Verehrern Mauds gehörte (Verehrer ist ein blödsinniges Wort, aber blödsinnig waren auch die Verhältnisse), denn ich erinnere mich noch, wie er mich etwas skeptisch und gemischt ansah, als ich ihm mein Credo sagte, vielleicht aber auch nur, weil ihm das zu aufgedonnert und schmalzig klang. Er war allerdings auch dabei, als ich Maud näher kennenlernte (als Freundin). Die sexuelle Erziehung war nicht prüde, sondern gedämpft aufgeklärt, mit einem überstarken Appell an das eigene Verantwortungsgefühl. Ich sehe und höre noch eine dieser ulkigen Aufklärungsstunden vor mir, zu der später Jungen und Mädchen zusammen einmal im Jahr etwa geschickt wurden (sie fand zufällig in demselben Raum im Verfügungsgebäude statt, in dem jene Abschiedsfeier abgebrochen wurde, von der ich eben erzählt habe). Der Aufklärer berichtete uns, daß Frauen oftmals nach der Geburt Krampfadern bekommen würden, worauf ich mich nicht bremsen konnte und »IH« rief. Er nahm das zum Anlaß, um mir scherzhaft drohend zu antworten, auch Männer bekämen Krampfadern und sogar Glatzen. Ich habe inzwischen eine Platte und auch ein paar Krampfadern (oder Vorformen dazu), und manchmal denke ich, daß es Zeit wird, einer Frau ein richtig mächtiges Baby zu machen, damit sie auch Krampfadern bekommt und der Gerechtigkeit Genüge getan ist.

Einer richtigen Freundschaft, so wie sie früher waren und zumal im Heim, gehen Konstellationen voraus. Es gibt einige Mädchen, die sind immer zusammen, und es gibt einige Jungen, die sind immer zusammen. Aber leider sind diese beiden Gruppen nicht die einzigen. Es gibt auch noch andere Gruppen (mir sind vor allem die Jungengruppen aufgefallen), die ebenfalls an den Mädchen interessiert sind. Maud und ihre Freundin Kiki und noch ein paar waren Wolf und mir (Wolf war damals mein bester Freund) und noch ein paar in die Augen gefallen, und es war ausgemacht, daß er Kiki und ich Maud nehmen würde, zeitweise auch umgekehrt, wie es eben so ist. Aber dazwischen kamen immer andere Leute, die die beiden mal in die Milchbar oder in den Kurpark zum Spaziergang einluden usw.: nichts Halbes und nichts Ganzes, vor allem total undurchsichtig für unsereinen, und als wir beide (Wolf und ich) schließlich einmal die beiden ansprachen und ich in dieser Funktion Wolf, der inzwischen in der zwölften Klasse und nicht sitzengeblieben war, die Initiative überließ, blitzten wir einfach ab. Wolf, der Offizierssohn, sagte fragend: Dürfen wir die Damen begleiten? (Die Damen waren 16 und 15, und Wolf meinte diese Anrede bestimmt auch ironisch: aber mit der Ironie in solchen Situationen ist es ja bekanntlich eine gefährliche Sache.) Und Kiki sagte: Nein, danke. Wir gingen dann ein paar Bier trinken, catchten anschließend wie wild im Zimmer, und ich hatte dann im Waschraum zum ersten Mal dies verdammte Gefühl, daß sich meine Gesichtshaut spannte usw. Alles schien flötengegangen zu sein. Maud sah ich mit den verschiedensten Typen, und ich bekam ganz unerbittliche Gedanken, die ich aber zu meinem Schutz nicht wiedergebe.

Dann war im November das Schützenfest oder die Kirmes (ich weiß nicht mehr, um was für eine Festlichkeit genau es sich handelte), wohin wir Jahr für Jahr gehen durften. Dort bestellte mir die kleine Andrea (was ist wohl aus ihr geworden?) einen Gruß oder etwas ähnlich Aufforderndes von Maud. Ich lud also Maud zum Autoscooterfahren ein, und es klappte. Seitdem bin ich immer besonders gern Autoscooter gefahren, obwohl ich mir dabei schon zwei Zahnecken herausgebrochen habe, weil ich bei Frontalzusammenstößen nach hinten geschmissen wurde und dann, wenn ich wieder zurückkam, gegen die Stromstange knallte (irrsinnig). Wolf hatte weniger Glück. Er stand am Rand und sah zu. Ich war ganz zittrig, denn Maud ist ein Mädchen (bzw. jetzt eine Frau, von der ich lange nichts mehr gehört habe), wie sie nur geboren werden: bis in die Fingerspitzen anziehend und prickelnd. Doch es klappte: wir fuhren viele Runden, bummelten über den Jahrmarkt und kauften Mandeln und anderes Süßzeug und gingen dann in der Dunkelheit zusammen von Rodenberg nach Bad Nenndorf: das sind bis zum Heim etwa vier Kilometer. Es war kühl, und wir faßten einander bei der Hand – es blieb strittig, von wem die Initiative ausgegangen war –, es paßte. Wir erzählten sehr viel an diesem Abend, und als wir im Heim ankamen, hatten wir beschlossen, Freunde zu werden.

Ich weiß nicht, ob ich das zuwenig anschaulich geschildert habe: die laute Musik, die vielen Lichter und der süß-verbrannte Duft auf dem Jahrmarkt, die Zurufe, als wir mit dem Autoscooter rasten: AHA, NANU, DAS MUSSTE JA SO KOMMEN und ähnliches, und die zwei oder drei Reihen tiefstehenden Zuschauer rund um die Bahn, die wie ein Bilderbogen vorbeiflogen, wie schwindelig mir wurde, daß ich zwischendurch dachte: Mein ganzes Geld geht drauf und: Egal und: Eigentlich müßte ich jetzt, wenn schon Wolf die ganze Zeit fragend hersieht, mit den anderen in die traditionelle Kneipe, oder ich müßte wenigstens versuchen, Maud auf Kiki anzusetzen, damit sie mit Wolf in Kontakt kommt. Aber Kiki hatte sich für Struckmann entschieden. Ich fuhr auch mit ihr eine Runde und wußte nicht, was ich weiter sagen sollte, nachdem ich es erfahren hatte. So sachlich ging das aus. Und so hatte ich am Abend dieses Tages eine Freundin und Wolf nicht. Mit der Zeit wurde Maud die Nummer eins in meinem Leben.

Ich sehe diese Ereignisse ganz deutlich vor mir, aber ich will sie nicht zu sehr und zu perfekt ausmalen, damit sie aufgerauht und lebendig in meiner Erinnerung bleiben. Jeder hat schließlich solche Lieblingserinnerungen und kann sich leicht den Rest dazudenken. Schon jetzt habe ich vielleicht mehr gesagt, als einigen Betroffenen recht sein könnte (ich hoffe nicht). Es soll nicht quatschig sein, sondern nur der Beleg dafür, daß unter widrigsten Umständen eine Idylle aufgebaut werden kann, wenn nur die Kraft besteht, diese Idylle nicht gleich wieder zu verraten, wenn der erste spottet.

Hier sitze ich also wieder, ganz leergesaugt und in der Zeitung schon unter »Neuer Subjektivität« verramscht. Daß die Leute nicht abwarten können. Immer gleich ein Pflaster drauf: so, nun schreit er nicht mehr. Da muß ich mir aus dem Campingbrötchen neue Kraft bohren, ein Schluck Kaffee hinterher, und dann kann ich mich auf das Wochenende freuen, ich besuche mal wieder meine Mutter, ganz normal wie früher: anders kenne ich sie kaum, nur als Wochenend- und Ferienmutter. Ich werde nicht so spät fahren, damit ich sie noch etwas für mich allein habe und nicht nur mit dem Mann zusammen, der jetzt dazugehört mit seinen Gewohnheiten, an die ich mich nicht gewöhnen möchte. Wir werden uns vielleicht auf den Balkon setzen und erzählen, wie wir das immer getan haben, denn meine Mutter und ich, wir haben uns immer gegenseitig unser Leben erzählt, samstags abends, wenn ich von Maud nach Hause kam, vom Tanzen, aus der Eisbar, aus der Eilenriede oder von Maud direkt: dann konnte ich noch so leise die Treppe hochschleichen oder minutenlang und fast völlig geräuschlos den Schlüssel im Schloß drehen – sowie ich in der Wohnung war, knarrte die Couch und meine Mutter fragte: Bist du es, Hugo? Sie hat Angst vor Einbrechern, und sie schläft so leicht wie ein Vogel, bei offener Tür und kaum atmend. Ich fragte dann immer mit schlechtem Gewissen: Habe ich dich geweckt, oder bist du noch wach? Und sie sagte: Ich konnte noch nicht schlafen. Darauf setzte ich mich auf ihren Bettrand (es war aber eine Couch, weil wir in unserer Zwei-Zimmer-Wohnung kein richtiges Schlafzimmer hatten) und erzählte ihr auf ihre Frage hin, wie es gewesen war. Zwischendurch fragte sie immer: Meinst du denn, daß sie die Richtige ist für dich? Und ich vermutete, sie dachte an eine andere Freundin von mir, die ihr ganz besonders gut gefallen hatte und von der sie mir gesagt hatte, sie passe so gut zu mir. Dann erzählte sie von ihren Sorgen und Ereignissen im Büro, und ich ließ mir die einzelnen Leute ganz genau beschreiben, möglichst mit Stammbaum und Lebenslauf. Überhaupt hatte ich es gern, wenn sie dann mitunter (und oft mußte ich etwas drängeln) von meinem Vater erzählte und von den Zeiten früher, wie teuer der eichene Bücherschrank damals war und daß ihn heute niemand mehr haben will, wie wenig die Leute das Echte zu schätzen wissen, von der Brennesselsuppe, von der wir uns nach dem Krieg so oft ernähren mußten (wobei unklar blieb, ob ich auch, weil ich so lange die Brust bekommen hatte), wie wir zusammen auf einem Fahrrad, ich hintendrauf, Radtouren mit dem Kirchenchor und mit Verwandten gemacht hatten und wie ich mit dem Fuß in die Speichen kam usw. Bald waren wir in einer ganz anderen Welt. Es war dunkel im Zimmer, denn ich hatte das Licht nicht angeknipst, um sie nicht zu stören. Nur von draußen schien durch die Vorhänge schwach das Straßenlicht und das Mondlicht. Ich sah nur den Umriß meiner Mutter im Bett, halb aufgerichtet mit Kissen im Kreuz, und ihre abgearbeiteten Hände, müde waren sie, die auf der Bettdecke lagen, wie liegengelassen, nachdem sie sich hingelegt hatte. Es war eine angenehme Stimmung, oft wünschte ich mir noch eine Platte, und dann sagte einer von uns: So, jetzt ist es aber Zeit, und ich gab ihr einen Kuß und ging ins andere Zimmer, ziemlich direkt ins gemachte Bett.

Manchmal genierte ich mich ein bißchen, weil ich noch nach Mädchen roch. Und wenn ich das merkte, dann merkte es meine Mutter schon lange. Aber darüber sprachen wir nicht oder ganz vorsichtig und taktvoll. Vor allem später, als ich schon studierte, konnte Maud es nur schwer begreifen, daß ich so viel von der Zeit des Wochenendes bei meiner Mutter war, sie hatte von ihren Eltern oft die Nase voll (oder sagte es jedenfalls). Doch ich brauchte gerade diese Erzählungen unbedingt: danach, wenn ich im kühlen Bett lag, sexuell befriedigt und geistig als Person mit einer Identität, dann konnte ich gerade noch tief und gleichmäßig durchatmen, bevor ich in einen ruhigen Schlaf fiel.

In mancher Hinsicht bin ich sehr altmodisch. Darf man über alles reden und dann noch ohne Syntax, so daß jeder gleich mitten in meinen Kopf platzt und sich heraussucht, was er haben will? Natürlich bin ich dafür, daß dem Patienten gesagt wird: Du hast Krebs, wenn er Krebs hat, aber nicht um jeden Preis. Ich hoffe, man kann es beurteilen, ob jemand die Wahrheit liebt oder Gespräche, die nicht beanspruchen, also die nicht nachdenkliche Bemerkungen über die schreckliche und oft unheilbare Krankheit verlangen, denn nicht jeder wird in seiner Krankheit tief oder bemitleidenswert oder nur interessant. Und für viele ist es der beste Schutz in dieser schweren Zeit, wenn man sie in ihrer Normalität läßt. Und schließlich Ibsens *Wildente*: da kommt jemand und stellt fest, daß die Leute seiner Umgebung alle lügen, und er versucht, diese Lügen zu widerlegen, und muß am Ende feststellen, daß es Lebenslügen waren, Lügen, die diese Menschen brauchten, um sich aufrechterhalten zu können. Das beeindruckt vor allem junge Leute, die erst jetzt die familienerhaltenden Lügen durchschauen können, die noch nicht wissen, wie schwer eine Lüge wird: daß sie wirklich immer ihren Orgasmus hat, um das beliebteste Beispiel zu nehmen, daß es ihm nichts ausmacht, daß sie keine Brust hat und Lefzen statt Lippen. Ich werde bösartig, ganz überflüssigerweise, denn der Zusammenhang von Wahrheit und Lüge (für Nietzsche sind Lügen, richtige Lügen: Irrtümer – ist der unbedingte Egoismus eine solche Lüge?) ist doch viel komplizierter: jede Wahrheit (und jede Lüge) wird vorbereitet, der Mutter erzählt man nur dies, der Freundin jenes usw. – und dann kann man nicht einfach daherkommen und irgendwas sagen oder berichten: Wenn ich meiner Mutter sage, daß ich gern mit ihr Kreuzworträtsel rate, dann ist das eine Wahrheit, auch wenn ich mir absolut nichts aus Kreuzworträtseln mache, ja diese Art des definitorischen Festschreibens, diese Vorbereitung zum Kästchendenken höchst gefährlich finde – aber was gilt dies gegenüber der Überzeugung, Kreuzworträtselraten hält den Geist jung. Rituale kann man nicht ohne weiteres abschaffen. Und wer kennt die Ursachen, und sind sie zu verwerfen? TO MAKE THE WORLD SAFE FOR THE TRIP-GENERATION.

Ich bin sehr empfindlich und empfänglich für Rituale. AH, der Kaffee duftet schon, Blumen und Vasen werden durch den Flur gereicht, OH, was hast du für ein buntes Kleid an, Sessel werden gerückt, der Tisch gedeckt, manche kommen in die Küche (immer dieselben): soll ich dir helfen, da hast du ja wieder, der Kaffee ist zu stark: Wasser, zu schwach: dann nehme ich keinen Zucker usw. Eine Platte könnte die ersten zehn, zwanzig Minuten bestreiten. Doch die Floskeln sind nicht sinnlos. Dahinter verbirgt sich (bzw. damit wird für den Eingeweihten angespielt) die Geschichte von Tante Emmi: sie hat eben schon früher als Kind am liebsten bei Mutter in der Küche gestanden und gefragt, ob sie ihr helfen könnte, denn Mutter war Opas Liebling, oder Onkel Arwed, der in Afrika in englischer Gefangenschaft war und von daher einiges weiß, was er aber nicht allen zugleich sagen will, weil er es nicht schafft, Mittelpunkt zu sein: er stottert leicht und spricht nicht anziehend, also geht er umher, in die Küche, auf den Flur, sondert sich ab, ist vertraulich, hat seine Floskeln, die eingehen auf das, was man das letzte Mal geredet hat usw., oder Tante Gertrud, die hilft, weil sich Onkel Carl-Heinz gern von ihr bedienen läßt, mein Bruder, der in alle Zimmer geht, um sich ihrer wieder zu versichern: ja, was hast du denn hier gemacht, es war schließlich auch mal seine Wohnung.

Und je öfter man teilgenommen hat, desto mehr kann man gleichzeitig aufnehmen und versteht den Zusammenhang: die Choreographie des Zusammenhangs, denn nicht alle, die Mutter besuchen, besuchen sich auch gegenseitig: man versteht die Personen, die dazwischengeschaltet werden müssen, Sätze, die in der dritten Person über einen Anwesenden reden, um die Entfernungen zu zeigen. Dazu kommen die noch nicht vernarbten Wunden: daß Onkel Albert zu dem wichtigsten Plan meiner Mutter Schnapsidee gesagt hat – und das als Bruder meines Vaters usw.

Irgendwann schließlich hätte der Punkt kommen müssen, an dem ich einfach an diesem Chor teilnahm, aber er kam nicht wieder, nachdem ich erst einmal im Heim war und anders wurde: so still und so gebildet, auf jeden Fall immer fremder und mich immer mehr nur als Beobachter fühlend, mit überscharfem Blick für das, was nicht stimmte, was gelogen war oder übertrieben (und was ist nicht übertrieben, wenn andere es von sich sagen?).

Früher, als ich noch in den Kindergarten ging, war es anders. Da sah ich jeden Tag die Wohnung, den Garten, Onkel und Tante, den Großvater, die Cousinen, meinen Bruder (solange er noch nicht zur See fuhr), nach dem ich mit einem riesigen Eisstück warf vor Wut, und das Eisstück ging durch das Fenster der Hoftür. Die Waschküche, in der ich so lange sang, bis meine Tante kam und sagte: Du singst zwar laut, aber nicht schön (eine blödsinnige Redewendung, die mir ein paar Mal gesagt wurde). Mein Bruder, der mich laufend verprügelte, damit ich hart würde. Das ist was anderes, als wenn man mit kontrollierten Bewegungen alle drei Wochen im Zug sitzt auf dem Weg nach Hause und überlegt, ob man rauchen soll, welche Bücher man am Wochenende lesen will, welche Platten hören, ob man Geld bekommen wird, welcher der Freunde da sein wird, ob ich mit Maud endlich mal allein in die Wohnung komme. Man wird raffgierig, man darf keine Zeit verlieren, man muß die Freiheit genießen (obwohl man nach fünf Jahren Internat davon keine konkrete Vorstellung mehr haben kann). Es soll auf jeden Fall eine Unabhängigkeit sein von dem Heimtrott, später aufstehen, das Frühstück ans Bett, ganz laut Musik, länger draußen sein, später ins Bett gehen, dazwischen nicht immer antworten müssen.

Die wichtigste Bindung war die Kleidung, die Wäsche: säuberlich mit einem eingenähten Namensschildchen (zuerst mit Wäschetinte eingeschriebener Name). Zwar setzt sich auch hier ein durch das Heimleben gesteuerter Geschmack durch (mit Vorlieben für Grau und dezente Töne, um nicht aufzufallen, einerseits, oder greller, auffallen wollender, sich abhebender Kleidung andererseits), aber noch kauft die Familie zuhause allerhand: die Socken, die Taschentücher, ein Hemd, die Nachtanzüge, die Binder – und dann lieg mal mit einem Millionärssohn auf dem Zimmer, der superteure Stoffe trägt, zu denen Filmkameras und Autos passen: echte Flanellhosen und Seidenhemden. Das erste Mal wurde ich von Mauds Eltern um Weihnachten herum eingeladen. Ich kaufte mir neue Kleidung (nach kurzem Kampf mit meiner Mutter), um nicht geringschätzige Blicke einstecken zu müssen, denn ich hatte Mauds Vater auf dem letzten Sommerfest einige Scheine in den Sammelteller legen sehen. Er war Unternehmer. Also kleidete ich mich ein: melierte Wollhose in Grautönen, dunkelblaues Jackett, weinroter Pullover und blaugrünrotkarierter Binder (Schottenmuster), Schuhe in Carréform (bis dahin hatte ich immer spitze Schuhe getragen, weil mein Bruder sie trug; deshalb trug ich mein Haar auch mit Elvis-Locke), ein leicht durchbrochenes weißes Hemd (das teuerste, das ich bis dahin je besessen hatte), schließlich ein teures Taschentuch. Als ich angezogen vor dem Spiegel stand, fühlte ich mich total eingeschnürt in diesen neuen Kleidern (auch die Unterwäsche war neu, die Socken, weinrot, paßten zu dem Pullover mit V-Ausschnitt): ich betrachtete meine Stupsnase und meine Augen, und ich konnte nur diese vorsichtige traurige Musik von Duane Eddy hören (seine langsamen Platten), alles andere hätte meine neue Kleidung sofort gesprengt und meinen Schweiß ausbrechen lassen. Das Haus in der Hindenburgstraße: vornehm und geräumig, gegenüber die Eilenriede, ruhig, selbstsicher, so daß mir das Herz bis in den Rachen schlug, als ich die Treppen hochstieg (das hatte ich vorher noch nie gehabt, selbst bei der entscheidenden Englischarbeit nicht, bevor ich sitzenblieb). Schon vor der Tür begann die Wohnung, mit einem Teppich und einer Sitzbank, wenn ich mich richtig erinnere. Maud öffnete mit leichtem Silberblick, den sie immer hatte, wenn sie aufgeregt war oder verletzt. Bis dahin hatte ich immer gedacht, es sei unangenehm, von dem erwarteten Besuch auf dem Klo überrascht zu werden – aber es ist ja meist ein Bad dabei, so daß es eine Versicherung zu sein scheint, daß man sich gerade (quasi extra für den Besuch) die Hände gewaschen hat. So lernte ich Mauds Mutter kennen. Die Wohnung war geradezu wahnsinnig geschmackvoll eingerichtet: mit durchbrochenen Wänden und apart genutzten Ecken und Erkern, vielen kleinen Tischen, Sekretären, Sitzecken. Ich war total überfordert, weil ich noch nie vorher eine solche Wohnung erfassen mußte, zumal bei den gewandten Umgangsformen der Eltern; Mauds Vater stand hinter einem Schreibtisch auf, noch nie war ich mit einer derartigen Verkörperung einer Vaterautorität konfrontiert gewesen. Doch das Schwierigste war, daß ich mich als Schwarm, als neuer Schwarm Mauds bewähren mußte, und ich sah mich ganz anders. Noch vor dem Kaffeetrinken (mein geliebtes Kaffeetrinken) bekam ich Magenschmerzen, eine Freundin Mauds war da, Namensschilder standen vor unseren Plätzen, das Geschirr war aus wertvollstem Porzellan, Bilder hingen an den Wänden, von Familienmitgliedern eigenhändig gemalt, wie der Konversation (genau das war es) zu entnehmen war.

Ich weiß nicht mehr, was ich gesagt habe, vor allem, ob ich mein Sitzenbleiben verschwiegen habe, den Beruf meines Vaters, meiner Mutter, meines Bruders, all das, was damals in meinen Augen dort keine Empfehlung war, genau wie in der Klasse, wenn ich zu Beginn des Schuljahres Angaben machen mußte: Beruf des Vaters, und bald waren fast nur noch Kinder von Akademikern da, und ich gab an: Prokurist, weil das toll klang, und in Wirklichkeit war mein Vater Buchhalter gewesen, bevor er für sein Vaterland in den Krieg zog, um zu sterben: kurz vor Ende des Schuljahres mußte ich mit protestantischem Bekennermut, stotternd, reuig und mit rotem Kopf bei dem Klassenlehrer meine Lüge eingestehen (die mich das ganze Schuljahr belastet hatte, zumal wenn sich die anderen Prokuristenkinder an mich hielten). Gott sei Dank blieb ich sitzen und konnte aus dieser Klasse, an die mich so viel unangenehme Erinnerungen banden, verschwinden: nach ihrem Abitur habe ich die Abschiedsrede gehalten, als Klassensprecher der folgenden 13, so wichtig und gut war für mich der Klassenwechsel.

An diesem Nachmittag und Abend in den Weihnachtsferien habe ich jedenfalls bestimmt Sachen von ähnlichem Kaliber erzählt, sonst würde ich mich daran erinnern. Vornehme Details aus meiner Lektüre, die ich in der Schule aufgeschnappt hatte, oder aus Mauds Erzählungen. Außerdem war ich derart verklemmt, daß eine ganz unangenehme und verkrampfte Stimmung herrschte, zu der ich am liebsten gedacht hätte: Hast du das nötig? Aber Maud zuliebe hatte ich es. Deshalb habe ich später auch immer gesagt, daß es mir gut gefallen habe, wie interessant die Gespräche waren usw. In Wirklichkeit war ich gar nicht dabeigewesen, alles war Traum gewesen, die Personen, die Gespräche, der Kuchen, nur die verdammten Namensschildchen vor unseren Plätzen nicht und daß Mauds Mutter aus dem Bad kam und Mauds Vater hinter seinem Schreibtisch aufstand und mir über ein Fell (von einem Eisbären, glaube ich) entgegentrat. An die damals anwesende Freundin kann ich mich überhaupt nicht erinnern. Und wenn ich heute in Hannover durch irgendeine Straße gehe, bin ich mir nicht sicher, ob ich nicht manchmal Mauds Mutter sehe, obwohl ich sie später oft genug getroffen habe und etliche Male dort zu Besuch war. Verwirrend war auch der Hund in der Wohnung und später Pedro, der Papagei. Ich mußte immer aufpassen.

Noch jetzt, wenn ich das aufschreibe, komme ich mir so grobschlächtig vor, daß ich keine Ruhe habe, um die Situation weiter auszumalen und die Gespräche zu rekonstruieren. (Ganz dunkel erinnere ich mich daran, daß wir auch irgendein Spiel gespielt haben: Domino oder etwas Ähnliches). Außerdem verpaßte ich den richtigen Zeitpunkt, an dem ich mich hätte verabschieden müssen. Und so mußten mich Mauds Eltern auch noch zum Abendbrot einladen. Ich mußte gepflegt essen können und in raffinierten Speisen Bescheid wissen, Lebensstil kennen, über berühmte Tänzer und Musiker informiert sein und im übrigen etwas Strahlendes haben, damit ich ein echter Schwarm sein konnte. Ich habe eine ganz neue Welt kennengelernt, wie ich sie dann in Perfektion in den Filmen *My Fair Lady* und *Frühstück bei Tiffany* wiedersah. Ich mußte ihren Charme lernen (denn diese Welt hat den Charme des leichten, nicht um alles kämpfen müssenden Lebens, des Schlenderns und Promenierens, des Überflusses), und als ich ihn gelernt hatte (soweit das geht, wenn man nicht hineingeboren wurde), da war alles schon wieder vorbei und nicht mehr zu reparieren.

Neulich habe ich im Fernsehen *Frühstück bei Tiffany* wiedergesehen, ein Vorhang wurde zurückgezogen; als ich abends nach Hause ging (ich war bei Freunden zu Besuch gewesen), hörte ich Wortfetzen wie: unser Bungalow (mit ü gesprochen) und anderes nicht Identifizierbares, das aber nur aus Klang, aus einem bestimmten Tonfall bestand, und ich sah Bilder, bei denen ich mir nicht mehr sicher war, ob es im Film war oder in Wirklichkeit, denn zu allem Überfluß sah Mauds Vater Rex Harrison ähnlich, und ich war mit der Familie zusammen in *My Fair Lady*: wie wir aus dem Auto stiegen und Mauds Vater mit Hut und uns in diesen Film ging. Ich weiß noch, wie ich die ganze Zeit dachte, wie souverän es ist, denn sonst gehen nur Frauen mit Hüten in die Kirche und ins Kino. Manche Musik ist so, Chopins manchmal, manche impressionistischen Gemälde haben diese seltsam sonnendurchflutete Atmosphäre festgehalten, in der man nicht anders als verständnisvoll und galant sein kann, aufmerksam und wohltuend zurückhaltend mit einem verheißungsvollen Lächeln (und viel Naivität der Kinder).

Es war in Wirklichkeit alles viel bedrohlicher, wenn ich es auch nicht immer erkannt habe: spüren konnte man es. Jeden Moment sagte einer: Hast du dir schon wieder einen runtergeholt? Wie ist sie denn? Und: Gleich klebt er wieder Bierdeckel mit seinem Samen an die Wand. Klatsch! Alle wieherten im Tagesraum, und einige sahen sich um, ob jemand dabei war, der sie wirklich auf dem Klo, am Pissoir überrascht hatte, als sie sich einen runterholten; Zimmerkameraden wußten sowieso mehr. Mir wurde ganz schwül, als eines Tages Struckmann und Scheller zu mir kamen und sagten, in einem eigenartig lieben und zugleich bösartigen Ton sagten: Wir haben dich mit Maud beobachtet, du bist ja einer, denn sie hatten lange bei mir am Tisch gesessen (ich war Tischältester). Ich fragte, was und wie und wo. Doch sie wollten nichts weiter sagen, machten Andeutungen, daß ich das Schlimmste befürchten mußte, sprachen laut mir mir darüber im Tagesraum, so daß alle es hörten, und sagten: AHA, Romeo und Julia, denn man sah uns häufig im Sommer mit einer Decke, einem Zeichenblock und einem Gedichtbuch unterm Arm in den Deister wandern: So ist das also in Wirklichkeit. Ich hätte versuchen müssen, die beiden zu verprügeln, aber dann wären es immer mehr geworden, Leute, die es schmeichelhaft gesagt hätten oder brutal, wenn sie wußten oder meinten, daß sie stärker seien. Niemand kann sich dagegen schützen. Langsam wird alles saumäßig, Schweinerei, als ginge man mit einem Mädchen nur in den Wald, um wie ein schwerer alter Bulle in den Deckstand geführt zu werden, der gütige Knecht kommt und dirigiert mit einem Stock den ungeduldigen und irgendwie ungefügen Schwanz, bis er drinsitzt und die Bullenstöße angesetzt werden dürfen. Nur wenige reden im Heim nicht so, und die so reden, die armen Schweine, die haben keine Freundin oder die falsche oder sie sind es gewohnt so zu reden. Das Gerücht wollte auch nicht verstummen, daß in unserem Essen irgendwelche sexuell beruhigenden Mittel waren: Potenzhemmer, Geilheitsbremser usw. Aber darüber habe ich nie Genaues erfahren: später waren wir oft mit den Mädchen aus der Küche zusammen, Praktikantinnen einer Frauenoberschule, so alt wie wir, nur mit mehr Freizeit und Freiheit. Das waren Beziehungen: wir bekamen Extraportionen, wurden abends eingeladen, und es ging feucht und belebt her. Ich habe noch Fotos von einem dieser Abende, auf denen ich mit irrem Lächeln inmitten lustig-alberner Mädchen auf dem Sofa sitze und wie verulkt aussehe. Ich erinnere mich, daß ich Maud von all diesem Drumherum möglichst isolieren wollte. Wie paßte das auch zu Mauds Mutter, die aus dem Bad kommt, um mich zu begrüßen. Dabei war es im Mädchenhaus wahrscheinlich dasselbe in Grün: den Vorfällen nach und den Gerüchten, nach denen eine ganz bestimmte Gruppe Mädchen immer mit den Ortsfriseuren im Heu gebumst haben soll. Warum auch nicht? Nur habe ich mich immer gefragt: Warum ausgerechnet mit Friseuren? Sahen die so außerordentlich gut aus, hatten die größere Türme als die Oberstufe im Jungenhaus, machten die dafür Frisuren umsonst?

Man darf gar nicht daran denken, sagen alle, was alles mit der Sexualität zusammenhängt: zuhause, wenn die Familie befreit auf dem Klo furzt: pupst (Pscht!) und niest, und man sollte nicht gleich hinterher aufs Klo gehen, die vielen Liebesgeschichten von besten Freunden, in denen eigentlich nichts passiert, der Koffer einer Mitschülerin, der auf der Heimfahrt aufgeht und lauter uringelbe und kackbraune Unterwäsche liegt im Abteil (ich glaube, sie hat das nie überwunden), die Pinkelwitze, die Fickwitze, der Pastor mit seinem fetten Arsch und der nasalen Stimme, die eigenen Liebesbriefe: all das, was man irgendwo im Kopf verbirgt, wenn man ein Mädchen schön langsam und vorsichtig kennenlernt, weil es einem wichtig ist wie kostbares Geschirr, und nicht nur eine von den vielen Nummern, die man braucht, um sich gegen ernste Bindungen zu schützen, Mädchen, an denen man nur etwas ausprobiert und die vielleicht gerade aufgrund dieser Leichtigkeit, die man an den Tag legen kann, richtig verknallt sind und Kinder haben wollen, nein, bei diesem Mädchen ist das anders, man lernt sie riechen und schmecken: ihre Lippen, ihre Zunge, ihre Augen und Ohren, ihre Tränen, ihr Haar, ihre Brust, ihre Möse, ihr Muttermal und ihre Hände, nur kann man gar nicht darüber sprechen, denn es steht nur diese brutale Sprache zur Verfügung, die alles so gleich macht, zu einem Klogespräch oder zu einem säuselnden Wischwasch, das keiner glaubt. Deshalb sagt man banale und alltägliche Dinge, aber man betont sie anders, liebevoll, so daß sie zu einer Geheimsprache werden – die ein, zwei Jahre hält und dann sich verselbständigt und zum Hemmschuh wird: wer ist gern laufend ein Schnuckel, ein Mäuschen, eine Kleine, ein Schätzelchen, das jemand ganz fest gehört? Doch so weit bin ich noch nicht. Am 1. Mai 1963, daran erinnere ich mich noch genau, hatten wir den ganzen Nachmittag von 13.30 bis 18.15 zur Verfügung, und Maud und ich wanderten weiter hinaus. Maud hatte ein blauweißkariertes Dirndlkleid an mit einem schönen Ausschnitt und abgesetzten und bestickten Rändern, auch unten am Kleidsaum. Die Sonne knallte nur so aus einem dunkelblauen Himmel herunter, und ich dachte den ganzen Weg über: wie fest ihre Haut ist und wie glatt und weich zugleich, und als wir nach einer Steigung an eine Bank kamen, ließen wir uns hinfallen, ich legte den Arm über ihre Schulter und meine Hand in den etwas kühleren Ausschnitt um ihre Brust. Jetzt könnte ich schon wieder reimen und Lust sagen – aber so war es wirklich. Als ob ein Schleier herabgerissen würde und freie Sicht herrschte. Wir waren so versunken, daß wir nicht die Tochter meines Mathematiklehrers sahen, die ebenfalls den Weg hochgestiegen kam und uns die ganze Zeit beobachtete. Erst als sie direkt an der Bank vorbeiging, sah ich sie und grüßte. Die Hand konnte ich gar nicht mehr wegnehmen. Und ich dachte an das Laienspiel vor einiger Zeit, an dem wir beide teilgenommen hatten, an ihre Freundin, die nach der zehnten Klasse abgegangen war, in die ich so schwül verliebt war, daß ich sie laufend unter Vorwänden berühren mußte, der ich zwei heimliche Briefchen schrieb und Grüße bestellen ließ, die ich aufgrund eines Blickes eine ganze halbe Nacht nicht vergessen konnte, bis ich endlich einen befreienden Samenerguß hatte im Schlaf und morgens wie ein besamter Bulle stank – und jetzt saß ich hier in der frischen Luft, im Mai, auf einer Bank mit einem hübschen blonden und blauäugigen Mädchen in einem weißblaukarierten Kleid und hielt ihre Brust in der Hand, die ganz fest geworden war, und da ging die Tochter meines Mathematiklehrers vorbei, deren Freundin ich ein halbes Jahr vergeblich angeschmachtet hatte, und diese Tochter meines Mathematiklehrers wurde rot, als sie meinen Gruß erwiderte. Bald darauf, am Tag vor meinem Geburtstag, starb ihr Vater an seinem dritten Herzinfarkt: ich ahnte es, denn an diesem Tag konnte er sich in der Schule nur mit allergrößter Selbstdisziplin aufrecht halten. Sonst hatte er immer aus der Hand wunderbar gleichmäßige Kreise an die Tafel malen können, hatte sich ans Fenster gestellt und uns im Fensterglas ganz souverän beobachten können: an diesem Tag brach er seine Kreiszeichnung ab, es war ein kläglicher Kringel geworden, er lehnte sich schwer atmend an die Fensterbank, und später in der Pause sah ich, wie er schwankte, während er mit dem Direktor sprach. Er war ein unerbittlich strenger Mann, der die Jungen beim Nachnamen rief, der sich zu seiner Nazivergangenheit bekannte und seine Fehler eingestand, der Faust-Zitate seitenweise auswendig konnte, der Henning einmal rausschmiß, weil er im Unterricht gerülpst hatte, obwohl Henning den Rülpser durch ein Husten zu verdecken versuchte und dann angab, er habe husten müssen. Wenn er Jungen beim Vornamen nannte, so war es eine geradezu übermenschliche Auszeichnung: ich weiß noch, wie ich das erste Mal nicht antworten konnte vor Schreck, weil er mich beim Vornamen nannte. Er konnte Leute nicht ausstehen, die mehr scheinen als sein wollten.

Das gehört zu meiner Erinnerung an diesen 1. Mai dazu, als ich weder schwüle Gedanken hatte noch mich von strengen bedrückt fühlte, sondern das erste Mal ganz bewußt in meinem Leben genossen habe, ganz zufrieden und gelöst im Augenblick aufzugehen. Was nicht ungefährlich war vor diesem hellen Grün, zu dem ich immer schon (seit wer weiß wie lange) das Volkslied singe oder singen möchte, wenn zu viel verstopfte Menschen dabei sind: *Der Mai ist gekommen, die Bäume schlagen aus, da bleibe wer Lust (Lu-ust) hat mit Sorgen zu Haus: wie die Wolken dort wandern am blauen (bla-au-en) Himmelszelt* usw. Wolken waren allerdings nicht da an jenem 1. Mai. An den Weg erinnere ich mich am genauesten, wahrscheinlich, weil wir während des Anstiegs in der Hitze mit gesenktem Kopf dort hochwanderten: er hatte bereits Räderspuren, von den Forstfahrzeugen und den Bauernwagen. Die Ränder brachen in der trockenen Hitze ab, und jeder Tritt staubte etwas. Um so schöner war es dann, als wir im Wald gingen, in der hellen Kühle mit den singenden Vögeln, der Boden federte wie in meiner Phantasie, wenn ich im Indianerland über Waldboden gelaufen war. Noch später haben wir am Rand einer Schonung gelegen und das Spiel gespielt: Wie weit darf ich, wie weit kann ich, Ameisen gibts und Grasflecke usw. Und irgendwann haben wir versucht, unsere Sprache zu finden, indem wir uns zu erinnern suchten (und später sammelten), wie große Dichter (für uns waren damals Dichter noch Dichter) das gesagt hatten, was sie sich dabei gedacht hatten. Erst jetzt fällt mir ein, wie gleichmäßig wir während unserer täglichen Spaziergänge über zwei Jahre sehr langsam und gründlich unsere Körper und Seelen (ohne Ironie) kennenlernten und weiterbildeten, so daß Maud bald meine Schrift hatte und ich ihren Kleidergeschmack, sie meine Lieblingsschriftsteller und ich ihr Bedürfnis nach Zärtlichkeit – und mir wird klar, daß die Trennung jahrelang weh getan hat und noch weh tut, zum Beispiel jetzt in der Zeit, wenn ich darüber schreibe, während sie vielleicht einen neuen Superlativschwarm hat. (Bitte entschuldige, daß ich so ungerecht und bitter bin, aber es rutschte mir heraus, und irgendwo meine ich, daß es wahr ist.)

Mit den Erinnerungen ist es wie mit guten und brauchbaren Gedichten: man ist immer mittendrin und zugleich ganz bei sich, am Anfang und am Ende, losgelöst und sicher festgemacht, ein Schauer läuft über den Rücken, ein warmes Gefühl kommt in Magen und Brust. Trotzdem möchte ich wissen, was ich falsch gemacht habe, denn manchmal ganz plötzlich fallen mir Situationen und Taten von mir ein, für die ich mich schäme (die aber isoliert ganz harmlos klingen).

Warum lasse ich die Leute meiner Erinnerung so wenig sprechen, und warum kündige ich nicht mit Satzzeichen Gedankeneinschnitte und Gedanken- und Zitatebenen genügend an? Ich weiß es nicht hundertprozentig. Einmal erinnere ich mich nur an wenige Wortbrocken und sehe sie zwar bei ihrem Sprachgestus, höre sie auch, aber nicht richtig, sondern mehr wie eine schneller gespielte Platte. Ich könnte sie mimisch nachahmen (nicht umsonst war ich in der Laienspielgruppe und habe früher gern Gang und Gebärden der Lehrer imitiert), aber akustisch nicht, vielleicht, weil ich meine eigene Stimme nicht so gut finde, wie ich sie gern hätte, eigentlich sogar höchst unzufrieden bin und ungern Tonbandaufnahmen von mir höre. Außerdem gäben solche Markierungen auch nicht die Realität meiner Erinnerungen wieder, die mehr zum Beispiel dadurch gekennzeichnet sind, wie ich heute bei drückender Hitze in die Stadt gegangen bin, währenddem mir laufend die größten Schweinereien einfielen, die im Heim passiert sind, als ich da war, und zu denen ich immer dachte, was hatten sie mit dir und Maud zu tun, warst du wirklich nur dieser sympathische Junge, der bei den Erziehern viel Vertrauen genoß und nach dem Essen, dem Abendessen immer noch im Vorraum des Mädchenhauses an der Heizung lehnen konnte mit Maud, nachdem der Heimleiter gefragt hatte: Warum steht ihr denn immer hier draußen vor der Tür, geht doch hinein, dort ist es wärmer, und ein Privileg war daraus für uns geworden, denn eigentlich durften die Jungen abends nicht mehr im Mädchenhaus sein – war ich wirklich so unberührt davon, daß ich es für pure Wahrheit hielt, wenn die Erzieherinnen zu mir kamen und sich über Maud beschwerten, an meine Vernunft appellierten – war ich wirklich so abscheulich vertrauenswürdig und glaubte daran, wenn unsere Liebe als das Beispiel von Reinheit hingestellt wurde, so lange, bis uns eine Erzieherin eines Sonntags im Tagesraum der Mädchen (es war Heimfahrtsonntag und sonst war niemand da) auf einem Bett fand und ganz energisch wurde – ohne große Folgen, die ich von ihr nicht verstanden hätte, heiratete sie doch bald den Schuster, bei dem die meisten Heimschüler besohlen ließen. Das paßt in keine gegliederte Syntax und abgelatschte Grammatik, so hintergründig und mit doppelter Taktik war unser Verhältnis umgeben. Nur zusammensein wollten wir. Und das war bestimmt kein Fehler.

Aber konnte ich mehr geben, besaß ich überhaupt diese sagenhafte Dunstwolke, in die wir uns in Sicherheit bringen konnten: diese Atmosphäre intimer Zusammengehörigkeit, in die niemand Unbefugtes einbrechen konnte? Woher sollte ich sie haben bei meiner synthetischen Kindheit, in der nur Musik und Bücher meine Heimat waren? Woher sollte ich diese unerläßliche Scheißduldsamkeit (anders darf man es nicht sagen) lernen, wenn sie an mir nicht geübt wurde, wenn ich nur durchkam, weil ich Tricks lernte, Verstellungen, Heuchelei, die wie Aufrichtigkeit und Wohlanständigkeit aussahen, ja wenn ich mir die perversesten Bedürfnisse anerzog, nur um befriedigt zu werden: zum Beispiel Sehnsuchtfreundschaften oder diszipliniertes Benehmen: THE MAN WHO KEPT HIS FORM? Ich will mich nicht rechtfertigen. Nichts ist langweiliger und geht mehr auf die Nerven als sich rechtfertigen: wie dic Verwaltungen unserer Städte: die rechtfertigen sich immer nur und lernen für die Zukunft nicht aus ihren Fehlern, sondern aus ihren Rechtfertigungen. Aber verdammt – es tut mir heute noch weh, daß ich in bestimmten Situationen bestimmten Leuten nicht welche in die Fresse gehauen habe aus Angst, ich könnte einen saftigen Arschvoll von ihnen dafür kassieren; daß ich artig war und diese miesen Allgemeinplätze christlicher Erziehung apportiert habe wie ein treuer Hund, wenn eine Bestrafung drohte. Und das Gemeinste war, daß es half, daß ich damit Erfolg hatte, daß wir wirklich für Romeo und Julia galten – und uns auch so fühlten, daß ich genau wie jener Gentleman 6000 Meilen gereist wäre, um ihr die Scheidung zu geben, wenn sie sie wünschte, daß alles voll von diesen noblen Zwängen war und durch mich, so daß ich neulich erschüttert einen Brief von Maud, den ich in einer alten Brieftasche fand, wiederlas, in dem sie schreibt: Ich weiß, du hast es nicht gern, wenn ich dir schreibe, wie sehr ich mich auf deinen Körper freue – und ich wurde immer noch rot, obwohl es das Natürlichste ist (und etwas mir nun Unvergeßliches).

Und von der einseitigen Ausbildung zum Metaphysiker,

zum Genießer seelischer Nuancen, Leidensnuancen, Kenner gebrochener Stimmungsverhältnisse konnte ich mich nur erholen bei Musik, wenn ich mich in bestimmte Tonfolgen lehnte, Gitarrentöne (mein Vater spielte Gitarre, und von ihm hätte ich es lernen können) in meinem Kopf weiterspielen ließ, pfiff und sang. Und später einmal, als ich auf dem Sofa lag, meine Mutter saß am Kopfende und las unter einer Stehlampe. Dann strich sie mir über das Haar mit ihrer rauhen abgearbeiteten Hand und versuchte eine Schuppe wegzuschnipsen und sagte: Du bekommst auch schon dünnes Haar, womit sie meine geheimsten Ängste aussprach: daß ich anfing, eine Platte zu bekommen: wozu Maud sagte: Eines darfst du nur, dick werden oder eine Glatze bekommen. Ja, sagte ich auf dem Sofa, und meine Mutter strich weiter über mein Haar, und ich fühlte, wie ich hätte heulen können, wie ich mich fühlte, genauso wie bei der Lektüre von *Effi Briest*, nachts um halb Vier, als Effi zu ihrer Mutter sagt: *Er war doch ein guter Mensch* (sie meint Instetten, der sie wegen eines Ehebruchs ächtete), *sofern ein Mensch gut sein kann, der ohne rechte Liebe ist*, setzte sie hinzu, und mir kam alles hoch: wie beschissen es ist, allein zu sein, nicht das bekommen zu haben, was einem zustand und was man gern gehabt hätte – oder behalten hätte, wie ich, der ich ohne rechte Liebe war, der alle Redensarten heruntergebetet hatte, die mir durch meine idealistische Erziehung zur Verfügung gestellt worden waren – und als es das erste Mal wirklich ernst wurde, als Maud Beziehungen zu anderen Männern hatte (Beziehungen! gleich wie) und ich Angst hatte, die könnten besser sein als ich, und mir ein Freund sagte, also ich muß dich darüber aufklären, wenn du nicht da bist, und es war ehrenrührig (Wehner sagte gestern im Fernsehen richtig: *Was scheren mich diese Kasinobegriffe?* Aber ich war nicht so weit), da flackerten meine Nerven, da mußte ich stark sein, ein anderer Instetten, aber ohne den Mut, den Rivalen niederzuschießen oder von ihm niedergeschossen zu werden. Halbgar, ein sanftes Mittelgebirge, beruhigend für den Kreislauf, appetitanregend und Abschied nehmend vom richtigen Hunger, vom Heißhunger, von wirklichen Verletzungen, von echten Einsätzen. Ich konnte es nicht übersehen (wirklich nicht?), O. K.; aber hatte ich nichts gelernt aus meinem Verhalten bei Gunters und Rainers Flucht, konnte ich denn nicht lernen, auszuhalten, nicht immer im Vorteil zu sein, ungeschoren und gutgelaunt, pünktlich zu den Mahlzeiten und im Familienleben für ein, zwei Tage erträglich, und dann bitte allein sein?

Mußte jemand wie ich dabei herauskommen, der neulich, als ein Schäferhund zähnefletschend durch ein offenstehendes Gartentor auf mich und meine Freundin zusprang, so daß zu erwarten war, er würde sie, die näher zu ihm ging, beißen, verständnislos und beschwichtigend über ihren Weinkrampf hinwegredete: Du bist ja nicht gebissen worden, um dann von der Gesellschaft und ihren Wachhunden im allgemeinen zu reden? Ist mehr nicht drin als ein sensibles Gedicht, keine Dauer und Beständigkeit in den Gefühlen, oder bin ich bis auf eine Ausnahme oder bis auf wenige Ausnahmen immer den falschen Menschen begegnet, weil ich immer in große Gemeinschaften gesteckt war und nur üben konnte, Menschen aus einem großen Angebot auszuwählen, nicht Menschen zu wählen, auf sie zuzugehen, sie anzusprechen, mich um sie zu bemühen, aktiv zu sein, einen Einsatz zu wagen: zurückgewiesen zu werden, blamiert zu werden: Du? Was habe ich denn von dir? Hältst du zu mir, wenn es ernst wird? Oder wenn ich etwas leichtnehme?

Einmal hat Maud zu mir gesagt: In fast allen Briefen, die du mir geschrieben hast, stellst du Regeln auf, sagst du, was du nicht duldest, was man nicht tut, was besser ist für mich.

Und neulich hat mir ein Bekannter gesagt, in hitzigen Diskussionen wirke ich brutal auf ihn.

Bin ich ein Faschist? Und warum habe ich davor eine wahnsinnige Angst?

Weil mein Vater in dem Krieg dieses Regimes sterben mußte: dieser ruhige und sanfte Mensch, der gern Anekdoten erzählte, Gitarre spielte, Schach, ein kleiner, ordentlicher Buchhalter war (nach den Erzählungen), der auf den Fotos liebenswürdig aussieht, etwas traurig in Uniform, auf Jugendfotos mit lockigem Haar, später im Hemd mit Armhaltern an einer Pumpe im Garten, neben einem Grammophon mit Trichter, friedlich – und dann von einem flüchtenden Verband abhanden gekommen, in russischen Sümpfen, im Sommer 1944, wie heiß muß es da gewesen sein, wie furchtbar hoffnungslos und schwül, noch bevor ich geboren war, ein Produkt seines letzten Urlaubs, in seinen Briefen erwähnt als Wunsch, ein Mädchen zu sein, das Helga heißen sollte.

Habe ich an all das gedacht, wenn ich die Musik der Stones hörte, die ich erst nicht ausstehen konnte und die ich dann begeistert hörte, habe ich dann in Gedanken meine Erinnerungen und Bilder mit den Ellenbogen beiseitegestoßen und bin weitergelaufen, aus den Hüften mit lässiger Brutalität, über den Erzieher hinweg, der mich unter das Bett prügelte, bis ich das Stück Papier aufhob, das ich nicht dorthin geworfen hatte, durch dies Netz von lebenserhaltenden Nettigkeiten und Lügen, fort aus dieser Welt des Geschmacks und Foxtrotts, in der man aus der Badezimmertür tritt und mich begrüßt, in der ich dezente Anzüge und Hemden trug, der mit einem Heuß-Zitat durch das Tor des Abiturs ins Leben trat, mit Kennedy-Idealen: *Ask not what your country can do for you, ask what you can do for your country*, worüber ich einen vierzehn Seiten langen Abituraufsatz schrieb, in dem das Frisch-Zitat stand: *Heimat, das sind nicht die Ländereien, Heimat, das sind die Menschen, die auf derselben Wellenlänge senden wie man selbst.* Und wenn diese Wellenlängen kleine erbärmliche Lügen sind, aus dem vorigen Jahrhundert, ein Code zum Augenwischen, ohne jede Gültigkeit, wenn man alleingelassen ist, ohne tägliche Andacht und Minuten, in denen man sich fortträumen konnte. Ich muß an Schmitz denken, er saß an meinem Tisch, sprach immer sehr vernünftig mit seiner sonoren Stimme und sah ernst dabei mit seinen bebrillten braunen Augen umher, ein kluger und umsichtiger siebzehnjähriger Familienvater, der mit keinem Streit bekommen konnte. Das nutzte ihm gar nichts, Henning schlug ihm die Nase ein und mußte eine Arztrechnung von über tausend Mark bezahlen.

Ich habe mich schon oft gefragt: Wieviel Menschen faßt man, wieviel Menschen sind für mich Individuen in dem ganz bescheidenen Sinne, daß ich sie besonders erfahre und behandele? Das ist eine sehr wichtige Frage für mich, weil ich viel herumgekommen bin früher. Kaum war ich ein halbes Jahr eingeschult, zogen wir nach Hannover, ich kam in einen Kindergarten, lernte in der Siedlung, wo mein Opa wohnte, der meine Mutter, meinen Bruder und mich erst einmal aufnahm, die Leute kennen, kam aufs Gymnasium, dann ins Internat und auf ein anderes Gymnasium und war zwischendurch fast jedes Jahr die sechs Wochen der großen Ferien in Kindererholungsheimen, weil ich einen Schatten auf der Lunge hatte und auch sonst nicht der Kräftigste war, später arbeitete ich in den Ferien, begann zu studieren, machte Auslandsreisen. Das ist vielleicht nichts Besonderes, und es wird viele geben, die mindestens mit der gleichen Menge fertig werden mußten, d.h. die Menge aufsplittern mußten, um einzelne Bezugspersonen, zu denen man ein umfassenderes und gründlicheres, ein grundlegendes Verhältnis entwickelt, zu gewinnen. Bei den meisten ist das die Familie, und die ist ziemlich konstant. Bei mir wechselten die bevorzugten Bezugspersonen ziemlich schnell, meine Familie sah ich alle paar Wochen einmal. Es war ein Kommen und Gehen in meiner Biographie, daß ich manchmal hätte schreien können und am liebsten mit Leuten einfach mitgegangen wäre, mit Rainer nach Lüneburg, mit Rolf nach München, mit Wolf, mit Jobst, auch mit Maud irgendwohin. Mit der Zeit entwickelt man die Technik des Vergessens und des schnellen Kennenlernens von Ersatzpersonen, und nach einem Jahr ist alles vergessen.

Mir ist heute dies Problem: Wieviel Menschen faßt und behält man: ganz deutlich geworden in einer Vorlesung über den englischen und amerikanischen Roman des 19. Jahrhunderts, in die ich gehe, weil ich angelsächsische Romane und ihren Dunstkreis, ihr gutmütiges Spielen mit der Distanz und was sich noch an verhältnismäßig Allgemeinem sagen ließe als Humus brauche. Es klingt furchtbar, ist aber so. Heute nun fand statt der Vorlesung eine Diskussion über das Karlsruher Bundesverfassungsgerichts-Urteil zu dem Niedersächsischen Vorschaltgesetz statt, und ich war auch für diese Diskussion. Schon während der Darstellung des Urteils durch eine Spartakistin und den Professor (der zu den Klägern beim Verfassungsgericht gehörte) wurde leider die Vergeblichkeit (nicht die Sinnlosigkeit) der Diskussion deutlich: während die Studentin unterbrochen wurde und nicht weiterreden durfte, als sie die gesellschaftlichen Zusammenhänge, in die das Urteil gehört (wem das nutzt, wem es schadet), skizzieren wollte: das war *ihre* Meinung, hieß es, durfte der Professor detailliert darstellen, wie er in seinem Selbstverständnis und in seiner Pflichterfüllung durch das Vorschaltgesetz behindert wurde und schließlich dankbar von der in unserem Rechtsstaat gegebenen Möglichkeit eines Appells an die Judikative Gebrauch gemacht hatte, gaben beide Redner dieselben drei Punkte als Hauptpunkte des Urteils wieder: ernannte Professoren sollen bei allen Lehrentscheidungen innerhalb der Selbstverwaltungsgremien mit 50% Stimmberechtigung beteiligt sein, bei allen Forschungsentscheiden mit mehr als 50%, und alle nichtwissenschaftlichen Mitarbeiter der Universität seien aus diesen Entscheidungen ganz herauszuhalten. Unter Berufung auf die grundgesetzlich garantierte Freiheit der Forschung und Lehre, also Entscheidungen unter Privilegierungen ausgewiesener und sanktionierter Sachkenntnis. Der Professor antwortete auf die Frage, ob nicht auch Assistenten und Studenten qualifiziert seien, über Leute zu urteilen, mit denen sie zusammenarbeiten sollen, mit der erregten Aufzählung, welche Berufungskommissionen ihn schon für berufungswürdig gehalten haben und wie sehr also seine Qualifikation durch Publikationen ausgewiesen und durch Urteile von Fachkollegen abgesichert sei. Wovor haben eigentlich diese ausgewiesenen Fachleute Angst? – Ich habe oft den Traum gehabt, in einer Vollversammlung zu sitzen, in der alle Leute versammelt sind, die ich einmal in meinem Leben kennengelernt habe. Es stand einer auf und stellte den Antrag, daß ich für ihn irgend etwas tun sollte, ein anderer widersprach, ein dritter schlug einen Kompromiß vor, und ein vierter erklärte den ganzen Disput für belanglos. So ging es immer weiter. Irgendwann verschwand der Traum, aber ich habe ihn häufiger geträumt, manchmal waren mir die Gesichter deutlicher, manchmal fast nicht identifizierbar. Ich habe überlegt, was der Traum bedeuten könnte, aber ich bin deshalb zu keinem Ergebnis gekommen, weil ich ihn irgendwie für noch nicht zuende halte, für ein Fragment. Und jeder könnte diesen Traum träumen, das war das Schlimmste (und das Beruhigendste zugleich).

Schon früh bei der Lektüre der mutigen großen Romane, wie sie früher geschrieben wurden mit riesigem Personal, hat mich immer betroffen, wenn eine Person, die Hunderte von Seiten lang irgendwo gewesen war, wieder zurückkam oder wenn man an sie dachte, während von ganz wem anders die Rede war: zum Beispiel in den *Buddenbrooks* an Morten, wenn Tony so sprach wie er, in *Vor dem Sturm* an das Schicksal der Renate von Vitzewitz, wenn in ihrem Tagebuch am Schluß des Buchs von Lewin die Rede ist. So ist es wirklich, dachte ich oft, besonders intensiv, als ich einmal nach Jahren wieder in die Siedlung kam, wo ich als Kind Bandenführer der Kinder gewesen war mit einem Rivalen, den ich besiegte, der aber immer seinen Opa zuhilfe holte: ein paar Mal mußte ich mich verstecken, als ich Siegfried, so hieß er, beim Mattenmärn mit einem Kinnhaken in eine Pfütze warf und am Abend der Opa mit seinem Schäferhund nach mir suchte, als ich ihn beim Rodeln verprügelte und der Opa mit einer Rute vor der Gartenpforte auf mich wartete. Die Bande hieß der *Schwarze Panther* und hinterließ in den Briefkästen wilde Drohungen. Nicht nur Siegfried prägte sich mir ein, auch Helga Brand, mit der ich in eine Klasse ging, die keß war und die Freundin von Christa Daubert, in die ich verliebt war, auch die Bierwirts, Jutta und Bernd, Günter Meier, mit dem ich immer zusammen Cowboy und Indianer spielte, im Garten und mit Figuren, auch die Suhrmanns, er baute für dreitausend Mark unser Haus, sie schenkte immer mit strengem Blick Bonbons, jedes Haus und seine Bewohner hatten für mich eine bedeutungsvolle Geschichte, und wenn es nur die Tatsache war, daß Franz schon damals 1,96 war.

Und dann kam ich einmal dorthin zurück, nachdem ich jahrelang völlig abgenabelt war, nichts gehört und alles vergessen hatte – soviel neue Menschen im Heim mußte ich behalten – und inzwischen studierte. Ich ging den Siedlungsweg entlang und dachte, was ist aus all den Leuten geworden, mein Onkel und zwei Tanten, die noch dort wohnten, wußten meist Bescheid: Siegfried an Lungenentzündung gestorben, Suhrmanns kurz nacheinander gestorben, Helga Brand bei der Geburt eines Kindes an Nierenversagen gestorben, Jutta Bierwirt nach Berlin verzogen, Bernd wer weiß wohin, Günter auch weggezogen, und so ging es in einem fort, und plötzlich wurde mir bewußt, wie sich nicht nur in meinem schwachen Gedächtnis, sondern ganz in Wirklichkeit die Vergangenheit aufgelöst hatte. Was hing alles daran. Mir fiel ein, wieviel Leute mir immer in der ersten Zeit, als ich noch in die Siedlung kam, nachdem ich ins Internat geschickt worden war, Geld zugesteckt haben: Du kannst es gebrauchen, aus dir soll etwas werden, Günter ist zu schwach dazu, er hat es auf der Lunge (und sein Cousin Siegfried, dieser kräftige Bursche, der stirbt an Lungenentzündung), und ich wurde schon ganz früh nach weltpolitischen Ereignissen gefragt: was ich denn dazu meinte, ob das nicht alles Schweinereien seien. Nur die Schäfers kamen noch. Sie waren die ersten gewesen, die im Seitenweg nur zum

Wochenende in einem Wochenendhäuschen waren, wohlhabend mit vielen teuren Gartenspielen, und die Kinder hatten mit uns so gut wie nichts zu tun. Besonders ein Mädchen war unerreichbar hübsch. Sie sah Maud ähnlich, sie kam aus genau denselben Kreisen wie Maud, jetzt fiel es mir ein, als ich Jahre später wieder da war in der Siedlung, und ich war froh, daß sie wenigstens noch kamen, wenn auch inzwischen mit ihren Männern und Frauen, Schwiegereltern und Schwiegersöhnen, Leute, die vorfuhren und dann hinter einer hohen Hecke unter sich waren.

Daran mußte ich heute während der Diskussion denken: wie viele von all den Anwesenden solche Vergangenheiten hatten und wie wenig davon Zugang in diesen Saal hat: ist das nicht privat? steht als Verbotsschild vor der Tür. Und als ich beim Verlassen des Vorlesungsraums (ohne Fenster, vollklimatisiert und ausgelichtet), in einer Gruppe Mädchen ging, duftend und in einem Gespräch über eine Seminararbeit und das Baden, da fiel mir ein, daß inzwischen auch Maud aus meiner Biographie verschwunden war und es eine intellektuelle Streitfrage oder Glaubenssache ist, ob sie eine größere Realität für mich beanspruchen konnte als diese Mädchen da, die mit so verheißungsvoll festen und bunten Körpern um mich herum aus dem Saal gingen.

Es ist ein Gewitter. Im Treppenhaus klingen die aufgeregten Frauenstimmen: alle Fenster werden verrammelt, um dann das Schauspiel mit genüßlicher Gänsehaut zu genießen. Es ist ein heftiges Gewitter. Das Wasser peitscht nur so gegen die Fenster, und der Donner folgt unmittelbar dem Blitzen. Wie oft wurden Maud und ich im Sommer vom Gewitter im Deister überrascht. Wir flüchteten in eine der Hütten und konnten uns ungestört lieben, wenn niemand dort war. Maud hatte Angst, und dann war die Anziehungskraft der nassen Kleider und der Haut größer. Lustig wie die Rebhühner, sagte eines Tages ein

Mann, der wahrscheinlich Kurgast war in Bad Nenndorf, in der Tür, und wir begriffen nicht, was er meinte, zweideutig mußte es aber sein, denn er lachte meckernd, und wir hatten uns in einer verwickelten Lage befunden und mußten unsere Kleider ordnen, weil der Mann so dickfellig war und da blieb. Allerdings regnete es auch. Lustig wie die Rebhühner, habe ich deshalb noch oft denken müssen, nicht nur, wenn ich mit Maud zusammen war. Doch waren mit ihr die Gewitter, überhaupt die Unwetter am schönsten. Einmal während eines Sturms und vermischten Regens flog uns mein erster eigener Schirm weg, einer von diesen Gentleman-Schirmen mit Krückstock, wie er damals modern war und wie er mir besonders deutlich meine fortgeschrittene Reife zu dokumentieren schien. Komisch: jetzt klingt das ironisch, damals war es ganz ernst, und ich hätte mich deswegen gestritten, vielleicht geprügelt.

Unser üblicher Weg führte in großen Schleifen durch den Nenndorfer Kurpark mit seiner lockeren Baumbepflanzung und seinen Rasenflächen entweder bis an den Deister, wenn wir nicht genug Zeit hatten, oder bis in den Deister. Wir suchten eine der fünf Hütten auf, die es damals an diesem Weg gab, und waren sauer, wenn sie schon besetzt war. Manchmal entstand ein regelrechter Wettlauf nach diesen Hütten. Besonders eine (oder auch zwei) spielt eine wichtige Rolle in meiner Schülerbiographie: sie liegt bald hinter der Bundesstraße seitwärts von dem Hauptspazierweg hinter einem Teich. Lange gab es darin nur eine Bank, bis wir eines Tages (wir: das waren vier Pärchen) eine zweite Bank dazustellten. Von da an blieben die zwei Bänke dort, manchmal stand eine vor der Hütte, die andere drinnen, meist beide drinnen. Ich habe dort mit fast allen meinen Freundinnen gesessen, auch mit Maud. Wer doch dort langkam, den konnte man aus der Hütte schon lange vorher sehen, ohne daß man selbst gesehen wurde, weil nachmittags die Sonne hinter der Hütte stand, und im Regen kam sowieso keiner oder nur Kurgäste, die man in den Hütten selbst in Schlüpfern überraschen konnte. Nur einer der Waldarbeiter machte uns zu schaffen. Er schlich sich hinter Pärchen her und belauschte sie, und wenn man ihn entdeckte, ging er schweigend davon und zündete sich eine Pfeife an. Er hatte ein derart grobschlächtiges Gesicht, als wäre er in den zwanziger Jahren schon hingerichtet worden oder sei ein Kriegsgefangener, der freiwillig in deutschen Wäldern geblieben war. Laufend strich er mit der Axt umher, und wir bekamen eine Gänsehaut und vermuteten, daß er mindestens ein, zwei Leute auf dem Gewissen haben würde. In Wahrheit war er vielleicht ganz harmlos. Aber auf uns wirkte er so gefährlich, und er hatte sogar das Gute, daß wir sofort aufhörten, uns zu streiten, wenn wir ihm begegneten, so beklemmend wirkte er. Er war auch schuld daran, daß ich in meine andere Lieblingshütte nachher nicht mehr ging, obwohl ich dort einige Jahre vorher das Mädchen mit dem größten Busen aus dem Heim kennengelernt hatte. Das war im Winter, es war ungeheuer kalt, und wir waren in die Hütte gegangen und hatten uns auf die Bank gestellt, damit wir nicht so kalte Füße bekamen. Damals waren die riesigen Schals gerade Mode geworden, und wir waren in zwei solche eingewickelt (ich hatte den Tick, unten in meinen Schal von allen meinen Freundinnen die Endfransen einzuflechten, so daß mein Schal ganz bunte Fransen bekam – das hörte natürlich mit Maud auf, von der ich Schals geschenkt bekam, wofür sie meine Uhr tragen wollte, wogegen ich mich wehrte und es dann doch tat usw.). Neben der Hütte, an deren Hinterwand angebaut, war ein Verschlag für die Holzfäller und Waldarbeiter. An dem Tag merkte ich, daß dort auch ein Klo war. Denn während wir auf der Bank standen und versuchten, uns warmzuknutschen, merkte ich schon immer, daß es stank, und zwar nach Kacke, regelrecht nach warmer dampfender Kacke. Das war doch nicht möglich, dachte ich, und da ich meinte, wir beide seien ganz mutterseelenallein, traute ich mich gar nicht, weiterzudenken, und ihr (ich habe ihren Namen leider vergessen, aber ich glaube, es war: Renate) schien es ähnlich zu gehen. Aber der Gestank wurde unerträglich, und da es auch immer kälter wurde, beschlossen wir, wieder hinauszugehen und ein bißchen zu laufen. Als wir vor die Hütte traten, sahen wir, wie der Waldarbeiter mit dem Gehenktengesicht aus dem Verschlag kam, und für einen Moment sah man auch die Latrine und meiner Meinung nach sogar den Dampf. Da hatte diese Sau uns die ganze Zeit belauscht und hatte dabei ganz gemütlich auf seinem Waldklo gesessen und gekackt. Unheimlich war es schon, denn er machte einen ungehemmt körperlich-tierischen Eindruck, wie er dort stand mit offener Joppe, unter der man die Hosenträger über dem Pullover erkennen konnte, mit stierem Blick und in Stiefeln. Ich will ihn nicht verteufeln, aber uns war in der beginnenden Dämmerung mulmig zumute, weshalb wir schleunigst von dort verschwanden und erst wieder jenseits der Bundesstraße redeten.

Zwischen diesen beiden Hütten, in der Mitte etwa, war noch eine dritte, die auf einer winzigen Anhöhe lag, mit einer Sonnenuhr. Die hatte nur den Nachteil, daß sie nach allen Seiten hin offen war wie ein fernöstliches Teehaus, bei dem die Papierwände fortgelassen sind, dort konnte man nur sehr artig und gesittet sitzen, wenn man nicht ganz unempfindlich war gegen die Blicke der Passanten und es einem wurscht war, ob man in der Schule gerügt wurde wegen seines unsittlichen Lebenswandels oder im Heim mit der Verweisung bedroht wurde, was vorkam (einige der interessantesten Mädchen sind auf diese Weise verschwunden). Trotzdem saß ich auch in dieser Hütte manchmal ganz gern, weil dorthinein die Sonne schien, und man konnte dort dann selbstvergessen sitzen, während ein leichter Wind ging, der durch die Haare blies und etwas den Rock hob.

Liebe Maud, ich habe gedacht, als ich dieses Kapitel des Buches begann: Hier kommt viel Poesie, hier schießt alles zusammen in dem zentralen Erlebnis meiner damaligen Zeit, hier kann ich aus vollem Herzen und mit erwärmender Diktion mir alles herunterschreiben, daß alles nur so wie ein Farbfilm vor Augen vorbeizieht und am Ende ganz deutlich dasteht, wie sehr ich dich damals brauchte und wie vollständig ich versunken wäre in dem zynischen Sumpf des Heims oder in impotenter Frömmelei, denn diese beiden Bedrohungen waren die schlimmsten dort mit seinen Andachten und nachsichtigen Erziehern und mit seinem Recht des Stärkeren trotzdem, mit seinem Mangel an privatem Raum. Wie wenig man geschützt war vor der penetrant und mutwillig böswilligen Nachrede, und wie sehr mußte man sich bewähren, wenn unter der Dusche gefragt wurde: Na, hast du gebumst, gevögelt, gefickt: oder hat sie dir nur einen abgelutscht . . . Also ich habe gedacht, im Gedanken an das, was wir alles gemeinsam getan haben, da wird dies alles weggeschwemmt und ein schöner klarer Sinn kommt heraus dabei. Aber so ist es nicht gekommen. Fortwährend habe ich den Eindruck, wenn ich sorgfältig berichten will, schön der Reihe nach, dann fällt mir überhaupt nichts zu dir ein, kaum ein prägnantes Ereignis (abgesehen von manchen, über die ich nicht spreche), und vielleicht liegt es daran, daß wir mit geradezu buchhalterischem Eifer (mein Vater war Buchhalter) besondere Situationen abhakten, um dann sagen zu können: Jetzt haben wir auch das zusammen getan. Ich erinnere mich, daß wir einmal in Hannover Taxi gefahren sind, nur um uns im Taxi knutschen zu können, weil das dazugehörte, weil das eine wirklich schöne Liebesgeschichte gab. Oder übertreibe ich?

Jedenfalls haben wir sehr mustergültig gelebt im Heim, haarscharf im Vorurteil der Heimöffentlichkeit als romantisches Pärchen, und das hat sich sehr durchgesetzt in meiner Erinnerung, auch weil ich immer wieder nach dir gefragt worden bin – Was macht denn Maud? –, lange nachdem wir aufgehört hatten, ein Paar zu sein. Und vielleicht suche ich deshalb nach dieser verfluchten Poesie in unserer Beziehung: weil ich Bilder sehen will, Erinnerungsbilder wie das, als du das Heim verlassen mußtest und ich zu Besuch kam in eure schöne, großzügige Wohnung mit den durchbrochenen Wänden, und du saßest in einem teuren Sofa, ganz verloren, mit deinem ängstlichen Silberblick, und ich setzte mich neben dich, und du schämtest dich so, daß du nicht aufsahst. Und vorher, als es im Heim klar war, wie wir beide unseren Gang machten, und alle Hütten waren besetzt, und es war unser letzter Gang, und wir gingen zu der kleinen Bank auf einem entlegenen Weg, wo ich dich das erste Mal angefaßt habe, deine Brust, du standst auf der Bank, aus Jux oder Übermut, ich konnte mich nicht bremsen und habe deine Brust angefaßt. Genau da, ausgerechnet da saßen wir, und du fragtest, ob ich denn gar nicht weinen könne, weil du laufend weintest, darüber, daß du nun aus dem Heim und von mir wegkamst. Wir haben dann zusammen geweint. Und noch ein Bild fällt mir ein im Zusammenhang mit deinem Fortgang aus dem Heim: Wie ich zu Fuß nach Rodenberg ging, um mit deinem Lehrer zu sprechen: ob sich denn nichts ändern ließe, wie ich durch diese richtigen alltäglichen Dorfstraßen ging, ein paar Menschen waren da, wie ich an die scheunentorartige Tür eines alten Hauses klopfte, dein Lehrer öffnete und mich hereinließ, sagte: meine Frau ist gerade nicht da – Warum ausgerechnet das? Sollte sie mich trösten oder mir Kaffee anbieten? –, wie er mir dann sein Notenbuch zeigte und davon sprach, daß du nicht aufmerksam seist und daß es keine Chance mehr geben könne; wie ich sagte, aufgrund meiner Erfahrung im Nachhilfeunterricht mit dir und deinen Klassenkameradinnen müßte ich sagen, andere wären schlechter als du, viel schlechter, und wie er lächelte, als wollte er sagen: aus lauter Liebe; wie er sich liebenswürdig nach mir erkundigte und sagte: So, und Sie machen bald das Abitur, und wie ich dann zerschlagen zurückging, weil er dann mir meinen Mut anrechnete, zu ihm gekommen zu sein für dich (anstelle deiner Eltern), und wie er nicht meinem Urteil glaubte. Maud, daran kann ich denken, das sind die Bilder, die ich behalten habe, dazu solche, die du mir erzählt hast: daß du später dort doch noch deinen Abschluß geschafft hast und auf dem Abschlußball mit einer Rose am Ausschnitt mit all diesen Lehrern getanzt hast, und sie waren geil auf dich und preßten dich. Aber von all den vielen Spaziergängen, die wir gemacht haben, auf denen wir uns im Winter im Schnee gebalgt haben, im Sommer auf die Wiesen gelegt haben, im Herbst zwischen den Bäumen herumspaziert sind und im Frühling weit hinausgewandert sind, wo uns niemand beobachten konnte: davon ist fast nichts geblieben (oder ich habe schon zuviel Gedichte darüber geschrieben: unbewußt), es ging um deinen Leberfleck sehr oft, um das, was deine Mutter gesagt hatte usw.

Vielleicht kommt die Erinnerung daran später einmal wieder, wenn ich den richtigen Knopf drücke. Im Moment weiß ich nur noch zweierlei: wie wir eines Tages auf einem Weg an einer Bank vorbeikamen, auf der ein älteres Paar sich liebkoste, und ich erkannte einen angeheirateten Verwandten in dem Mann, der mit einer fremden Frau hier im Kurpark, wo er nichts zu suchen hatte, herummachte – da kam mir das erste Mal voll zu Bewußtsein, wie ernst es mit uns beiden war. Und das andere Mal: frühmorgens, noch vor der Schule, denn wir hatten beide die erste Stunde frei und waren irgendwie in den Kurpark gekommen, es war Sommer, du hattest ein leichtes Kleid an, die Sonne schien, und deine Haut war weich, wie wir da eine dreiviertel Stunde in einem Weg gestanden haben und ich deine Brust in der Hand hielt und von einer ungeheuren Zärtlichkeit erfüllt war, so daß ich in der Schule überhaupt nichts hörte!

Jetzt, wo ich davon schreibe, fällt mir doch allerhand noch ein: daß wir abends öfter von den Bällen, die dort im Kursaal stattfanden, nach draußen gingen in den schwach beleuchteten Kurpark, fröstelten und bei unheimlichen Lauten zusammenfuhren. Aber davon jetzt nichts mehr.

Einmal haben wir fast anderthalb Stunden, die Zeit unseres Ausgangs (die Wegzeit abgezogen) in der Hütte mit der Sonnenuhr gesessen und verfolgt, wie die Schatten länger wurden – das ist sehr poetisch, nicht wahr? Doch wir waren dort nur sitzen geblieben, weil dir die Füße weh taten, die anderen Hütten besetzt waren und du es satt hattest, davonzurennen, wenn Leute kamen und sich sogar dazusetzten (was in dieser Hütte mit ihren vier Bänken häufig geschah), daß es dir egal war, ob jemand sah, wie wir uns küßten. Manchmal hattest du solch unbedenkliche Anwandlungen; und das erinnert mich, wie sehr ich schockiert war, als du mir später einmal von einer Nacktbaderei erzähltest (du erzähltest sowas gern und spieltest es dann herunter, wenn du merktest, der Stachel saß) – obwohl ich es dann bald selbst gemacht habe, und nicht mit dir.

Spucke darüber. Vielleicht waren das auch nichts anderes als Anzeichen vom Ende, die ja oft schon mit dem Beginn einsetzen, nur verdeckt werden, übersehen, zurückgedrängt, aus Not, weil niemand anders in Sicht, aus Eitelkeit, aus Feigheit, aus Liebe, liebe Maud.

Das schöne Wetter hat seine Kehrseiten. Meine Mutter verträgt die Hitze nicht, sie sitzt in ihrer Wohnung bei zugezogenen Vorhängen und nimmt gleich den Hörer ab, als ich sie anrufe: Ich war gerade hier in der Nähe des Telefons, sagt sie, und ich weiß, daß sie dann auf dem Sofa gelegen hat, um sich einen Moment auszuspannen, wie sie zu sagen pflegt, weil ihr schwindelig ist, weil ihr Kreislauf schwach ist und ihr Blutdruck zu hoch. Es gibt so viele Erklärungen für die Krankheit, und es gibt so viele gute Ratschläge und Ermahnungen an die Mutter, damit sie in Zukunft weniger darunter zu leiden hat, nicht mehr richtig gesund zu sein – aber die Ursachen sind nicht mehr zu beseitigen: das anstrengende Leben, nachdem mein Vater vermißt gemeldet war, sechs Jahre von 90 Mark im Monat zu leben mit zwei Kindern, dann erneut im Beruf zu kämpfen, der eine Sohn haut einfach ab auf See, kommt zurück, macht eine Lehre als Elektriker, heiratet und läßt sich scheiden und heiratet wieder, der andere wird ins Internat gesteckt, damit aus ihm etwas wird, bleibt mal sitzen, macht das Abitur, macht den Doktor, um dann nur als Schriftsteller und Hungerleider herumzuleben, will vom Heiraten nichts wissen. Und nun ist, wie es so schön heißt, Gott sei Dank zum Lebensabend noch ein Mann da, bekannt aus der Schule und nicht fremd, aber mit anstrengenden Gewohnheiten: ohne Zeitgefühl und mit einer Bärennatur beim Trinken in Gastwirtschaften. Ja, hätte sie früher ein paar Mal die Angebote angenommen und wieder geheiratet, aber die Kinder, was sagen die Kinder dazu, hat sie gesagt, und als sie mich einmal fragte, habe ich ein mürrisches Gesicht gemacht, wie die ganze Familie, denn der Vater war doch nur vermißt, schlimm genug, wenn er 1951 schon für tot erklärt wurde (das mußte schließlich sein, damit wir Rente bekamen, nicken alle), aber es kehrten noch so viele heim, und erst 1969 teilte das Rote Kreuz mit: wohl gefallen während der Flucht seiner aufgelösten Pioniereinheit, in russischen Sümpfen verschollen, nach menschlichem Ermessen, eineinhalb Seiten und zwei, drei Zeugenaussagen, dazu waren 25 Jahre notwendig, ein Firmenjubiläum, eine Silberne Hochzeit, vom 35. bis zum 60. Lebensjahr meiner Mutter. Und was war mit der Aussage des Kameraden, der Vater auf einem Lastwagen der Gefangenentransporte gesehen hatte? Widersprüche können nicht alle gelöst werden, hieß es. Ich hätte sie erschießen können, diese Leute vom Roten Kreuz, für das wir so oft gespendet haben, weil sie nach Vater forschten, die bekommen keinen Pfennig mehr von mir. Der Dank des Vaterlandes: nicht einmal die Fotokopien der Aussagen von Kameraden waren beigelegt (denn jeder Buchstabe davon ist wichtig für uns).

Das kann niemand mehr ändern, und daran muß ich denken, als ich anrufe bei meiner Mutter zuhause und ihre leise, schleppende Stimme höre, ich sehe das orangefarbene dumpfe Licht vor mir, in dem sie jetzt aufgerichtet auf dem Sofa liegt, den Telefonhörer am Kopf, zum Friseur konnte sie wahrscheinlich auch nicht bei diesem Wetter (dabei hat sie so eine wunderbare graue Haarfarbe, natur), und wie sie mich glauben machen will, wie gut es ihr gehe: sie will vielleicht zu Tante Emmi heute nachmittag, und ich muß an Onkel Friedel denken, der so kaputte Füße hat (abgenutzt, einfach verbraucht, heißt es), daß er schon seit Jahren nicht mehr aus der Wohnung gekommen ist: Nur auf dem Balkon sitzen, seine Zigarren rauchen und Bier trinken, das ist doch kein Leben, sagt meine Mutter. Sie fährt noch hinaus in die Umgebung, rät Kreuzworträtsel und besucht Leute, feiert Feste mit. Wenn nur nicht diese Hitze wäre.

Ich erzähle ihr: Strucki und Elly waren gestern abend hier, es war sehr schön, sie haben auch ein Exemplar der *Passierscheine* gekauft, und für meinen Brecht-Aufsatz habe ich 240 Mark statt der erwarteten 100 bekommen. Meine Mutter freut sich mit mir, und ich erzähle ihr nichts von der gemeinen Kritik, die gestern über mich in der Zeitung stand, die mich zusammengeschlagen hat: »neue Subjektivität«.

Was machen Strucki und Elly? Sie wohnen in Adelebsen mit ihrem Sohn Jens. Sie fühlen sich großartig dort, wandern viel und fahren in die Umgebung, die Weser hinauf und hinunter, in den Solling, mehr weiß ich nicht. Ich war auch schon da, sie wohnen sehr still und direkt am Wald, wie so viele jetzt, die sich von den großen Städten, ihrem Lärm, Abgasen, Menschenaufläufen und hektischen Problemen erholen wollen.

Was macht eigentlich Struckis frühere Verlobte, wie hieß sie noch? Sabine. Ja, was macht sie, weißt du das? Nein, ich weiß es nicht. Jedenfalls nicht genau. Und ich muß daran denken, daß wir vier: Sabine und Strucki, Maud und ich einige sehr schöne Tage zusammen verbracht haben, und die schönsten Fotos von Maud und mir, die Stützen aller Erinnerungen, hat Sabine gemacht, die Fotografin war. Maud hat mir später einmal erzählt, sie habe sie wiedergesehen (da war unsere Freundschaft bzw. Verlobung schon aufgelöst, wie es heißt, gekündigt): Damals wollte Sabine nach Südafrika auswandern, mit einem Mann zusammen, den sie kennengelernt hatte, und Maud wollte nach England, ging dann aber für einige Zeit nach Brüssel und kam wieder zurück. Diese Unrast, dachte ich immer. Was Sabine macht, das weiß ich wirklich nicht, sage ich, ich habe schon seit Jahren nichts mehr von ihr gehört, und wenn ich jetzt den Namen Sabine höre, dann denke ich an eine andere Sabine. Ja, so ist das immer, sagt meine Mutter, an wen denn? An Sabine, die Frau Helmuts, sage ich in Gedanken, denn ich muß mich beherrschen, nicht zu fragen, ob Post für mich da ist oder ein Anruf war, das heißt: ob Maud sich mal wieder gemeldet hat, aber das hat sie schon seit Jahren nicht mehr. Trotzdem denke ich immer daran, wenn ich nach Hause zu meiner Mutter komme oder anrufe, denn die Trennung hat sehr lange gedauert, noch zwei, drei Jahre lang hat Maud bei meiner Mutter angerufen und mit ihr geplaudert, worüber, das weiß ich nicht, meine Mutter gibt ausweichende Antworten oder verschanzt sich hinter ihrem schwachen Gedächtnis oder hat es wirklich vergessen. Auch ich habe sie noch einige Male gesehen, zum Tanzen ein-, zweimal, zum Plaudern ein-, zweimal. Es war immer sehr beklemmend, weil man sofort in alte Gebärdenfolgen verfiel, Arm umlegen, streicheln, das war alles so verdammt eingespielt. Und folgerichtig haben wir uns das letzte Mal gesehen, als diese Gewohnheiten keine Kraft mehr hatten, bei mir, denn ich hatte Alkohol getrunken, während ich ein Medikament einnahm, so daß ich die ganze Nacht brechen mußte, am nächsten Tag total erschöpft war und mich schon fertigmachte, um zurück zu mir zu fahren, damit ich mich noch hinlegen konnte, weil ich am Abend zu einem Geburtstag eingeladen war – da rief Maud an, sie sei allein und würde so gern wieder einmal mit mir plaudern, ob ich nicht zu ihr kommen wollte. Ich wollte und würde einen Zug später fahren. Das war ganz falsch. Ich war apathisch, während sie Tee zubereitete und mit mir etwas turtelnd plauderte. Sie zeigte mir ihre schönsten Fotos, sie sah wirklich gut aus, und ich lobte sie. Dann kam ein Anruf von ihrer Mutter, sie machte: Pscht. Ihre Mutter sollte nicht wissen, daß ich hier war, keiner sollte es wissen. Dabei hatte mich ihre Mutter damals angerufen, nachdem ich am Telefon unsere Freundschaft beendet hatte: sie seien so traurig darüber, gerade hätten sie sich an mich gewöhnt, ob es denn sein müsse. Es mußte sein damals, denn Maud wollte mit einem anderen Mann Silvester feiern, und Strucki hatte mir gesagt: Du, ich muß dir mal was sagen, wenn du nicht da bist, dann habe ich Maud schon ein paar Mal gesehen, und ich kann mir das vorstellen, wie er sie gesehen hat, nachdem ich sie später selbst einmal gesehen habe, als längst alles vorbei war und ich nur so noch einmal mit ihr zum Tanzen gegangen war und sie mit einem geilen Typ tanzte, der ganz öffentlich seine Hand um ihren Hintern spannte, so daß ich wütend wurde, obwohl es mich nichts mehr angehen durfte und Maud es sich gefallen ließ. Diese vielen Telefonanrufe. Ich saß da bei Maud, trank vorsichtig Tee, ein Hase, den sie sich angeschafft hatte, bzw. ein Kaninchen, rannte durch die Wohnung und sprang zu ihr auf den Schoß, und ich suchte mir Platten aus. Ihre Mutter berichtete verzweifelt davon, wie Duscha, ihr Pudel, eingeschläfert worden sei, gerade eben (oder war es der nächste Hund? ich bin mir nicht mehr sicher), Duscha, eine Sie, die mich gemocht hatte und die ich (im Gegensatz zu Pedro, dem Papagei) auch gemocht hatte, mit der Maud und ich immer in der Eilenriede spazierengegangen waren, am Anfang, in den Ferien, sie war erblindet, das arme Vieh, und wohl auch sonst noch krank, so daß sie eingeschläfert werden mußte. Maud sprach ihrer Mutter Trost zu und lud sie für den Abend ein, sie sprach von Uki: ach ja, Uki, ihr Pudel, mit dem sie mich in Göttingen besucht hatte, meine Wirtin starrte ziemlich mißtrauisch hinter mir her, als ich mit Maud die Treppe hochging, und Maud hielt Uki auf dem Arm. Die Wirtin sah mit einem Ausdruck in den Augen hinter uns her, als wollte sie sagen: Das ist doch bestimmt ein Call-Girl oder so etwas Halbseidenes, denn Maud sah damals verflixt teuer aus, mit Pelzmantel, geschminkt, bevor sie nach Frankfurt ging. Maud legte auf, ich war brav gewesen, ihre Mutter hatte nichts von meiner Anwesenheit gemerkt, und aus Dankbarkeit, wie früher, setzte sie sich ganz dicht neben mich, mit einem Augenaufschlag, streichelte meinen Arm, und ich hätte sie jetzt küssen können, so kleine Zärtlichkeiten durfte ich noch immer versuchen, fuhr mir durch den Kopf, aber ich war apathisch, hatte Angst, daß ich nach Kotze aus dem Mund stank, fühlte mich müde und schlaff, als könnte man mir die tollste Frau nackt vor den Bauch binden, ohne daß ich geil würde, fühlte mich ausgehöhlt und leer, als sei alles sinnlos, dies blödsinnige Geplaudere über sie und ihre Reisen, daß sie einen Araberhengst geschenkt bekommen hatte, wer sie alles liebte, wie gut die aussahen, was das für Männer waren, wie gut sie aussah, und dabei ging mir die ganze Zeit durch den Kopf, daß sie mich aus einem Foto, auf dem sie besonders gut aussah, weggeschnitten hatte, so weit war es, und ich Arschloch vertrieb ihr hier die Zeit und gab ihr Gelegenheit, ihre koketten Tricks auszuprobieren. Ich war sehr ungerecht vielleicht, jedenfalls regungslos, mit einem mühsamen Lächeln, so daß wir bald nicht mehr wußten, worüber wir sprechen sollten, nachdem ich auch die meisten ihrer Platten für stromlinienförmig hielt, so eine bestimmte Sorte von Unterhaltungsmusik, die mehr sein will, die anspruchsvoll sein will und bemüht klingt, wie Horst Jankowski, den sie nun ausgerechnet nicht hatte, oder sich ähnlich zierte und aufspielte wie Joachim Fuchsberger und seine sogenannte aparte falsche Betonung. Trotzdem habe ich mir bald eine dieser Platten gekauft, von Ramsey Lewis (ich habe sie eben aufgelegt, um mich intensiver an den Nachmittag zu erinnern). Es war sehr peinlich, sie zeigte mir und erklärte mir ihre Wohnung, die kleine abgewohnte Küche, das Zimmer mit der Garnitur ihrer Vorgängerin, mit der sie natürlich nicht einverstanden war, weil die keinen guten Geschmack hatte, aber die sie übernommen hatte aus Geldmangel; in die Wohnung war sie auch nur gekommen, weil das Haus ihrem Vater gehörte. Und sie zeigte und erklärte mir zwei Bilder, die sie in letzter Zeit gemacht hatte, so daß ich mich an meinen ersten Besuch bei ihren Eltern erinnerte, wie ich total gehemmt dagesessen hatte, unfähig zur Konversation und eingeschüchtert von den Bildern, die alle von Familienangehörigen oder guten Freunden gemalt worden waren, und ich dachte an die Malerei ihrer Mutter und wie gern sie genauso gut würde malen können wie ihre Mutter. Ich lobte die Bilder, nicht einfach so, sondern ich sagte, welches von beiden mir besser gefiele, und sie strahlte, weil ich ihre Meinung traf. Das war das einzige Mal, daß ich sie zum Sichfreuen brachte an diesem traurigen Nachmittag. Ich betrachtete ihr Bücherregal, in dem es kaum Neuheiten gab, seitdem wir nicht mehr befreundet waren, und das war immerhin schon über vier Jahre her. Mir fiel dazu ein, daß sie mir ein, zwei Jahre vorher schon das Urteil ihres Bruders übermittelt hatte, der gesagt hatte, ich sei von all ihren Freunden, Geliebten usw. derjenige gewesen, der ihm am besten gefallen hätte, und ich war stolz darauf gewesen, warum, weiß ich nicht, aber ich war stolz darauf gewesen und hatte denken müssen, wie ich ganz am Anfang meiner Freundschaft mit Maud einmal mit ihr und ihrem damals noch ziemlich kleinen Bruder in der Badeanstalt gewesen war und mit beiden ringen mußte, sie wollten mich zusammen besiegen, was ihnen nicht gelang, und danach war ich von ihrem Bruder akzeptiert.

Die Pausen in unserem Gespräch wurden immer mühsamer, zumal ich auf ihre Aufforderung, auch von mir zu erzählen, nicht reagieren konnte, so unwichtig und wenig ereignisreich kam mir mein Leben vor. Sie legte das als Hochmut und Ziererei aus und zeigte ihr bissiges Gesicht. Und deshalb verabschiedete ich mich, entschuldigte mich, es ginge mir nicht gut, ich müsse jetzt fahren. Da blickte sie mich ganz traurig an, und in der Tür faßte sie mich am Arm, wie früher, und um ein Haar hätte ich ihr den alten Abschiedskuß gegeben. Doch ich klimperte nur onkelhaft entsagungsvoll mit den Wimpern und lächelte passend dazu. Dann verschwand ich verlegen in den Fahrstuhl und sah noch durch das Fahrstuhlfenster, wie sie selbstvergessen in ihrer Wohnungstür lehnte. Seitdem habe ich sie nicht wiedergesehen.

Lange war ich Strucki dankbar, daß er mir damals Bescheid gesagt hatte, aber es gab auch Zeiten, in denen ich ihn dafür verflucht habe, und ich weiß nicht, was ich an seiner Stelle getan hätte. Mir ging manchmal durch den Kopf, er hätte sich an mir rächen wollen, weil ich früher zweimal mit Mädchen befreundet war, die er sich geangelt hatte, und mindestens in dem einen Fall hat er mir regelrecht vorgeworfen, ich hätte sie ihm ausgespannt. Aber wir waren so lange befreundet, was sollte das. Und ich dachte an den 17. Juni 1966, als wir: Sabine und Strucki, Maud und ich, an die Kiesseen bei Ricklingen gefahren waren, eine der seltenen Radfahrten, die ich gemacht habe (im Heim hatte ich kein Rad und war deshalb wenig im Radfahren geübt). Es war unglaublich strahlendes Wetter, und wir waren den ganzen Tag da, haben gebadet und uns gesonnt, geschmust, herumgetollt, eben Ferien gemacht. Wir sind alle sehr braun geworden, im Wasser wurde ich immer besonders scharf auf Maud, wir umarmten uns unter Wasser, schwammen zusammen hinaus, knutschten uns wie selten (heute weiß ich, weil es in Wirklichkeit schon kriselte und wir uns mit dem Mut der Verzweiflung dagegen wehrten) und planschten dann albern mit den Kindern herum, denn dort waren Heerscharen von Sonnendurstigen wie wir, obwohl das Baden in den Kiesseen, überhaupt das Lagern dort aus irgendeinem Grund verboten war (wegen der Fische vielleicht, denn es waren Angler dort, die schimpften). Wir fuhren etwas früher weg, weil wir noch Eis essen wollten. Deshalb verpaßte uns die Polizei, die dort aufkreuzte, um die Strafgebühren zu kassieren: ganz geschickt, am Ende des Tages wollte sie die Abfahrenden zur Kasse bitten. Aus diesem Gelände führte nämlich nur eine Autostraße, und als wir wegfuhren, kamen uns zwei Streifenwagen entgegen; wir bogen dann ab und sahen, wie sie eine Straßensperre errichteten und wie sie die ersten Gelder kassierten. Dies Glück erhöhte noch unsere Laune, und wir ulkten herum. Die nächsten Stunden sind gelöscht in meinem Gedächtnis, aber dann lagen Maud und ich mit unseren Fahrrädern am Kanal, es war sehr romantisch und auch etwas unheimlich. Der Mond schien auf dem Wasser, unsere Haut war heiß und durstig, und wir zogen uns aus, zum Teil, und lagen richtig liebestoll an der Böschung, ab und zu kamen dunkle Gestalten vorbei, allein oder zu zweit wie wir, und wir versuchten mucksmäuschenstill zu sein, obwohl wir ziemlich heftig atmen mußten. Und als ein vierschrötiger Kerl ein paarmal vorbeikam, wurde uns doch mulmig, und ich brachte Maud nach Hause, weil sie Angst bekam, es war inzwischen halb elf.

Doch von dieser Zeit haben Strucki und ich nicht wieder gesprochen, mehr von den ganz alten Zeiten mit den Parties und Freundinnen, als es noch schwungvoll zuging und mit großer Vergessenskraft. Diese Zeit ist für uns beide wund, er hat die Platten, die er von Sabine geschenkt bekommen hat, vernichtet. Und als die beiden gestern bei mir waren, haben wir viele Geschichten erzählt, über Ellys Familie, ihre Schwestern, über das Leben in Adelebsen, über die gemeine Kritik zu meinem Artikel: WAS WURDE AUS RUTH HEAPER? und ich habe ein paar Sachen vorgelesen, bei der Geschichte PARAMOUNT hat Elly geweint, weil sie diese intensive Beschreibung des Hodenkrebses nicht ertragen konnte. Ich war sehr betreten und habe mich entschuldigt. Von dem Gedicht HOSIANNA waren sie dafür sehr angetan, und ich habe es ihnen abgetippt und zur Erinnerung an diesen Abend mitgegeben.

Als sie weg waren, konnte ich jedoch nicht widerstehen und habe die alten Fotos von Maud und mir herausgekramt, an die mich Strucki den ganzen Abend durch seine Anwesenheit erinnert hat, weil Sabine sie geknipst hat damals und besonders vergrößert, so daß es regelrechte Starfotos sind: wie ich dort mit Pfeife stehe, Maud an meine Schulter gelehnt, fast gekuschelt, ebenso wie auf den anderen Bildern, mit einem ganz hingebungsvollen Gesicht. Das war im März 1966, glaube ich, gewesen, als wir vier mit Struckis Auto an die Stätten unserer

Wirkung (wie wir es nannten) zurückgekehrt waren: nach Bad Nenndorf in den Kurpark und in den Deister, an einem Sonntag. Wir wanderten unseren alten Weg, begegneten einem Nenndorfer Buchhändler, der ganz erstaunt grüßte (man erinnerte sich noch an uns, so stadtbekannt waren wir als Paar gewesen! Romeo und Julia, fast!), wir machten Fotos auf dem Weg, gerade vor der Steigung, die zu der Bank führte, auf der wir an jenem 1. Mai so selbstvergessen gesessen hatten. Und aus einem dieser Fotos, die aussehen wie Bilder aus alten Liebesfilmen oder Kriegsfilmen, bevor das Glück zuende geht oder abrupt zerstört wird: so intensiv zusammengehörig sehen wir darauf aus – aus einem dieser Fotos hat mich Maud weggeschnitten, um das Foto ungestört herzeigen zu können, wie gut sie aussieht, wie liebevoll. Daran habe ich gestern sehr wehmütig gedacht, als Strucki und Elly wegwaren. Ich habe mich sattgesehen an den Fotos und bin danach durch die Wohnung gegangen, habe aufgeräumt, habe mich ausgezogen und gewaschen, habe mich ins Bett gelegt und bin eingeschlafen, nicht einmal erstaunt darüber, wie schnell ich eingeschlafen bin.

IV

Nebenbei ein Kopfsprung

Wie verführerisch ist ein Tagebuch. Ich könnte mich an den Schreibtisch setzen, den man sich kühl, aus Eichenholz, mit ein paar übergestreuten Notizblättern vorstellen müßte, leicht hinsetzen und beginnen, erst einmal beginnen, mit einem unschuldigen Satz wie diesem: Wenn ich keine Post erhalte und das schon seit ein paar Tagen, bin ich unlustig, irgend etwas zu machen. Will niemand mehr mit mir sprechen, nicht einmal auf Distanz, die das Ausredenlassen sichert?

Und ich könnte mich mit empfindlichen Redewendungen auf Gemütsregungen zurückziehen und von dort dann einbrechende Gedanken vorschieben, um zu dem Urteil zu zwingen: Er plaudert liebenswürdig, und wenn er ernst macht, ist es, als nehme man überraschend an seiner Hochzeitstafel teil und dürfe sich schon auf einen gesättigten Heimweg freuen durch die Siedlung, in der mein Großvater nach der Hochzeit meines Bruders, auf der er noch Komplimente und Streicheln ausgeteilt hatte, laut randalierend in der Mitte zwischen meinem Bruder und meinem Onkel von Zaun zu Zaun torkelte, mit 82 Jahren, wenn ich mich nicht täusche, ein Jahr vor seinem Tode. Damit war der riesige Familiengarten verloren, in dem die Sommerfeste stattgefunden hatten, in dem mich mein Großvater anbrüllte: Du Schafskopf, was soll das blödsinnige Gerenne, wo ich in den Obstbäumen saß und auf dem Brunnen träumte.

Und in ähnlicher Weise könnte ich kreuz und quer erzählen und reflektieren: ein Netz der Erinnerungen aufspannen, mit vielen Lichtbrechungen und häuslichen Gerüchen, die daherwehen, mit Sätzen und Wortfetzen, die ich zu meinem willkürlichen Gedächtnis zusammenbaue, und Bildern, überscharfe und verschwommene Bilder, wie man sie nachts träumt zu

Fragen wie dieser: Bist du nun endlich Fachmann geworden, damit wir dich auch einsetzen können? Oder wie dieser: Soll ich dir eine deiner Ausbildung und deinen Interessen gemäße Stellung besorgen? Natürlich steht in Wirklichkeit oft das »Sie«, und das »Du« verdanken wir der Selbstvertrautheit im Traum.

Das alles wäre viel zu echt, verlogen echt, so daß strenge und aufrichtige Menschen, musikalische Menschen mit einem kleinen unwilligen und zugleich nachsichtigen Lächeln sagen können: Ganz typisch, das ist er (wie er leibt und lebt), so natürlich, so gar nicht in Gesetze und Formen einzuengen, gewiß: kein großer Künstler, aber was ist schon ein Großer Künstler? Brauchen wir nicht gerade heute diese Vielzahl ungeschminkter Spiegel (wenn ein Spiegel geschminkt sein kann?). Alle reden von der Freiheit, und jeder legt seine beliebigen Maßstäbe an, aufgerauht muß der Bericht sein, unverfälscht (als ob man einer solchen Menge Menschen die Wahrheit sagen könnte), zugleich aber dem Ethos der Wissenschaftlichkeit verpflichtet: nicht widersprüchlich in sich, oder wennschon widersprüchlich in sich, dann raffiniert widersprüchlich, aufhebbar. In den Sätzen oder in den bewußt negierten Sätzen muß sich Sprachkompetenz erweisen, damit der Leser beruhigt feststellen kann: Das, was dieser Autor macht, könnte ich bei gehöriger Muße und bei Training und bei Anstrengung auch.

Also: nicht notwendige Literatur, aber doch sich dringlich und erregt als Zeugnis gebende Literatur wird gewünscht: Tagebücher von Menschen, die fast wahnsinnig werden könnten, wenn sie nicht Selbstdisziplin üben würden.

Wie viel gefährlicher und ehrlicher ist eine Fiktion? Denn ins Tagebuch schreibt man nicht alles, obwohl man es vorgaukelt. Letzte Beschönigungen und Lügen bleiben gewahrt: sonst wäre man seiner Umwelt ausgeliefert (und wenn man gerade seiner Umwelt ausgeliefert sein will – wie viele einwenden werden –, so doch in einer Weise, die man sich selbst vorstellt).

Gefährlich ist eine Fiktion, weil sie uns unversehens, ohne das Dekor historischer Glaubwürdigkeit und Identifikation, treffen kann, uns mit einer plötzlichen Repräsentation unserer selbst (in Leiden, Wünschen, Schuld und Reue) in sich hineinziehen kann – und darin liegt die Anziehung eines sogenannten guten alten Romans: man kann ihn auf dem Fauteuil lesen und dennoch betroffen sein (und die späteren Techniken der erzählerischen Distanzierung ersetzen nur diesen Fauteuil – denn solche Sitzgelegenheiten sind rar geworden).

Ich rede am gesunden Menschenverstand vorbei: um nicht diesen gewandten Besserwissern ausgeliefert zu sein, Leuten, die exakt einige Musikinstrumente spielen können und die nun alle damit schikanieren, daß sie Bescheid wissen. Ich habe das unbesiegliche Bedürfnis, diesen gefährlichen Anhängern des Know How auszuweichen, mich zu verstecken vor ihren Sozialtechniken, die mich immer ins Unrecht setzen, diese Unternehmer- und Beamtenkinder, die spaßeshalber nach Afrika reisen, um sich zu finden, die aber meistens ehebrechen, weil man jetzt ehebricht, und Handke lesen, weil man jetzt Handke liest, und die im übrigen Sport treiben, um fit zu bleiben.

Ich habe so viel kriminale, theologische und sogenannte gute Literatur gelesen und studiert, über sie gelesen und studiert, selbst geschrieben und wiedergelesen, daß ich ganz in Literatur aufgegangen bin – oft jedenfalls, denn wie sollte ich nach einem Tag in der Bibliothek noch eine Wirklichkeit aufbauen? Nachhausegehen, Spazierengehen, Fernsehen, Wein trinken, reden (über Literatur und Fernsehen), Schlafen, Träumen (von literarischer Vergangenheit): es ist sehr schwer, mich darin irgendwie wiederzufinden, wenn es mich je gab.

Die Sexualität ist ein großes Problem (fast hätte ich werbend gesagt, damit alle geilen und deftigen Leute mich lieben: ein großes schönes Problem), über das man gern liest, es beschleunigt den Pulsschlag und die Verdauung. Am liebsten hat man es, wenn im Fernsehen ein schöner Mensch mit großen Zähnen über Sexualität spricht: Da fragen die Leute: Wo bleibt da die

Liebe? ich sage: Ich liebe die Sexualität, da bleibt die Liebe, sie wird von ihrem hohen Begriffsroß heruntergezerrt und in Bewegung gebracht: eine Tätigkeit, ein Verhältnis usw. Doppelte Böden und Dreifachböden tun sich auf. Wie eine Möse.

Eines Tages, als ich wieder einmal so gefestigt war, daß ich am liebsten den ganzen Tag durch stille Straßen und abgelegene Gehöfte spaziert wäre, ohne Menschen zu begegnen, es sei denn, sie wollten freiwillig schweigen und sich in das Landschaftsbild einordnen, habe ich eine kleine abgebrochene Geschichte über das Heim geschrieben, mit dem Titel ANKUNFT EINER AUSNAHME, eine ganz konventionelle Geschichte und wie diese konventionellen Geschichten maßlos übertreibend – und dennoch den Ernst und die Schwierigkeit des Lebens im Heim nur andeutend. Ich schiebe sie hier ein.

Ankunft einer Ausnahme

Wir werden den Tag nicht vergessen, an dem Olaf Bomke bei uns ankam. Wir bemerkten ihn bereits im Zug, weil das Heim direkt neben der Bahnlinie und nur hundert Meter vom Bahnhof entfernt steht. Die Züge verlangsamen hier das Tempo, und gerade nachmittags in der Freizeit ist es eine willkommene Abwechslung, die Fahrgäste aus den Fenstern zu begutachten und möglichst viele Fehler an ihnen in der kurzen Zeit festzustellen. An diesem Tag nach den Weihnachtsferien hatte es den ganzen Tag in schweren Flocken geschneit, und obwohl Mittwoch war und alle sich auf den Ausgangsnachmittag gefreut hatten, durften nur die Schüler der Oberstufe in den Ort gehen, angeblich wegen der ungewöhnlichen Umstände, die jederzeit in eine Katastrophe ausarten konnten. Plötzlich, um Viertel nach drei jedoch hörte es auf zu schneien. Trotz aller Proteste durfte die Mittelstufe nicht mehr in den Ort, weil in einer Stunde die Arbeitszeit beginnen sollte. Vor allem die

Schüler der zehnten Klasse hingen mit rohen Gesichtern aus den Fenstern und fluchten, sie warfen sich den Schnee von den Fensterbänken gegenseitig in die Zimmer, Hornung probierte mit seinem schmalsten Gürtel den Ulster-Peitschen-Trick und traf auch einige Nasen, Linsenmeier, der gerade auf der Toilette mit einem Lineal seinen Penis nachgemessen hatte, schrie immer »Weiber«, Wittfoth, der aus Zimmer 46 herübergekommen war, beleidigte mit überlegenem Grinsen Almstadt, indem er Elvis die letzte großväterliche Heulboje nannte, der die hohen Töne nur aufgrund seines Bandscheibenschadens rausbringe. Almstadt spielte mit einigen Plattenhüllen und sah Wittfoth schweigend an. Da erscholl aus dem Fenster der neunten Klasse der Ruf: »Der Zwölf-Uhr-Zug bereitet sich auf seine Ankunft vor!« Das schallende Gelächter, das aus Opposition wiehernd überzogen wurde, übertönte den Ordnungsruf des auf den Flur spurtenden Erziehers.

Der Zug hatte fast dreieinhalb Stunden Verspätung, weil die Räumarbeiter mit dem Schnee nicht fertig geworden waren. Und jetzt hielt er auch noch aus unerfindlichen Gründen direkt vor dem Bahnhof; vielleicht weil sich ein lebensmüder Arbeiter auf die Geleise gelegt hatte. Klaus Gölter, der neben seinem robusten Busenfreund Hornung aus dem Fenster hing, wies auf den Zug: »Seht doch mal diesen Vogelkopf, im zweiten Wagen am Fenster, nein, weiter hinten, der hat einen Knick in der Wirbelsäule, dieses Gesicht, die Nase.« In der Tat war Gölter von 46 wieder der beste gewesen, im zweiten Wagen stand eine Vogelscheuche von selten schöner Ausprägung: ein fleischloser Schädel wurde schief aus dem Fenster gehalten, und eine riesige schiefe Nase ragte zum Himmel. Die Ohren dagegen waren ziemlich klein. Leider konnte man die Farbe der Augen und einige andere Details nicht erkennen. »Vielleicht ist das der Typ, dem ich meinen Platz geben muß«, sagte Wittfoth und beugte sich über Linsenmeier, um dem wieder anfahrenden Zug nachzusehen. »Quatsch, so einer kommt nicht ins Internat«, drehte sich Linsenmeier zu ihm um. »Hierher kann jeder kommen«, widersprach Almstadt aus dem Zimmer. »Du kannst ihn doch gar nicht sehen, wie immer, aber quatschen!« erregte sich Wittfoth und gab Almstadt eine Ohrfeige. »Nun hört endlich auf, ihr Säcke«, brüllte Linsenmeier mit seiner brutalen heiseren Stimme, »du wohnst jetzt endlich nebenan, Wittfoth, also fang hier keinen Streit an; außerdem«, und ein Lächeln des Triumphs über eine gute Idee verschönte sein Pickelgesicht, »wäre es ja nur gut, wenn diese Type zu uns aufs Zimmer käme, endlich mal Schwung in die Bude.« Der Streit war beigelegt, als Udo Zimmer mit einem Buch unterm Arm eintrat und sich sofort schweigend auf sein Bett legte, was übrigens verboten war tagsüber. Zimmer kam von einem ausgedehnten Klobesuch zurück, nur dort konnte man in Ruhe lesen oder nachdenken. »Wir haben den Neuen gesehen«, berichtete ihm Linsenmeier. Und er wars.

Unsicher lächelnd, den Kopf schräg, als wolle er mit seiner großen Nase, die nun leicht gekräuselt war, in der Luft schnüffeln, kam er über die Pergola. In den Händen hielt er zwei bestimmt sehr teure Lederkoffer; er trug sie nicht, er hielt sie, denn seine Arme waren nicht gestreckt, sondern angewinkelt, wie um den Gang zu steuern. Er mußte Kraft in den Armen haben. Viel auffälliger aber als er war sein Vater, der, eine Reisetasche spielerisch unter den Arm geklemmt, vor ihm schlenderte, rauchend und die Gebäude des kirchlichen Internats musternd. Herr Meier, der Erzieher der Unterstufe, begegnete ihm kurz vor dem Mädchenhaus und sprach ihn an, leider so leise, daß man nicht verstehen konnte, was er sagte. Jedenfalls lachte der Vater tief und gab Herrn Meier einen leichten Klaps auf die Schulter, ohne dessen gerunzelte Stirn zu beachten. Dann kamen sie zusammen zurück zum Jungenhaus und traten ein. Herr Mandel wurde von seinem Schachspiel im Tagesraum gerufen.

»Gestatten, mein Name ist Weber, ich bringe Ihnen hier mein Söhnchen, vielleicht erinnern Sie sich, ich habe mit dem Schulleiter und mit Dr. Kulp, ihrem Vorgesetzten, bereits die nähere Zukunft meines Söhnchens besprochen«, und er schlug lachend seinem Sohn auf die Schulter, daß es im Haus widerhallte. »Mandel« erwiderte der Hauserzieher flüchtig und gab Weber leicht die Hand. »Und wie heißt du mit Vornamen?« wandte er sich an den jungen Weber, der mit niedergeschlagenen Augen halb hinter seinem Vater stand. Noch ehe er antworten konnte, dröhnte es von seinem Vater: »Olaf heißt der keusche Jüngling. Sie werden ihn sicher auf Vordermann bringen. Nach dem Tod seiner Mutter vor zwei Jahren ist er ein bißchen vertrottelt und versteckt sich hinter einigen Wehwehchen. Vor allem hoffe ich darauf, daß er die Versäumnisse in der Schule nachholt, vielleicht erreichen Sie, ich habe den Direktor schon darauf aufmerksam gemacht, daß mein Söhnchen in der Schule vorn sitzen kann, denn er hat einen kleinen Hörfehler, seien sie ruhig streng mit ihm«, und er drehte sich zu seinem Sohn um, »nicht wahr, Olaf, ein bißchen Schliff und christliche Bildung wird dir wohltun«, und er kniff ihn liebevoll in die fleischlose Wange. »Nehmen Sie ihn ruhig heran, machen Sie einen normalen Burschen aus ihm. Sie werden sehen, er ist eigentlich ein liebenswerter Kerl, der bisher leider nur ein wenig Pech gehabt hat. Hoffen wir das beste.« Mandel hatte Herrn Weber ruhig aussprechen lassen und ihn dabei mit dem Blick eines erfahrenen Schachspielers beobachtet, manchmal zuckte es um seine Mundwinkel, als freue er sich über einen besonders schwachen Zug seines Gegners, aber die Höflichkeit des ehemaligen Offiziers ließ kein bestimmt deutbares Mienenspiel aufkommen. Als Weber ausgesprochen hatte, reichte Mandel Olaf Weber nebenhin die Hand und sagte leise: »Ich hoffe, wir werden uns verstehen. Du kommst gerade richtig, um deinen Vorsätzen die Tat folgen lassen zu können, denn«, er zog seine Uhr mit eingebauter Stoppuhr aus der Tasche, »in 37 Minuten beginnt die Arbeitszeit. Du hast also Zeit, deine Wäsche auszupacken, dich mit deinen Kameraden bekannt zu machen und von ihnen die Aufgaben für morgen zu erfragen, so daß du morgen wohlvorbereitet deinen Dienst in der Schule antreten kannst. Um vier gibt es Kaffee, daran nimmst du selbstverständlich gleich teil. Ohne Umschweife, Zug um Zug, den geraden Weg gehen: so wirst du dir hier Freunde und Sympathie erwerben. Dann kann uns ein kleiner Streich nicht trennen.« Weber empfand offenbar Bewunderung über die anstrengungslose Sprechweise seines Gegenübers, denn er rieb sich über seine Bartstoppeln, das Schaben hörte man, als Herr Mandel seine einführende Rede beendet hatte. Weber schreckte auf, »Sehr gut!«, er versuchte seine Stimmstärke zu modulieren, »wirklich ausgezeichnet, das ist genau das Richtige für mein Söhnchen: den geraden Weg gehen. Leider, Herr . . . äh, lieber Herr, sind wir so spät dran, denn unser Zug hatte Verspätung, und ausgerechnet heute ist mein Wagen in der Werkstatt. Also, Olaf, beeil dich, damit du noch schaffst, was dir gesagt wurde«, und er wandte sich mit einem erneuten Schlag auf die Schulter seinem Sohn zu, der immer noch mit gesenkten Augen zwischen seinen Koffern stand, die Arme angewinkelt, den Kopf schräg mit gerümpfter Nase. Jetzt, da er seine Hände vor der Brust hielt, fiel ihre außergewöhnliche Größe und ihre viereckige Form auf mit gänzlich geradegeschnittenen Nägeln. Langsam hob er den Blick und sagte: »Guten Tag.« Herr Mandel lächelte. »In welches Zimmer soll ich bitte?«, und indem er seinem Vater die Hand reichen wollte: »Vielen Dank, Papa, auf Wiedersehen.« »Papperlapapp«, machte der Vater und wischte mit einer Handbewegung die ungefüge Hand seines Sohnes beiseite: »Ich bringe dich noch auf dein Zimmer, ich muß doch wissen, wie mein Söhnchen lebt, also«, er nahm die lederne Reisetasche auf und sah sich nach Mandel um, der auf die Uhr schaute und nickte: »Ja, es sind noch gut dreißig Minuten, da können wir es schaffen. Ach, Olaf, könntest du vielleicht dort den Gong schlagen«, und er wies auf einen tellergroßen, gebuchteten Gong aus Messing – »Der Gongdienst hat wieder einmal verschlafen« –, und da Olaf zögerte, mit einem Lächeln: »Du nimmst den Gong vom Haken, schlägst dreimal und rufst dann laut: Tischdienste!« »Na, los!« ermunterte der Vater und gab Olaf einen Schubs. Olaf setzte die Koffer, die er bereits aufgenommen hatte, vorsichtig wieder ab und ging mit eckigen Bewegungen und leicht schwankend auf den Gong zu, nahm ihn herab, schlug vorsichtig auf den Gong und rief: »Tischdienste«. Seine dünne Stimme verzitterte in den Fluren. Der Vater schüttelte den Kopf, erreichte mit wenigen großen Schritten seinen Sohn, nahm ihm kurzerhand den Gong aus der Hand, schlug ihn mit wuchtiger Gebärde dreimal, daß es schallte und brüllte: »Tischdienste raustreten«. Dann hängte er sicher den Gong an seinen Platz und drehte sich zufrieden um. Auf den Fluren flogen die Türen auf und ein verdutztes Stimmengewirr erklang. Herr Mandel lächelte und sagte: »Ohne ›raustreten‹«. »Bitte?« machte Weber und sah Mandel verdutzt an. Herr Mandel erläuterte: »Nicht wie beim Kommiß, wir rufen nur ›Tischdienste‹, und das nur, damit man dies Gongen von jenem, das allgemein zum Essen ruft, unterscheiden kann.« »Ah ja, verstehe, bitte um Entschuldigung«, stotterte Weber errötend. Mandel winkte ab und sah zu Olaf hinüber, der immer noch neben dem Gong stand und ratlos auf seinen Vater schaute. »Komm bitte, Olaf, ich werde dir dein Zimmer zeigen«, und er ging mit leichten Bewegungen voran. Weber nahm die Tasche auf, winkte seinem Sohn und folgte Mandel, den Schluß bildete Olaf, der noch vor Herrn Meier eine Verbeugung machte. Aus den Türen spähten voller Neugier einige Gesichter, die Tischdienste eilten betroffen vorbei, sogar ein Primaner trat mit erstaunten Blicken und gerunzelten Brauen vor seine Tür und ließ die drei passieren. Im ersten Stock, Zimmer 45, sollte Olaf wohnen.

Dort hatte Linsenmeier gerade seine Hose herabgelassen, um sich nach seiner Gewohnheit vor dem Kaffeetrinken die Unterhose und sein klobiges Geschlecht zurechtzurücken, als Herr Mandel, gefolgt von Herrn Weber und Olaf, eintraten. Weber brach in schallendes Gelächter aus und rief dem erschrocken zusammenzuckenden Linsenmeier zu: »Keine Panik, ich habe schon so manchen Arsch gesehen, weitermachen!« und er prustete. Mandel hatte einen Mundwinkel gesenkt und sagte nun nebenher zu Olaf, indem er auf einen Doppelschrank wies: »Hinter den rechten Türen ist Raum für deine Wäsche«, dann plötzlich zu Zimmer, der immer noch auf seinem Bett lag und Olaf wie eine Erscheinung anstarrte: »Zimmer, würdest du dich bitte aus deinem Bett bemühen. Überhaupt erwarte ich, daß ihr bald euren neuen Kameraden besucht.« Wittfoth drückte sich heimlich aus der Tür, Linsenmeier hatte endlich den Reißverschluß zu und kam herbei, Almstadt legte die Plattenhüllen aus der Hand und putzte sich die Nase, Zimmer wälzte sich betont ruhig aus dem Bett. »Dies also«, sagte Mandel, »ist euer neuer Kamerad Olaf Weber, und das, Olaf, sind deine zukünftigen Zimmergenossen Karl Linsenmeier, Udo Zimmer und Michael Almstadt.« Olaf drückte den dreien vorsichtig die Hand.

Sein Vater schien die mangelnde Kameradschaftlichkeit, die in seiner Begrüßung zum Ausdruck kam, zu spüren, denn er griff mit seinem besten Händedruck nach Linsenmeiers Hand und sagte: »Das gibt hoffentlich eine echte Freundschaft zwischen euch Kerls!« und er klopfte dem erstaunten Linsenmeier auf die Schultern, daß man befürchten mußte, dessen Pickel würden jeden Augenblick platzen. Olaf trat auch vorsichtig zurück, wurde aber von seinem Vater beim Arm gegriffen, während dieser nun auch Almstadt und Zimmer (»Sie sind also der Namensvetter dieses Raums, hahaha!«) die Hand schüttelte, ohne Zimmers süßliches Lächeln und Almstadts Schweigen zu beachten. Jetzt rückte sich Mandel mit einer flüchtigen Gebärde in Erinnerung: »Ihr werdet bitte auf euren neuen Kameraden etwas Rücksicht nehmen, er kann nicht gut hören«, und während die drei neugierig auf seine Ohren sahen und hinter dem rechten in der Tat eine gewaltige Einbuchtung entdeckten, beschwichtigte Mandel mit einem kühlen Blick Weber, der mit energischen Worten die Zurücksetzung seines Sohnes zurechtweisen wollte: »Und nun, Olaf«, fuhr Mandel fort, »kannst du deine Wäsche einräumen, das heißt«, er sah auf seine riesige Uhr, die sein schmales Handgelenk mit dem Überbein besonders betonte, »es wird bald gongen, am besten gehst du mit deinen neuen Kameraden zum Kaffeetrinken und läßt dich dann von ihnen hier einweisen: dein Platz im Waschraum, im Schuhputzkeller, dein Bücherbrett, dein Tisch und so weiter. Almstadt, ich verlasse mich auf dich, du sagst Olaf bitte auch die Aufgaben und hilfst ihm eventuell bei ihrer Erledigung, deshalb dürft ihr heute eure Arbeitszeit über auf dem Zimmer bleiben, ich werde mich um euch kümmern. Zwar glaube ich nicht«, und er blickte Olaf forschend an, »daß du zu den großen Rabauken gehörst, aber du solltest dich immerhin von deinen neuen Kameraden in die Heimordnung einführen lassen, damit wir uns möglichst konfliktfrei verständigen. Außerdem kannst du dich«, Mandel wurde von drei gewaltigen Gongschlägen unterbrochen, denen ein gebrülltes »Tischdienste raustreten« folgte, begleitet von wieherndem Gelächter – »Diese Lümmel!« – und Mandel erbleichte: »Außerdem kannst du dich, sagte ich, an deinen zuständigen Erzieher, Herrn Rumpf, wenden, wenn du Fragen haben solltest. So.« Er erhob leicht die Stimme: »Und nun könnt ihr gleich zum Kaffeetrinken gehn, ohne allerdings vorher das Händewaschen zu vergessen. Olaf, du kannst einstweilen das Händetuch der Putzfrauen, das dir Almstadt zeigen wird, benutzen. Wenn Sie sich gleich von Ihrem Sohn verabschieden wollen, Herr Weber?« Weber schreckte auf. »Ja, sofort, also mein Junge, du hast hier eine Menge prächtiger Kameraden zur Verfügung, lebe dich gut ein, ich werde auf deinen Brief gespannt sein, ich lasse von mir hören, ich sage noch dem Heimleiter Guten Tag und fahre dann nach Hause, mein Junge, machs gut und streng dich in der Schule an, damit etwas aus dir wird, Unterstützung«, und er klopfte dem neben ihm stehenden Linsenmeier auf die Schulter, »hast du ja«, er schüttelte seinem Sohn die Hand, hätte ihn vielleicht umarmt, wenn er ihm näher gestanden hätte, »damit ich mir keine Sorgen machen muß deinetwegen. Wiedersehen!« »Wiedersehen, Papa«, antwortete Olaf einsilbig und ohne seinen Vater anzusehen. Weber lachte auf, kniff ihn in die fleischlose Wange und folgte dem in der Tür bereits auf ihn wartenden Mandel.

Zwischen den um sie herum angestrengt langsam gehenden Schülern stiegen sie die Treppe hinab. Unten bot Weber Herrn Mandel eine Zigarette an, gab ihm Feuer und zündete sich selbst eine an: »Ich würde gern noch mit dem Heimleiter, auch wegen einiger Formalitäten reden . . .«, und er sah erwartungsvoll auf Herrn Mandel, der sich Zeit ließ, ein bißchen Asche von der eben erst angezündeten Zigarette abstäubte, die Augenbrauen runzelte und schließlich Weber voll ansah: »Ich hoffe, Herr Dr. Kulp ist da, ich werde Ihnen den Weg zeigen.« Und mit einem Blick, der Weber zum Folgen aufforderte, öffnete er die Tür und stieg die drei Stufen zur Pergola hinunter, wo die letzten Schüler und Schülerinnen, wie Weber feststellte, zum Kaffeetrinken gingen.

Es ist ganz verrückt. Ich erscheine mir als einer, der fast völlig in der Fiktion verschwunden ist, und schreibe eine verständliche und randscharfe Geschichte auf, die so nur in der Fiktion vorkommen kann (und wenn nicht, um so schlimmer für die Realität). Und ich begegne Leuten, die sich auf dem aufsteigenden Ast der Literatur meinen (und deshalb auch so anerkannt werden), die mit der Fiktion gebrochen haben in unserer Zeit und am liebsten alte Romane lesen oder alte Hollywoodfilme sehen. Der Zusammenhang zwischen diesen beiden Tatsachen ist nicht leicht durchschaubar, vielleicht überhaupt nicht rational lösbar, aber verrückt, verrückt, weil ich leben und schreiben will, Leser brauche, Menschen mit Antennen, wie ich sie habe.

Manchmal komme ich mir vor wie ein ausgeleiertes Gummiband oder wie Robert Walser, als er seine Briefe aus der Heilanstalt schrieb: die Ruhe, vor die Tür treten zu können, mitten aus dem Satz aufzustehen und wegzugehen, weil man merkt, dieser Satz gehört mir gar nicht mehr, hier lasse ich durch mich reden. Die letzten Sätze nach der ordentlichen Geschichte sind so. Sind sie wahr, ist die Geschichte wahr?

Vor solchen Fragen fliehe ich mit der Behauptung: eines Tages erreiche ich mich, eines Tages kann ich all den Leuten, an denen ich mich wundgerieben habe, begegnen ohne Scheu, ruhig und fähig, ihnen zuzuhören. (Ich werde nicht denken: Wie kann er so etwas jetzt sagen, nachdem er hinter meinem Rücken oder sogar mir ins Gesicht solche Grobheiten gesagt hat.)

Ein Freund will eine Habilitationsschrift über den Schmerz schreiben. O Gott dachte ich zuerst, während ich ihm sagte: Wie interessant. Dann dachte ich, warum nicht, dann: Was bleibt noch übrig, dann: Warum nicht aufhören oder wenigstens das Wichtigste durchstreichen wie Maud in ihren Briefen? Schließlich kam ich zu dem Urteil: Das ist alles Ziererei, warum soll nicht jemand eine Habilitationsschrift über den Schmerz schreiben? (Eine andere Stimme sagte: Aber klingt das nicht so, als wäre in unserer Gesellschaft Schmerz nicht mehr möglich oder – was noch schlimmer ist – nicht mehr nötig, daß hier schon offiziell-universitäre Schriften darüber angefertigt werden?) Es leben so viele Lehrer an den Universitäten auf zu großem Fuße, ohne die Fähigkeit festzustellen, was die Wirklichkeit ist, was ihre Angeberei (weil sie angeben müssen). Am liebsten möchte ich meinen Kopf auf die Schreibmaschine lehnen und mich nie wieder aufrichten. Aber dieser Satz soll nicht gelten.

Ich erinnere mich noch genau, wenn auch mühsam, daß ich das erste Mal bewußt dieses genüßliche passive Bedürfnis hatte, als mich Gunter in Nenndorf besuchte. Es muß zwei, drei Jahre nach seiner Flucht gewesen sein. Ich hatte nie wieder von ihm etwas gehört, war brav weiter zur Schule gegangen, immer haarscharf am Sitzenbleiben vorbei, hatte inzwischen Küssen gelernt (ohne allzuoft an meine Übungen mit Gunter zurückzudenken) und fühlte mich im Heim ganz normal, wie man sich nach Jahren in einer Umgebung fühlt, wo man die meiste Zeit des Jahres zubringt. Ich will mich nicht rechtfertigen, sondern nur feststellen (und deshalb habe ich auch die Geschichte erzählt, exemplarisch), daß man eine Ausnahme, also jemand mit einem eigenständigen, ungewöhnlichen Benehmen nur kurze Zeit sein kann in einem Internat. Der Kraft des genau geregelten Tagesablaufs ist auf die Dauer kein Kraut gewachsen.

Gunter kam von Braunschweig, wo er wieder bei seiner Mutter wohnte, mit einem Moped, einem Ofen, wie er sagte, nach Bad Nenndorf gefahren, um sich das Heim noch mal anzusehen und um festzustellen, ob ich noch da sei. Sein Ofen hatte vorn einen Fuchsschwanz wehen, wie es damals gerade modern wurde, und war im übrigen rot angestrichen. Da ich mich mit Mopeds und überhaupt mit Fahrzeugen nicht so besonders auskenne (ich habe bis heute noch keinen Führerschein), kann ich nicht sagen, welches Fabrikat es war. Gunter war inzwischen fast erwachsen und sah sehr gefestigt und ernst aus. Ich war ganz perplex, als es klopfte und ich unwirsch Herein sagte (ich wollte beim Lesen ungern gestört werden): da stand Gunter, er hatte sein Haar länger wachsen lassen und trug statt eines Messerschnitts eine Welle vorn, die aber verrutscht war und in seine etwas niedrige und nach hinten fliehende Stirn fiel. Doch seine große Nase und seine hellen blauen Augen waren noch die alten, und deshalb erkannte ich ihn sofort, obwohl er eine von diesen ledernen Jacken trug, wie sie in den sogenannten Halbstarkenbanden üblich waren, nur daß Gunter auf dem Rücken, wie ich später feststellte, keinen Bandennamen aufgedruckt hatte.

Ich freute mich sehr, hatte aber zugleich ein schlechtes Gewissen und war durch diesen plötzlichen Besuch überfordert: da sitzt man in seinen alltäglichen Hosen auf seinem alltäglichen Stuhl an seinem alltäglichen Tisch mit irgendeinem Buch, in dem das einzige Außergewöhnliche in diesem

Leben passiert, und dann tritt Gunter ins Zimmer, an den ich nur mit großen Schuldgefühlen denken konnte, weil ich ihn und Rainer verraten hatte. Als wir uns verlegen und erfreut heftig die Hände schüttelten, merkte ich, wie hart Gunters Handinnenflächen waren, voller Schwielen und rauh. Er sah sich in dem Zimmer um, das längst ein anderes war als unser damaliges Zimmer 46, es war kleiner und nur mit drei Leuten belegt, die beiden anderen waren gerade nicht da. Gunter fragte: Wollen wir etwas auf meinem Ofen herumgondeln? Und weil ich ziemlich verblüfft guckte, sagte er, während er mein Buch vom Tisch aufnahm, es umdrehte, auf den Titel sah und wieder hinlegte: Mein Ofen, verstehst du, das ist mein Moped, ich würde mir gern mal die Umgebung ansehen, eigentlich wollte ich auch das Heim sehen, aber ich habe eben schon Schneider getroffen und der redete wieder son ironisches Zeug, daß ich keine Lust mehr habe, vielleicht können wir nachher ja Kaffeetrinken. O. K., ich war einverstanden. Zieh dir aber was Warmes über, sagte Gunter und schwang sich auf das obere Bett, es gehörte Wolf, und ich war besorgt, er könnte das ordentlich gemachte Bett (Wolf war Offizierssohn) zerstören. Gunter lachte stolz, weil er sich immer noch auf das obere Bett setzen konnte, wie er früher immer gesagt hatte. Wie warm? fragte ich. Es war März oder April, Frühlingsanfang. Ohne seine Antwort, die sowieso nicht kam, abzuwarten, nahm ich meine blaurot (lilarot) gestreifte und schwarz abgesetzte Jacke aus dem Schrank, die ich noch heute in einem alten Koffer aufbewahre, weil sie drei Jahre, die entscheidenden drei Jahre, meine absolute Lieblingsjacke war und ich in ihr so viel erlebt habe, daß ich sie nicht einfach wegwerfen kann. Gegenüber Gunters glänzender schwarzer Lederjacke sah sie natürlich harmlos aus, nachgeahmt wild und billig (sie war auch von C&A). Aber Gunter war nicht ironisch und sprang mit einem Ruck vom Bett, schlug mir auf die Schultern und sagte: Hast du keinen Kopfschutz, na, dann muß ich vorsichtig fahren.

Und bevor wir hinausgingen, drehte er sich noch zu Wolfs Bett und zog die Decke wieder glatt. Ganz wie früher, sorgfältig und rücksichtsvoll.

Ich meldete mich bei Schneider ab und erhielt die Erlaubnis, auch während der Arbeitszeit mit Gunter zusammenbleiben zu dürfen, weil ich Schneider überzeugen konnte, daß wir nicht viel Aufgaben zu erledigen hatten und ich das gut am Abend tun konnte. Aus den Fenstern der Häuser lehnten die Mädchen und Jungen mit neugierigen Gesichtern: Wer ist denn das? Was ist denn das für ein halbes Auto? Wo will der mit dem Hugo hin? Einige riefen auch etwas herüber, Gunter drehte sich mit einer Filmbewegung um, als wollte er aus der Hüfte schießen, aber er grinste gutmütig dabei. (Dann bekamen seine Ohren immer Besuch, wie man sagte.) Mit einer leichten Bewegung nahm er die aufgebockte Maschine, um die einige kleine Jungen standen, herunter und warf sie an. Dann schwang er sich auf den Sitz und sah mich auffordernd an. Es war das erste Mal, daß ich mit einem Moped fahren sollte. Zwar hatte mich früher als Kind ein Onkel einige Male auf dem Motorrad mitgenommen, aber daran erinnerte ich mich nur noch schwach. Ich stieg also mit ungelenken Bewegungen hinter Gunter auf das Moped, während er sich seinen Helm aufband und aus den Fenstern des Mädchenhauses Gekichere zu hören war. Wahrscheinlich lachten sie über meine ungeschickten Bewegungen. Und als ich hochsah, konnte ich Susanne, Renate, Ute und noch ein paar erkennen, mindestens zwei Freundinnen, ehemalige Freundinnen von mir schauten zu und konnten jetzt GOTT SEI DANK sagen, weil wir nicht mehr zusammen gingen, so ungeschickt sah ich bestimmt aus, und außerdem gab ich mich mit einem ab, der unzweifelhaft wie ein Arbeiter aussah, grobporig und mit schweren Bewegungen, ungeübt in taktvollen und zierlichen Kopfbewegungen, nicht strahlend sauber und mit weißem Fleisch zu dem verwaschenen blonden Haar, mittelblond bis dunkelblond. Und ich dachte etwas wie: Eigenartig, daß kaum noch jemand da ist, der Gunter kennt, so schnell wechseln hier die Schüler, besonders die Schülerinnen, und wie lange bin ich schon hier, fünf Jahre, ein Museumsstück, ein Faktotum, zum Heim zugehörig, deshalb hatte ich auch zu meinem fünfjährigen Jubiläum eine Lampe geschenkt bekommen, eine Leselampe, denn man ging auf meine Vorliebe ein, und Herr Schneider sagte im Eßsaal vor der Andacht, damit du erleuchtet wirst, bin ich das nicht, fragte ich vorlaut in das Gelächter des Saals zurück. Ein eigenartiges Gefühl, schon als Institution betrachtet zu werden, der erste Schüler, schon fünf Jahre, und was haben wir nicht schon alles zusammen erlebt, sagte Herr Schneider, und Dr. Riel lächelte dazu, ja, was haben wir nicht schon alles zusammen erlebt: Gunters Flucht zum Beispiel und meinen Verrat, und jetzt sitze ich hier ganz gemütlich bei ihm auf dem Moped hinten: er hat mich nicht verprügelt. Will er vielleicht mit mir verunglücken, er hat schließlich einen Sturzhelm? Aber warum sollte er sich jetzt noch rächen wollen? Rainer war auch da, hat erzählt von Mädchen und Chausseen und wie leicht alles ist in der Ostzone, der sogenannten Ostzone. Wer weiß, was Gunter mir erzählen würde, was er inzwischen alles erlebt hatte. Ich legte meine Hände auf seine Schulter, aber das reichte nicht, er fuhr ziemlich ruppig und kühn an, wahrscheinlich, um den Mädchen zu imponieren. Deshalb mußte ich ihn umschlingen und meinen Kopf hinter ihm in Deckung bringen, damit mir nichts in die Augen flog. Gunter hatte eine Motorradbrille auf und wandte ein wenig seinen Kopf zurück und fragte: Na, wie findest du es? und ich sagte: Gut, ein toller Ofen. Er lachte sein glucksendes Lachen, wie ich es noch von seinen Geschichten her im Ohr hatte (Hiergeblieben, wenn gegessen wird, sagte sein Onkel!).

Wir fegten die Dorfstraße hinunter aus Bad Nenndorf und hinaus auf die Bundesstraße: Gunter steigerte das Tempo, und ich saß hinter ihm, meine Arme um seinen Körper geschlungen und kam mir vor wie eine Mopedbraut, denn Gunter saß auf seinem Ofen wie angebaut, sicher und selbstverständlich,

ich spürte unter seiner Jacke das Spiel seiner Muskeln, wenn er sich in die Kurven legte und dann geradezu mit den Armen sein Moped wieder hochhob aus der Schräglage, Gas gab und noch schneller weiterraste. Sprechen war sinnlos, Gunter würde mich nicht gehört haben, und so blieb mir nichts anderes übrig, als mich möglichst gut festzuhalten, im Windschatten zu bleiben und zu hoffen, daß er sich bald ausgetobt haben würde. Aber erst einmal rasten wir die Plätze ab, an die er sich noch erinnerte: wo im Deister die Waldläufe stattgefunden hatten (bei denen Rainer immer ganz gut gewesen war, mein bester Platz war einmal der vierte gewesen), ich habe den Namen der Schenke vergessen, an der das Ziel aufgebaut war, Lehrer standen dort und Schüler, vor allem die Mädchen, und feuerten die ankommenden Läufer mit ungeheurem Geschrei an. Aber das konnte ich immer nur noch schwach wahrnehmen, weil ich mich voll darauf konzentrieren mußte, nicht hinzufallen, denn die letzten hundertundfünfzig Meter ging es aus einer Biegung ziemlich steil bergab, und das war nicht ungefährlich, wenn man vorher schon tausend oder tausendfünfhundert Meter durch den Wald, durch Bäche und über glitschige Wege gelaufen war. Zumal ich total ausgepumpt auf die Zielgerade kam, weil ich mich aus Ehrgeiz und Freundschaft an die besten Läufer halten mußte, die meist aus dem Heim kamen und mit denen ich mich großzügig in der Führungsarbeit abgelöst hatte. Zweimal bin ich am Ziel völlig erschöpft zusammengeklappt und konnte einige Minuten lang kaum Luft holen. Jochen sagte, es liege an meiner Laufhaltung, die verkrampft sei. Und außerdem sollte ich mit ihm mal trainieren: das sei mit das Größte. Jetzt, nachdem ich den Film: Die Einsamkeit des Langstreckenläufers gesehen habe, kann ich ihn verstehen. Ich bin nur zweimal in meinem Leben befreit und gut gelaufen, und beide Male hatte ich neue Kleider an und wußte vorher, daß ich gewinnen würde: einmal im Kinderhort, als ich in einem Wettrennen am Kanal allen davonlief, das andere Mal im nachmittäglichen Schulsport bei einem Tausendmeterlauf, als ich nach vierhundert Metern auf und davon ging und mit weitem Vorsprung ins Ziel kam. Es muß eine phantastische Zeit gewesen sein, denn der Sportlehrer sagte mir, ich solle mich unbedingt auf Langstreckenläufe spezialisieren. (Und ich hielt mich lange für einen guten Langstreckenläufer, bis ich Jahre später mit Mühe die Norm über fünftausend Meter für das Sportabzeichen schaffte.) Dieser Tausendmeterlauf war in der achten Klasse gewesen, Gunter und Rainer hatten daran teilgenommen: es war das einzige Mal, daß ich Rainer im Laufen geschlagen hatte. Gunter hatte sich über meinen Sieg riesig gefreut (so neidlos, wie ich das später selten erlebt habe).

Daran mußte ich denken, während Gunter an die verschiedensten Orte raste, kurz anhielt und weiterraste. Er sprach kaum ein Wort: vielleicht: das ist doch der Heilbrunnen oder etwas Ähnliches, aber dann ging es gleich weiter. Ich wußte auch nicht, was ich sagen sollte, für mich waren das ganz normale Plätze, und was in Gunters Kopf vor sich ging, konnte ich nicht erraten. Also fuhren wir auf seinem Ofen, mit dem er sich immer so waghalsig in die Kurven legte und meine ungeschickten Bewegungen noch leicht und souverän ausglich, über eine Stunde die Umgebung Nenndorfs ab, bis nach Bantorf und Barsinghausen, im Deister kreuz und quer, auch einmal ein bißchen in Richtung auf Lauenau, aber ganz dorthin mochte Gunter wohl nicht fahren. Auch darüber schwiegen wir: wie es war auf der Flucht, ob er gewußt hat, daß ich ihn und Rainer verraten habe (und vielleicht weiß er es bis heute nicht: wenn Schneider und die Polizisten, seine Mutter nichts gesagt haben; ich jedenfalls habe mit niemandem, soweit ich mich erinnere, darüber gesprochen).

Plötzlich hielt Gunter an: Wollen wir zu Tatge, ein Bier trinken? Ich erinnerte mich, daß er zusammen mit einigen anderen, die wie er älter waren als ich, damals einige Male dort Bier getrunken hatte. Ich war damals gar nicht in Kneipen gegangen und auch später nicht oft. Ich nickte, weil ich nach der anstrengenden Fahrt noch nicht sprechen konnte (es ist nicht leicht, über eine Stunde hinten auf einem Moped geklemmt zu sitzen, wenn man es nicht gewohnt ist). Was war Gunter nun für eine Person geworden? Ich sah ihn in Braunschweig in einer Bande auf Mopeds über die Straßen preschen mit einer Stimmung wie in den James-Dean-Filmen.

Aber es war alles viel weniger aufregend, normal, ohne Abenteuer: wir saßen beim Bier, und er sagte plötzlich: Ich würde gern mit dir tauschen. Ich wollte abwehren, erzählte von meinem Meniskus, daß ich ein halber Krüppel sei, wie langweilig die Schule sei, das Scheißheim ... Er hörte mir zu mit einem Lächeln, bei dem seine Ohren fast Besuch bekamen, ganz ruhig, dabei spielte er mit seinem Bierdeckel: Komm, hör auf, sagte er plötzlich, ich weiß, das sind alles Sorgen, die du haben darfst. Das verstand ich nicht, zumal wir früher immer einer Meinung in diesen Dingen gewesen waren. Es entstand ein Schweigen, und wir starrten beide auf die rotweißkarierte Decke, die auf dem Wirtshaustisch lag.

Gunter zog aus der Innentasche seiner Lederjacke ein Wurfmesser und wog es in der Hand, ich schaute mich unbehaglich nach dem Wirt um, der uns mißtrauisch beobachtete; wir waren die einzigen Gäste, an einem Nachmittag mitten in der Woche, zwei junge Burschen, davon einer in Lederjacke, wie ein Halbstarker aussehend, fremd dazu und ein Messer in der Hand. Das ging mir im Kopf herum, und wenn der Wirt sich an das Heim wenden würde; nicht daß ich ängstlich wäre, aber warum so etwas Unnötiges, warum diese Angeberei, oder war ich doch ängstlich? Gunter begann einen EDDIE COCHRAN-Titel zu singen: C'MON EVERYBODY. Ich sagte: Was machst du mit dem Ding, bist du unter die Messerwerfer gegangen? Er wiegte den Kopf: Man muß sich schützen. Und nach einer Pause: Weißt du noch, wie wir mit dem Messer die Muskelproben gemacht haben, siehst du, ich kann es immer noch, meine Muskeln sind hart, und er schob die Jacke und das Hemd hoch und ließ das Messer auf seine Unterarmmuskeln fallen, es prallte ab und fiel auf die Erde. Der Wirt machte eine Bewegung an der Theke. Auf die Unterarmmuskeln. Donnerwetter, das sollte was heißen, wie stählern waren dann erst seine Bizeps. Gunter hob das Messer auf: Möchtest du auch mal? Ich sagte: Ich glaube, ich schaffe das nicht, laß man. In Wirklichkeit glaubte ich, daß ich es zwar schaffen würde, daß ich es hier aber blödsinnig fand, wo ein Zeuge dabeistand, wenn der das dem Heim melden würde! Na, dann nicht, sagte Gunter und wischte das Messer ab, als wäre Blut daran, und steckte es dann wieder weg in seine Jacke.

Was machst du denn so? fragte ich, um endlich aus dieser angespannten Situation in eine angenehme Erzählsituation zu kommen. Gunter sah mich mit seinen hellblauen Augen an, ohne zu lächeln: ich dachte, soll ich mich nun überlegen verhalten, weil ich weiter zur Schule gehe, oder soll ich mich bemuttern lassen wie früher. Gunter schien etwas Ähnliches zu denken, er legte seine Hand auf meinen Arm und sagte: Meinst du, daß du das verstehst, ich bin Schlosserlehrling, und er sah auf seine Nägel, die dreckig und eingerissen waren, ich arbeite in einer Autoschlosserei, das ist eine große Halle, in der wir Autos reparieren, da habe ich auch meinen Ofen frisiert, das hast du gar nicht bemerkt, was, fragte er mich grinsend, du verstehst eben davon nichts, du bist hier immer noch in Nenndorf, lernst Vokabeln und läßt dich von Lorke auf die Ofenbank schicken, hast du noch Lorke, und als ich sagte: nein, Gittner, und dann beschreiben wollte, was das für ein eigenartiger Lehrer sei, konnte er es nicht mehr aushalten, er kippelte mit seinem Stuhl und sang BLUE SUEDE SHOES, richtig hart mit einer Stimme, die ich Gunter nie zugetraut hatte, und mir schoß durch den Kopf, daß er vielleicht davon träumte, Sänger, ROCK-STAR zu werden, daß seinen Kollegen Hören und Sehen vergehen würde oder sie mit ihren Schraubenschlüsseln und anderen Werkzeugen im Rhythmus gegen die Autos trommeln würden, bis es in der ganzen Werkstatt nur so von Lack stäuben würde. Mir fiel auch ein, daß wir gar nicht mehr das

Hitparade-Ritual im Tagesraum hatten wie damals, als Gunter und Rainer noch da waren.

Es war eine Qual. Von den Lehrern, die Gunter kannte, hatte ich keinen mehr, viele waren gar nicht mehr an unserer Schule, was sollte ich erzählen? Als ich auf unsere alten Geschichten kam und Gunter an seinen Käse und Maden essenden Onkel erinnerte, sagte er nur, du kennst ja die Geschichte, und außerdem ist er schon vor zwei Jahren gestorben, es war ein Großonkel von mir, über 70 Jahre. Und dann begann er mir seine Autopläne zu entwerfen: er wollte sich ein Auto selbst bauen, um dann vielleicht an Rennen teilzunehmen, bald hätte er seine Mutter rum, dann würde sie ihm Geld zuschießen. Er sah mit seinen wasserblauen Augen aus dem Fenster auf die Nenndorfer Hauptstraße: vielleicht dachte er an Monte Carlo, an Monza, an Sebring, an den Nürburgring und spürte schon den Siegerkranz um seinen Hals, leerte den Sekt aus dem Pokal wie jetzt sein Bier aus dem Bierglas. Gunter bestellte schon das vierte Bier, und mir wurde mulmig: er mußte noch nach Hause fahren, und mich würde er zum Heim bringen wollen.

Wenn ich jetzt daran denke: es ist schon traurig, wie man abgeschliffen wird im Heim, sogar in seinen Träumen: mit Gunters Autofahrertraum konnte ich nicht konkurrieren, nicht einmal Detektiv wollte ich mehr werden, nur das Abitur machen, aufsteigen, was Besseres werden als meine Leute zuhause, studieren, das richtige Mädchen (ein strahlendes Mädchen, das die Vorzüge aller meiner bisherigen Freundinnen und noch mehr davon haben mußte) heiraten, vielleicht einmal nach Kanada fahren, aber das war ganz weit weggerückt, obwohl ich von einem jungen Deutschkanadier die Einladung dazu hatte, aus Vancouver, der ein Jahr lang bei uns im Internat gewesen war, um deutsch erzogen zu werden: ein tapferer kleiner Bursche, der in der Schule überhaupt nicht mitkam und dann zurück nach Vancouver ging, wo seine Eltern viele Dollars verdienten, nach Hause, sagte er.

Was ich träumen konnte, war, wie Gunter mich in zwei Jahren in seinem Sportwagen besuchen würde und wir über die Autobahn donnern würden, aber erst in zwei Jahren, weil ich hoffte, bis dahin den Führerschein zu machen und mich an solch verwegene Fahrten zu gewöhnen und nicht mehr bei dem Wort Auto an Kotzen zu denken, weil ich früher das Autofahren nicht vertragen konnte. Ich sagte das Gunter, und er lächelte endlich wieder. –

Ich sitze hier am Kaffeetisch, der Kaffee ist ausgetrunken, ich komme mir leer und ausgepumpt vor, so als wäre ich nun bald mit diesem Buch am Ende. Dabei sitze ich noch zugleich mit Gunter in Tatges Gasthaus beim Bier und unterhalte mich, denn ich habe endlich das Thema gefunden, über das wir uns gut unterhalten können, über Schallplatten: Hits von damals und heute, Elvis, Pat Boone, Little Richard und wie sie alle heißen. Gunter war nie ein besonders großer Spezialist darin, aber durch seine Freundschaft mit Rainer und mir hat er einiges mitgekriegt – und außerdem war er selbstverständlich auch bei den Sitzungen im Tagesraum dabei, wenn es Hitparade gab. Ich habe auch noch einige wichtige Einzelheiten mitzuteilen. Hoffentlich halte ich durch. Vielleicht bin ich auch im Moment zu unlustig, weil ich in einer Woche in den Bayrischen Wald fahre, um ein bißchen Urlaub zu machen. Und da beginnen alle Bücher unwirklich zu werden, wenn man sie schreibt, während diejenigen, und gerade die dicken, die man besonders gern lesen wollte, schon seit langem immer wirklicher und drängender werden. Das ist bei mir Musils *Mann ohne Eigenschaften*, in dem ich schon öfter herumgelesen habe, den ich aber immer wieder beiseite gelegt habe, weil er so dick und so wuchtig ist: die Arbeit fast eines ganzen Lebens steckt darin – und das finde ich nicht fair, so anspruchsvoll und gewichtig, irgendwie aufdringlich. Braucht man ein ganzes Leben, um herauszufinden, daß man ein Mann ohne Eigenschaften ist? Ich habe mir schon oft vorgestellt, wovon wohl der *Mann ohne Eigenschaften* handelt. Ich kenne *Tonka*. Und in dieser Geschichte las ich einen Vergleich, der mich im Zusammenhang mit dem Titel *Mann ohne Eigenschaften* nicht wieder losließ: von Tonka wird gesagt, sie habe eine Seele wie ein Regenmantel, von dem alles wieder abtropfe, alles. Und solch eine Seele hat in meiner Erwartung auch der Mann ohne Eigenschaften, und sollte er sie haben, so fühle ich mich ihm manchmal verwandt: aufgrund dieser Heimerziehung und dem synthetischen Leben dort, in dem die Hitparade meine Heimat war, und für kurze Zeit zwei Jungen meine Mutter und mein Vater. Und vielleicht bin ich dadurch, daß ich nun schon seit ein paar Monaten an diesem Buch schreibe, dazu gebracht worden, endlich den einschüchternden Roman zu lesen. Doch noch sitze ich mit Gunter bei Tatge und spreche mit ihm über Platten, die er jetzt gut findet: Eddie Cochrans SUMMERTIME BLUES und THREE STEPS TO HEAVEN, aber darüber möchte er nicht mit mir sprechen: Da habe ich noch nie darüber nachgedacht, sagt er, und ich erinnere mich, daß er immer sehr bedächtig und vorsichtig war, weshalb ihn Frau Dr. Schäfer ja auch verhängnisvoll unterschätzt hat. Aber über Louis Armstrong (damals lebte er noch), möchte er sprechen, wie andere Leute über ihre klassischen Sachen. Armer Gunter, denke ich, und er ist auf einmal gar keine Autorität mehr für mich und wird neben mir trotz seiner Lederjacke, seines Wurfmessers, trotz seines Ofens und seines erwachsenen Aussehens mit seinen harten Schwielen in den Händen und der in die Stirn hängenden Locke immer kleiner und schrumpft fast unter den Tisch, ohne daß ich mich dagegen wehren kann: er erklärt mir, wie gut SKOKIAAN, dieser alte afrikanische Jagdruf und diese großartige Nummer von Satchmo ist (auch ich finde das!). Aber was ist Satchmos schmissige, ein wenig angerauhte Jazzmusik gegen den JAILHOUSE ROCK von Elvis oder gegen eine von diesen dämmebrechenden langsamen Nummern wie PLEASE DONT STOP LOVIN ME, in denen damals der ganze Tagesraum schwamm: niemand sprach, und alle hatten so ein starkes Gefühl wie beim Abschied: das heißt, ich werde dich nie vergessen. Niemand kümmerte sich darum, daß es ein Ersatzgefühl war aus einer Vorstellungswelt, die ganz wenig zu tun hatte mit unserem Leben im Heim, wenn man die brutalen Schlägereien zu Beginn abrechnet. Wir fühlten dies Zusammengehörigkeitsgefühl mit irgend jemand aus unserer Traumwelt sehr stark, und oft kam ein schöner kameradschaftlicher Abend dabei heraus.

Damals bei Tatge in der Gastwirtschaft, der Wirt stand hinter dem Tresen und beobachtete uns Halbstarke, die wir nach Gunters Messerspielereien endgültig waren, beim Biertrinken und Reden – damals begann ich wahrscheinlich damit, Gunter zu vergessen, ihn und meine Verratsgefühle an ihn auszulöschen, mit ihm Rainer zu vergessen, all das, was für fünf Jahre meine Vorstellungswelt und Heimwelt gewesen war. Dann kam Maud. Anders kann ich es mir nicht erklären, daß ich beim Wiedersehen meines Fahndungszettels zuerst Zweifel hatte, ob dieser Zettel überhaupt von mir stammte. Meine Erinnerung an Gunter und Rainer war von Hunderten von Platten und Tonbändern überspielt worden. –

Es ist schon wieder ein anderer Tag, und ich trinke heute sehr verspätet Kaffee. Denn fast den ganzen Tag über habe ich Programme für Seminarkurse entworfen, die ich anbieten will. Irgendwo auf dem Land, vermittelt von der Zentralstelle für auswärtige Seminare der Universität. Ich war ganz verzweifelt, weil ich den wissenschaftlichen Jargon fast verlernt hatte und sehr lange brauchte für wenige Sätze. Das Schreiben am Kaffeetisch erleichtert den Stil, befreit ihn von diesen vielen unnützen Verpflichtungen, denen sich Leute unterwerfen, die glänzen müssen, ankommen müssen, Erfolg haben und imponieren, ernst genommen werden, für seriös gelten usw. Solche Muster hatte ich vor mir liegen, und ich brachte lange überhaupt nichts zustande, weil ich immer denken mußte: das ist alles gar nicht wahr, die geben nur an, in Wirklichkeit sind sie froh, wenn sie ein paar angenehme, nicht zu sehr anstrengende Stunden verbringen – ebenso wie die Seminarteilnehmer. Aber erst einmal muß nach außen mit einem ungeheuren Begriffsbollwerk vorgegeben werden, wie wichtig das alles ist, was man tut.

Es stürzt so viel auf mich ein. Ich sehe fast nur noch Grenzen. Wie oft habe ich mich verwundert gefragt: Wie kommt es, daß gute Bücher am Ende so leicht abschlaffen? und jetzt droht es mir ebenso zu gehen. Ich finde keine Zeit mehr, in Ruhe nachzudenken. Ich muß Urlaub machen, dann Geld verdienen, den ganzen Tag arbeiten. Und was bleibt da für mich? denke ich immer wieder und versäume die letzten freien Tage. Einen Schnupfen habe ich, meine Prostata jubelt wieder, so daß ich nicht weiß, ob ich noch vor dem Urlaub zum Arzt gehen soll (aber dann ist der Krankenschein weg). Lauter Probleme – so minimal auf den ersten Blick, so schwer zu bewältigen, wenn sie zusammenkommen. Warum kann nicht jeder das tun, was er gern möchte, wozu er sich seiner Meinung nach am besten eignet? Warum kann ich nicht in Ruhe einen Roman schreiben, diese Papiere zu einem richtigen, abgerundeten, leicht lesbaren und Vergnügen und Denkvergnügen bereitenden Roman ausarbeiten? Wäre das nicht eine Lüge, heutzutage? Da gelten Verträge und Berufsverpflichtungen, wenn man nicht verhungern will oder nicht verzichten will auf die Menschen, die man nach langer Gewohnheit braucht. Habe ich die überhaupt? fährt mir durch den Kopf.

Woran habe ich gedacht nach diesen fünfminütigen Prostatamassagen, wenn ich die Schmerzstöße hinter mir hatte, naßgeschwitzt und glücklich trat ich aus dem Haus und ging wie auf Schaumgummi die Straße entlang, die Sonne schien, es tat nichts mehr weh, und ich hatte meine Euphorie, ich bin zum Bäcker gegangen und habe mir etliche Stücke Kuchen geholt, frisch gemahlenen Kaffee, bin nach Hause gegangen und habe mich an den Kaffeetisch gesetzt, Kaffee getrunken, Kuchen gegessen und habe ganz selbstvergessen in der Zeitung gelesen oder in einem Buch, manchmal habe ich auch ein Gedicht geschrieben, ein ganz kleines, anspruchsloses, in dem die Freude über einen schönen Tag, eine Bemerkung, einen Brief oder über irgendeine Kleinigkeit aufgehoben wurde: damit ich später etwas davon haben könnte, an Tagen wie heute, wenn ich nur bis an die Wand denken kann und mir klebrig und unfähig vorkomme, nur eine vernünftige Zeile zu schreiben. Aber ich schreibe trotzdem! Warum? Weil ich das kenne: Man kommt aus dem Urlaub zurück, muß viel aufarbeiten, Geld verdienen, und nach einer gewissen Zeit, wenn man wieder einmal Luft holen kann, blättert man in der Mappe mit den angebrochenen Texten, findet dieses und jenes ganz hübsch, nimmt sich vor, das weiterzuführen und auszufeilen, legt die Mappe wieder weg, geht einige Tage durch die Stadt in dem Bewußtsein, daß bei etwas Mühe dies Ding bald beendet wäre, gibt sich eines Tages den berühmten Ruck – und stellt fest, wie fern das alles geworden ist, wie viel noch fehlt, bis es zu einem ausgereiften Werk würde: warum eigentlich immer ausgereifte Werke, andererseits: wer fragt heute nicht so? Das alles sind nicht nur unrettbare Hirngespinste gewesen, wieviel Stunden Arbeit stecken darin (von der Erfahrung zu schweigen, die man heute nicht mehr zugeben darf, weil sie andere nicht berühren soll). Vorsicht vor solchen Gedanken, denke ich dann, wem helfen sie und wem sind sie nur Wasser auf seine Mühlen.

Vorhin, vor dem Kaffeetrinken, habe ich mit einem alten Freund gesprochen: Strucki. Er war hier, um ein Blatt aus meinem Buch *Passierscheine* auszutauschen, auf dem sich ein Druckfehler befand. Aber schon bald waren wir (wie eigentlich immer, wenn wir uns sehen, weil wir so alte Freunde sind) in grundsätzlichen Gesprächen: ob ich nicht heiraten sollte und was ich mit diesem ekligen Vertrag mache, den ich im Moment nicht einhalten kann. Wie gut wird Strucki mit allem fertig. Er wohnt jetzt mit Frau und Kind in Adelebsen, einem Dorf, und möchte von dort am liebsten gar nicht mehr weg, er hat Rücklagen und könnte, wenn nicht Klausuren wären, sein Leben völlig genießen. Aber er ist auch so zufrieden. Mit Hendrik, meinem anderen alten Freund, steht es da schon anders, dachte ich die ganze Zeit, um mich zu trösten. Wie gern würde ich dastehn und Ratschläge geben! Mir würde es dann auch nichts ausmachen, wenn mein Reißverschluß am Hosenschlitz kaputtgegangen wäre und ich in der Mensa meine Tasche vorhalten müßte. O. K.

Es ist etwas anderes, wenn man laufend Porzellaneier hat und schon davon träumt, wie man sich gegen den Schreibtisch stützen muß, während der Arzt den Zeigefinger in den Arsch steckt und die Prostata massiert, daß die Vögel zwitschern – und zwischendurch denkt man: Was hat er nur für komisches Gleitzeug auf den Fingerschuh geschmiert, die Kacke kommt davon ganz blasig raus. Schluß damit.

Neben mir auf dem Sofa liegen immer noch *Tynset* und der *Schwarze Frühling*. Ich wollte immer wieder darauf zurückkommen, aber diese Holzkäferatmosphäre in *Tynset* ging mir auf die Nerven und Henry Miller auf die Dauer ebenso. Und also hab ich es bald sein gelassen (nicht ganz). Ich habe sie vergessen mit der Zeit – wie Gunter, der noch immer bei Tatge am Tisch sitzt, weil ich nicht mehr weiß, wie der Abschied war, was wir gemacht haben. Und zum Schwindeln habe ich keine Lust mehr. Wie gern würde ich auf Reisen gehen wie das Ich in *Tynset*, aber ich habe keine Ruhe mehr, mich in die Dinge zu versenken, in ihnen die Spuren meiner Erinnerung und meiner Träume zu suchen (obwohl ich in meinem Leben nichts mehr geübt habe als gerade dies). Ich sitze hier an einem schwülen Julinachmittag, unschlüssig, was ich noch mitteilen soll, unruhig, weil ich noch so viel zu sagen hätte. Mindestens den Ratschlag, Kinder nur vorübergehend, im Notfall, nicht länger als ein Jahr in ein Internat zu stecken; dauerhafte soziale Kontakte aufzubauen, wird sonst nicht gelernt. Oder irre ich mich? Bin ich solch ein besonderer Fall? Jetzt sage ich schon: Fall. Doch es bliebe nichts stehen, was ich nicht teilweise zurücknehmen würde, aus Vorsicht, um nicht wehzutun, aus Angst, aus Gleichgültigkeit und verlorener Liebe.

Ich blättere in Henry Miller: wie leicht ist es zu schreiben wie er, wie schwer zu leben wie er: Hin und her in China, und China ist überall, nicht das China der Landkarte, der Bürostunden und Vertragsabschlüsse, des Geredes der Leute und der Menschen, die man braucht, deren Anerkennung man braucht und Zuspruch (fast hätte ich wieder geschrieben: Liebe). Henry Miller: wie er da steht am Platz Luxemburg (so klingt es gleich ganz anders), an der Pißwand, Herz, Hose und Blase weit offen, wie er schreibt. Genauso fühlte ich mich in Finnland, als wir, Jochen und ich, eingeladen waren bei dem Besitzer der Gärtnerei, in der Jochens Bruder für einige Zeit arbeitete. Wir waren mit dem Schiff nach Helsinki gefahren: zwei Tage unter strahlendheißem Himmel, so daß wir braun geworden waren wie nie, abends leuchteten die Lichter von den Inseln Helsinkis, Schiffe glitten an uns vorbei, am Kai wartete Jochens Bruder mit dem Auto auf uns (wir waren schon erholt von der Fahrt). Es gab so viel Farben, schon das Gelb auf den Straßen, als wir nach Hyvinkää fuhren – natürlich, in anderen europäischen Ländern gibt es das auch. Und dann dieser Abend: wir waren eingeladen in das Cottage des Gärtnereibesitzers an einem See, mit Sauna. Das war das wichtigste, und gleich nach der Ankunft machten wir uns fertig für die Sauna, wir fragten uns, denn wir hatten keine Erfahrung damals: mit Badehose oder ohne, und wir entschlossen uns, mit Badehose hineinzugehen. Später, wenn der Gastgeber keine anhaben sollte, könnten wir unsere ebenfalls ausziehen. Der Gastgeber hatte keine an. Wir saßen auf Holzbänken, schwitzten und sahen auf den bloßen Schwanz unseres Gastgebers, der vorsichtshalber seine Frau, die inzwischen das Essen machte, nicht mitgebracht hatte. Oder warum sonst? Ich hatte etwas Angst, mein Kreislauf, mein Herz: sollte ich so ohne weiteres in den See hüpfen? Der Gastgeber hatte uns an der Anlegebrücke gezeigt: nur nach links, rechts ist es ganz flach und steinig. Sauna soll gesund sein und alles kurieren. Aber ich war mir unsicher. Schließlich, nach einem betont freimütigen Gespräch über die Liebe, sprangen wir auf und liefen zum See, die anderen hüpften so unbedenklich hinein, daß ich nicht zurückbleiben wollte und mit einem meiner mutigsten Kopfsprünge in den See sprang, leider rechts hinein, wo ich regelrecht auf die Steine prallte, so daß ich einige Zeit keine Luft bekam und mich nicht bewegen konnte, mein Kopf pochte wie wild. Als ich auftauchte (das Wasser war etwa einen halben Meter tief), starrten alle gebannt zu mir: Ist was passiert? Warum bist du da hinein gesprungen? Mensch, du blutest ja. Ich war sehr benommen und fühlte das Blut, wie es langsam über meine Kopfhaut lief, als könnte ich nur da fühlen. Aber ich konnte gehen! Ich dachte immer wieder: Wie viele haben sich dabei eine Querschnittslähmung zugezogen! genau in dieser aufpolierten Urlaubsratgebersprache dachte ich. Ich war groggy. Trotzdem wollte ich noch einmal in die Sauna, es war so schön gewesen, und das sollte jetzt nicht zuende sein. Alle sagten: die Sauna ist für alles gut. Und wir gingen zurück in die Sauna, der Gastgeber streifte sich schnell eine Badehose über, keiner von uns dachte mehr daran, seine Badehose auszuziehen. In meiner Wunde brannte der Schweiß, ich blutete, aber nicht sehr stark, sagte der Gastgeber, Sie haben großes Glück gehabt! Er sprach gut Deutsch, er war in Deutschland gewesen, er hatte dort Gartenbauarchitektur studiert. Davon erzählte er nun, während ich groggy war und mich kaum aufrecht halten konnte, mein Schädel brannte. Doch dann war es um so schöner, als wir nach dem Saunen auf dem Waldboden saßen, später an einem Tisch und aßen, Gebratenes, und Bier tranken, der ganze Körper atmete, auf meinem Kopf war Jod, und ich wußte nicht: sollte ich mich dumpf fühlen oder frisch. Ab und zu sagte jemand: Was hast du für ein Glück gehabt! und ich stimmte zu. Die Sonne war untergegangen, der Mond schien über dem Wasser, Vögel sangen, und ich atmete mit dem ganzen Körper. Wenn nur nicht dieser blödsinnige Kopfsprung gewesen wäre.

Doch der machte mir noch schwer zu schaffen. Über eine Woche lang konnte ich kaum liegen, solche Kreuz- und Kopfschmerzen hatte ich. Von Schlafen keine Spur. Dann kurvten wir kreuz und quer durch Finnland, mit defekter Lichtmaschine eines Abends. Ohne Licht durch die kurvenreichen Landschaften, blind auf der Straße fahrend, deren Verlauf wir uns manchmal anhand der entgegenkommenden Autos merkten, die uns aufmerksam machten, daß wir ohne Licht fuhren, aber das wußten wir ja. Wir haben viel gesehen von Finnland, und als wir in Helsinki das Schiff zur Rückfahrt betraten, war ich schmerzfrei. Die Sonne brannte wieder zwei Tage lang ununterbrochen, so daß wir unverschämt erholt aussahen, als wir in Travemünde von Jochens Schwester abgeholt wurden.

In Finnland wurde ich zum zweiten Mal geboren: so oder so ähnlich habe ich von meinem Kopfsprung und von den vielen anderen Erlebnissen (in den Tanzhallen, an den Seen, nachts in Helsinki) in Finnland erzählt, und so ähnlich ist es ja auch gewesen. Es war mein erster Urlaub nach Maud, und durch das Ereignis des Kopfsprungs wurde sie weit fortgerückt. In Helsinki hatte ich in einer Tanzhalle mit einer Finnin getanzt, die außer Finnisch nur Schwedisch verstand, so daß wir nicht miteinander sprechen konnten; dann waren Jochen und ich nach Savonlinna gefahren am nächsten Tag, und als wir dort am Abend in eine Tanzhalle gingen, war das Mädchen auch da, und ich habe wieder mit ihr getanzt, ohne mich verständigen zu können.

Manchmal träume ich, wie ich alles mühelos mache: bewegen, tanzen, sprechen, schreiben, aufstehen, hassen, schlafen usw. Und wenn ich aufwache, habe ich den Eindruck, von Finnland geträumt zu haben.

HUGO DITTBERNER, geboren am 16.11.1944 in Gieboldehausen bei Duderstadt; Internatsschüler; studierte Philosophie, Germanistik und Geschichte in Göttingen, Promotion über Heinrich Mann; lebt seit 1977 als freier Schriftsteller in Kalefeld in Niedersachsen.
Einige Buchveröffentlichungen: *Das Internat* (Roman, 1974) – *Kurzurlaub* (Erzählungen, 1976) – *Draußen im Dorf* (Erzählungen, 1978) – *Ruhe hinter den Gardinen* (Gedichte, 1980) – *Jacobs Sieg* (Roman, 1980) – *Die gebratenen Tauben* (Erzählungen, 1981).
Im Haffmans Verlag erschienen: *Das Internat* (Papiere vom Kaffeetisch, Neuausgabe 1989). – Außerdem Beiträge und Räte im Magazin für jede Art von Literatur *Der Rabe.*